LE MIROIR DES TÉNÈBRES

BUFFY CONTRE LES VAMPIRES
AU FLEUVE NOIR

1. *La Moisson*
   Richie Tankersley Cusick
2. *La Pluie d'Halloween*
   Christopher Golden et Nancy Holder
3. *La Lune des coyotes*
   John Vornholt
4. *Répétition mortelle*
   Arthur Byron Cover
5. *La Piste des guerriers*
   Christopher Golden et Nancy Holder
6. *Les Chroniques d'Angel I*
   Nancy Holder
7. *Les Chroniques d'Angel II*
   par Richie Tankersley
8. *La Chasse sauvage*
   par Christopher Golden et Nancy Holder
9. *Les Métamorphoses d'Alex I*
   par Keith R.A. DeCandido
10. *Retour au chaos*
    par Craig Shaw Gardner
11. *Danse de mort*
    par Laura Anne Gilman et Josepha Sherman
12. *Les Chroniques d'Angel III*
    Nancy Holder
13. *Loin de Sunnydale*
    Christopher Golden et Nancy Holder
14. *Le Royaume du mal*
    Christopher Golden et Nancy Holder
15. *Les Fils de l'Entropie*
    Christopher Golden et Nancy Holder
16. *Sélection par le vide*
    Mel Odom
17. *Le Miroir des ténèbres*
    Diana G. Gallagher
18. *Pouvoir de persuasion* (mars 2001)
    Elizabeth Massie

Buffy
CONTRE LES VAMPIRES

DIANA G. GALLAGHER

LE MIROIR DES TÉNÈBRES

D'après la série télévisée créée par Joss Whedon.

FLEUVE NOIR

Titre original :
Obsidian Fate

Traduit de l'américain par
Cédric Perdereau

Collection dirigée par
Patrice Duvic

ISBN : 2-265-07068-8

PROLOGUE

Le capitaine Diego de Garcia grogna dans son demi-sommeil. Ce n'était pas la morsure des graviers dans son dos qui le perturbait. Pas plus que la pluie qui s'accumulait sous son abri de fortune. Mais ses rêves qui refusaient de le laisser en paix. Malgré les centaines de kilomètres qui le séparaient des conquistadors d'Hernán Cortés, il n'arrivait à oublier ni les sacrifices aztèques ni les massacres espagnols.

Et pas davantage la mort qu'il avait frôlée, derrière les temples de Tenochtitlán, le 1er juillet 1520.

Cours !

Le front de Diego était baigné de sueur. Le souffle rauque, il fuyait à travers la chaussée défoncée de l'île-cité aztèque. Devant lui, il y avait la sécurité des collines et de la rive…

Dans ses cauchemars, l'odeur du sang et de l'eau salée était omniprésente. Il courait, poursuivi par une horde portant les costumes chamarrés des différents ordres militaires aztèques.

Autour de lui, les Espagnols et leurs alliés en déroute tombaient sous les coups, ou se noyaient dans le lac. Lestés par l'or volé, ils coulaient à pic sans que personne se porte à leur secours.

Cortés avait encore une bonne avance en atteignant la terre ferme, l'épée à la main, quand un couteau d'obsidienne se planta dans la cuisse de Diego…

Le capitaine se redressa en grognant, couvert de boue. Cela faisait plus d'un an que son armée avait été chassée de la capitale aztèque. Deux semaines après, le général avait envoyé Garcia au nord avec une petite force d'exploration et la carte d'un trésor indigène.

Mais le temps ne suffisait pas à effacer ses souvenirs ; au contraire, ils se faisaient de plus en plus intenses. Diego haussa les épaules, refusant de croire que son rêve récurrent était un présage.

Il chassa les images qui flottaient dans son esprit.

S'essuyant le nez d'un revers de manche, il se traîna à l'entrée de l'abri. Les pluies torrentielles avaient cessé ; la lumière de la lune perçait les nuages.

Grelottant, il se redressa et embrassa le campement du regard. Les sept hommes qui lui restaient se serraient sous un promontoire rocheux. Les autres étaient morts, victimes des attaques et des accidents qui avaient émaillé leur périlleuse traversée du désert. Ils n'avaient pas eu une journée au sec depuis une semaine ; la chaleur ne semblait pas près de revenir, et le bois manquait pour faire du feu.

Garcia n'y pouvait rien, sinon laisser les survivants reprendre des forces.

Et trouver une cachette convenable pour le trésor aztèque avant de rallier l'armée de Cortés. La seule enclave de civilisation dans ce monde maudit…

Diego jeta un coup d'œil aux chevaux attachés aux arbres rachitiques. La queue et la tête basses, ils s'étaient résignés au mauvais temps. Les fontes qu'ils portaient depuis plus de mille kilomètres s'entassaient contre un rocher, pleines de turquoises, de masques, et d'idoles en or serties d'obsidiennes représentant les dieux aztèques assoiffés de sang, le tout enveloppé dans plusieurs épaisseurs de cuir et de tissu.

Cette fortune ne serait pas offerte à la Couronne, mais récupérée par Cortés une fois le continent pacifié. Diego n'osait pas douter de la récompense promise par le conquistador, et encore moins trahir sa confiance. Seul un imbécile aurait osé défier ce champion invincible de la conquête espagnole.

Mais si Cortés tombait au combat, Diego n'aurait aucun scrupule à s'approprier le trésor. Personne ne vivrait assez longtemps pour dévoiler l'emplacement de la cachette, qui restait à déterminer.

Cet endroit conviendrait peut-être. Puisqu'ils n'avaient pas croisé de groupe de chasse ni de village depuis une centaine de kilomètres, le trésor serait à l'abri d'une découverte accidentelle.

Diego hocha la tête, examinant le paysage. L'eau ruisselait sur l'arête du rocher surplombant ses hommes. Une grande tour de pierre attira son regard. La lune lui conférait un aspect inquiétant.

Le capitaine frissonna et tapa du pied, salissant davantage encore ses bottes. On était à la mi-août, bon sang ! Un froid pareil était déplacé. Un feu de camp aurait amélioré le moral de la troupe. Mais c'était sans espoir. Tout ce que les soldats auraient pu utiliser était trempé. La puanteur de la décomposition végétale imprégnait les lieux.

Soudain inquiet, Diego boitilla vers les sacoches. Sa douleur à la cuisse et surtout l'éclat de l'or lui feraient oublier ses rêves prémonitoires.

Il ne vit pas tout de suite le filet de fumée qui montait d'un sac. Mais il le sentit : une fragrance boisée mêlée d'une odeur acide de métal.

Agenouillé devant une sacoche, Diego regarda les volutes grisâtres voiler la lune. Il passa une main sous le rabat de cuir mouillé. Abandonnant un instant toute logique, il se surprit à espérer. Un bout de charbon incandescent aurait pu par miracle attiser un reste d'encens… Il ignorait ce qu'il faisait là, mais avec une poignée de paille, il en ferait un feu.

Pourtant, il ne sentait pas de chaleur.

Sa main rencontra une surface lisse et froide.

La curiosité piquée au vif, Diego sortit de la sacoche un miroir d'obsidienne rond cerclé d'or, de turquoises et d'argent. Des volutes montaient de cette surface noire d'une trentaine de centimètres de diamètre ; Diego les vit tourbillonner *à l'intérieur* de la pierre.

Le sol trembla, mais il demeura comme paralysé.

Ses yeux comme son âme étaient à la merci du miroir…

Son propre visage s'y reflétait, troublé par la fumée. Ses cheveux emmêlés encadraient des traits marqués par de trop nombreuses années de guerre. Ses yeux plissés trahissaient la lassitude qui l'avait prématurément vieilli.

Son pouls s'accéléra quand son reflet s'estompa, remplacé par le Templo Mayor – le cœur de la cité de Tenochtitlán… et symbole de la culture aztèque.

Diego tressaillit, certain d'avoir perdu la raison sous les assauts répétés de ses cauchemars. Il avait manié l'épée sans relâche pour anéantir les tribus qui résistaient à l'envahisseur. Mais des milliers de prisonniers espagnols étaient morts sous les couteaux aztèques, sacrifiés sur les autels de pierre, au sommet des temples.

Comme pour se moquer de sa peur et de son dégoût, une rivière de sang dévala les marches de l'édifice. La fumée grisâtre qui s'élevait du miroir se teinta de rouge ; l'image s'agrandit, révélant toute l'île.

Une bataille faisait rage dans les étroites ruelles… Mais ce n'était pas l'hallucination d'un dément traumatisé par la défaite.

Une attaque massive avait été lancée par les Espagnols.

Ou allait l'être.

Diego ne douta pas un instant que les événements reflétés par le miroir étaient prophétiques. Hypnotisé, il regarda les hommes en brigandines patrouiller aux abords du lac Texcoco.

Un par un, les canots indigènes venus les affronter furent coulés. Trois divisions espagnoles traversèrent au pas de course les rus menant à l'île, puis la place Tlatelolco, forçant les guerriers aztèques à battre en retraite. Jusqu'à ce qu'ils se retournent pour faire front.

Les malheureux fantassins espagnols furent capturés et traînés devant les temples.

Diego frissonna, incapable de détourner le regard. Les Aztèques arrachaient le cœur encore palpitant de ses compagnons d'armes et disposaient leurs têtes coupées le long du temple. Un avertissement – aussi horrible que vain – destiné à Cortés.

Scandalisée par ce spectacle, l'armée espagnole se déchaîna, déferlant telle une vague de mort et de destruction. Un cri primitif retentit dans la nuit quand les temples s'effondrèrent devant la fureur de cette marée humaine…

Les hommes de Diego se réveillèrent avec des grognements de mécontentement qui ne couvrirent pas le grondement montant du sol.

Leurs jurons se transformèrent en cris.

La peur les éperonnant bien davantage que n'importe

quel cavalier, les montures brisèrent leurs entraves et disparurent dans la nuit.

Diego ne pouvait détacher son regard du miroir d'obsidienne. Captivé, il vit son visage se superposer aux ruines de Tenochtitlán, et il gémit quand sa peau se flétrit, ses muscles et son sang fondirent dans un tourbillon de fumée rougeâtre.

Terrifié, il contempla les orbites vides de son propre squelette, puis les yeux dorés d'un énorme jaguar.

Quand le monde explosa, le capitaine Diego de Garcia se noya dans une mer de roches et de boue, les mains serrées sur le miroir et la bouche ouverte sur un cri silencieux.

CHAPITRE PREMIER

Un étrange silence régnait dans les rues obscures de Sunnydale.

Buffy Summers, lasse et impatiente, tendait l'oreille.

Le moindre battement de cœur résonnait comme un coup de canon, le moindre souffle était un râle. Et la plus petite brindille se brisait dans un craquement sinistre.

Buffy se retourna, pieu au poing. Ce calme commençait à lui taper sur les nerfs. Elle était prête à se battre. N'importe quel drame lui aurait semblé préférable à la tension qui menaçait de la faire craquer.

Assise en tailleur dans l'herbe, Willow se raidit. Elle lâcha la pâquerette cueillie sur une sépulture voisine.

— Qu'y a-t-il ? demanda Alex en sautant de la pierre tombale où il s'était installé.

Il sonda le cimetière du regard, à la recherche des nouvelles abominations vomies par la Bouche de l'Enfer.

Rien ne bougeait. Buffy haussa les épaules.

— J'avais cru entendre quelque chose.

— Moi, je n'ai rien entendu, dit Willow avec un froncement de sourcils. Et toi, Alex ?

— Moi non plus, répondit l'adolescent, en s'affalant

à côté de Willow. J'entends seulement pousser mes ongles de pied. Désolé, mais… je m'ennuie.

— C'est vrai qu'il ne se passe plus rien, ces derniers temps, admit Buffy.

Elle laissa son regard se perdre dans la nuit.

Rien du tout, et depuis trop longtemps.

L'effet hypnotique de ce calme inhabituel était aussi dangereux que le regard d'un vampire. Il incitait à se détendre, à relâcher sa vigilance.

Un comportement que la Tueuse ne pouvait pas se permettre.

Buffy résista à la tentation de baisser sa garde. Sa mère ne lui pardonnerait jamais si elle *s'installait* à la morgue au lieu de rentrer chez elle.

— Je me demande pourquoi, dit Willow en posant le menton sur ses genoux.

Buffy n'en savait rien. Et c'était bien ce qui la dérangeait.

— On dirait qu'on a planté un panneau avec des crocs dans un cercle rouge barré.

— « Vampires interdits » ? traduisit Willow. J'aimerais bien, mais… ils ne le prendraient pas au sérieux.

— C'est vrai.

Buffy secoua la tête. Si le mal rôdait dans les ténèbres, elle le démasquerait.

Mais tout semblait calme dans le meilleur des cimetières.

— Alors peut-être que le Syndicat des Monstres en Goguette et des Démons Atroces a décidé une grève surprise, avança Alex. Histoire de demander une réduction du temps de travail. On ne sait jamais.

Willow sourit.

— Les monstres moyens n'ont pas de syndicat !

— Les étudiantes moyennes sortent-elles avec des loups-garous ? riposta Alex.

Pas faux, ça, pensa Buffy.

Elle suivait le dialogue d'une oreille distraite. Ses sens accrus de Tueuse étaient au diapason de son environnement, attentifs à chaque nuance.

Un doux murmure dans l'herbe.

Une ombre qui voile une crypte.

L'odeur des feuilles en décomposition…

Mais rien ne titillait son sixième sens. Malgré tout, Buffy gardait l'impression qu'il se tramait quelque chose de terrible.

— Je suis la seule, à ce que je sache…, admit Willow. Mais je ne sors pas vraiment avec Oz quand il se transforme en loup-garou. Je le remets en cage.

— Un détail technique…

— Peut-être, mais ça ne nous dit pas ce qui se passe.

— Rien. Pas de tombes fraîches à surveiller. Pas de vampire qui ferait son entrée dans le monde. Alors pourquoi je m'inquiète ? conclut Alex.

— Parce que c'est inquiétant, répondit Willow en jetant un coup d'œil à Buffy.

Son regard reflétait une innocence étonnante en une fin de millénaire crépusculaire où la société se désintégrait.

Incroyable, même, si on pensait aux monstres qu'elle avait affrontés.

La plupart des gens y auraient laissé leur âme.

— Vraiment flippant ! lâcha Buffy. Quand les démons et les morts-vivants font relâche, c'est généralement que du vilain se prépare.

— Merci de nous le rappeler ! railla Alex. J'ai failli oublier que nos ennemis jurés gardaient profil bas avant de lancer une attaque de tous les diables !

— C'est peut-être ça… et peut-être pas, intervint Willow. Enfin, je n'en sais rien, mais je m'inquiète… pour l'I.T.M.

— L'I.T.M. ? répéta Alex. Tu vas à l'I.T.M. ?

— Tu as été acceptée ? fit Buffy, tentant de cacher sa détresse.

Elle avait refusé de réfléchir à sa vie *après* le diplôme. Il n'était pas certain que ses amis partiraient pour l'université ou les grandes écoles.

Ils resteraient peut-être dans ce trou paumé – la ville la plus dangereuse de la Terre.

Un vœu pieux ? Et alors ? Ça lui permettait au moins de se préparer au choc.

Tant que la Bouche de l'Enfer menacerait le monde, la Tueuse, elle, n'irait nulle part.

— Non, je… (Willow regarda ses amis et se mordit les lèvres.) J'ai juste… envoyé une lettre de candidature. C'est tout.

— C'est tout ? ironisa Alex. L'Institut de Technologie du Massachusetts, c'est pas vraiment la porte à côté !

— Mais je n'ai pas encore été acceptée ! J'attends une réponse !

— Ah, parce que tu as des doutes ? Les meilleures universités du pays sont à genoux pour que tu t'inscrives.

— Sauf l'I.T.M., rectifia Willow avec une petite moue.

— Admets-le : à moins qu'on ne te prélève le cerveau, il n'y a *aucun* doute. Tu seras acceptée.

Alex s'allongea.

— Mais ça ne veut pas dire que je…, insista Willow.

Elle s'interrompit en voyant Buffy relever brusquement la tête.

— Qui a coupé le son ? demanda Alex.

Buffy leva une main pour lui imposer le silence et tenta de localiser le bruit suspect. *Cette fois*, elle en était sûre. Quelqu'un longeait la grille du cimetière.

Et sans s'embarrasser de discrétion…

Un choc sourd fit se lever d'un bond les amis de Buffy.

— Bon, chuchota Alex en brossant son pantalon, ai-je dit que je m'ennuyais ? Je…

Willow lui enfonça son coude dans les côtes.

— Buffy, qu'est-ce qui se passe ?

La Tueuse haussa les épaules. Elle ne sentait rien qui puisse la mettre sur la voie, et c'était déstabilisant. Il n'y avait peut-être aucune raison de s'inquiéter, mais ce n'était pas un motif pour jeter aux orties toute prudence.

Faisant signe à Willow et Alex de passer par la droite, Buffy avança. Marchant d'instinct sur les dalles funéraires, elle traversa le cimetière, guidée par un bruit insistant. Elle se dirigea vers un banc public éclairé par un lampadaire.

Quand elle identifia le coupable, elle réalisa que rien, dans son expérience de Tueuse, ne l'avait préparée à cela.

Alex et Willow s'arrêtèrent au bord de la plage de lumière.

— Buffy ? appela Willow. C'est quoi ?

La Tueuse regardait la créature prise au piège d'une poubelle en métal.

— Eh bien, ça a des crocs et ça porte un masque noir.

— Quoi ? s'exclama Alex. Un idiot a transformé Zorro en vampire ?

— Je ne crois pas, mais j'aimerais avoir votre opinion d'experts…

Réprimant un sourire, Buffy laissa approcher son escouade.

— Eh ! s'écria Willow en sursautant quand la créature grogna.

— Oh, quel mignon petit vampire en peluche ! décida Alex en découvrant un raton laveur effrayé.

Daniel Coltrane se gara près du campement. Il éteignit les phares et coupa le contact.

Après quelques toussotements et crachotements, le moteur de la vieille Dodge se tut, laissant le silence nocturne reprendre ses droits.

Prenant une lampe-torche et un livre sur le siège passager, Coltrane ouvrit sa portière.

— Qui est là ?

A travers le pare-brise, Dan aperçut Lucille Frank, campée sur le chemin qui menait au site de fouilles. Une main en visière pour se protéger de la lumière, elle tenait de l'autre une lanterne.

— C'est moi, Lucy, Dan Coltrane !

— Un peu tard pour faire un saut, non ? Vous n'avez pas école, demain ?

— Si, mais c'est moi le professeur !

Dan sortit et claqua la portière. Des fragments de rouille et de peinture écaillée s'en détachèrent.

— Personne ne se plaindra si je m'endors en plein cours. Les élèves sont persuadés que l'histoire est assommante.

Le rire de Lucy résonna dans la nuit.

— Eh bien, un peu de compagnie ne sera pas un mal. J'allais refaire du café.

— J'arrive !

Alors que Lucy regagnait la grande tente qui servait de quartier général, Dan passa un bras par une vitre de la Dodge pour prendre sa veste. Il avait intérêt à se couvrir, car il comptait se livrer à quelques recherches. Si sa théorie était juste, il ne tenait pas à laisser le patron de Lucy – le très médiatique et très vaniteux docteur Garret Baine – identifier puis s'approprier l'objet.

Serrant le livre sous son bras, Dan braqua sa lampe-torche pour s'orienter, contourner les caisses d'équipement et éviter le fossé. Baine ne serait pas le seul à être furieux s'il glissait et tombait dans la zone de fouilles, fracassant un bouclier de métal rouillé ou un os.

Lucy le renverrait chez lui sans autre forme de procès.

L'existence de l'expédition espagnole, enterrée à la lisière de Sunnydale, était restée secrète près de cinq cents ans. Des pluies abondantes avaient provoqué un glissement de terrain au pied du Roc du Coyote. Au fond de la zone dégagée, des randonneurs avaient découvert un fourreau. Après avoir constaté qu'il entourait la taille d'un squelette humain, ils déclarèrent leur trouvaille aux autorités. Le docteur Baine avait été nommé pour superviser les fouilles.

Dan jeta un coup d'œil sur sa gauche. Le Roc du Coyote montait la garde. Cette tour rocheuse dressée vers le ciel avait été épargnée quand une catastrophe, sans doute une inondation éclair, avait surpris les soldats espagnols.

L'équipe de Baine, composée d'étudiants et de volontaires de la Société historique de Sunnydale, avait commencé à déterrer les objets enfouis depuis des siècles. La plupart étaient d'origine espagnole : des épées, des boucliers, des boucles, des pièces de monnaie et des morceaux d'armure.

Malgré ce qu'en pensait Lucy, la pièce qui avait retenu l'attention de l'enseignant n'était pas espagnole.

Elle était aztèque.

Et ce soir, il le lui prouverait.

Fine, les yeux noirs, des cheveux bruns coupés à la garçonne, Lucy Frank avait une nature confiante et indépendante qui s'opposait à la douceur et à la nonchalance de Dan. C'était sans doute pour cela qu'il la trouvait fascinante.

Dan sourit, jugeant idiot de s'amouracher d'une étudiante de dix ans sa cadette.

Mais pas assez idiot pour rater l'occasion de l'inviter à dîner si ça se présentait. Pour l'instant, il n'en avait pas eu l'occasion. Lucy n'avait rien dit ou fait indiquant qu'elle avait pour lui un intérêt dépassant leur amour commun du passé.

Mais rien non plus pour décourager tout espoir d'une relation plus intime.

Un grondement sourd atteignit les centres primaires du cerveau de Dan, l'arrachant à sa rêverie. Le faisceau de sa lampe tremblait dans sa main quand il éclaira le surplomb rocheux, à mi-pente. Se reflétant sur le roc et les broussailles, la lumière éclaira un bosquet d'arbustes. Rien ne bougeait… à part le rabat de la tente lorsque Lucy reparut.

— Ce n'est pas parce que j'ai toute la nuit qu'il faut me faire attendre !

Le malaise de Dan se dissipa devant la chaleur souriante de Lucy et sa gaieté. Oubliant ses frayeurs, il entra sous la tente et ouvrit une chaise pliante. Il avait un autre sujet à aborder avant d'exposer sa théorie.

— Bon, fit Lucy en posant deux tasses de café fumantes sur la table, qu'est-ce qui vous amène ici en pleine nuit ?

— J'ai eu une envie folle de café-campeur ! Parfait, souffla Dan après avoir humé l'arôme du breuvage.

— Bah… Je suis contente de vous voir.

— C'est vrai ? fit Dan.

Il avait relevé la tête trop vite, étonné par la sincérité de cette voix douce et voilée. Se maudissant d'agir comme un adolescent amoureux, il leva un sourcil pour masquer son trouble.

— Tout à fait. Avez-vous la moindre idée de ce qu'on ressent pendant une garde de nuit ?

— Laissez-moi deviner…

Par peur des vandales, Baine avait délégué la surveillance de nuit à Lucy et à deux étudiants, en alternance. De temps en temps, le professeur lui-même assurait une veille.

— C'est si assommant qu'on en vient à apprécier de boire du café avec un type rondouillard incroyablement ennuyeux ?

Je n'ai pas vraiment dit ça ? Si…

Dan aurait levé les yeux au ciel si Lucy ne l'avait pas regardé fixement.

— Qui a prétendu ça ? J'aurais *vraiment* aimé avoir des professeurs aussi enthousiasmés par leur matière ! Tenez, mon prof d'histoire américaine, M. Chapman… Il était si vieux qu'il avait des toiles d'araignées dans la barbe !

— Je ne veux même pas l'imaginer.

— Je m'en doute. (Lucy souffla sur son café pour le faire refroidir.) Alors, qu'y a-t-il de si urgent qui ne puisse pas attendre demain ?

Dan hésita, passant une main dans ses cheveux blonds. Il prit un ton plus sérieux et professionnel.

— D'une part, la sortie du Club d'histoire est pour ce week-end. Je serai là vendredi avec mes étudiants et leur matériel. Après les cours.

— Eh bien… Vous savez ce que Baine en pense. Il sera furieux.

— Ce que pense ce bon professeur m'est égal,

Lucy… à moins qu'il ne fasse des difficultés. Si Baine refuse de coopérer ou empêche les gamins de participer aux fouilles, le maire Wilkens m'a assuré qu'il serait remplacé.

Lucy sentit qu'il ne plaisantait pas. Personne ne savait qui finançait les fouilles, à l'exception de Richard Wilkens III. Le site était sur un terrain appartenant à la ville. Le maire n'avait eu aucun mal à convaincre le conseil municipal d'approuver le projet : Sunnydale ne débourserait pas un dollar. En conséquence, les conditions du bienfaiteur anonyme avaient toutes été acceptées sans hésitation. Et l'une d'elles consistait à encourager la participation locale, principalement celle des étudiants.

— Je devrais peut-être le lui dire, Dan. J'ai l'habitude des crises de nerfs de Baine.

— Vous êtes sûre de vouloir prendre ce risque ?

L'inquiétude de Dan n'était pas sans fondement. Baine considérait toute personne prometteuse comme une menace pour sa réputation.

Dans l'anthropologie du Centre et du Sud des Etats-Unis, il faisait autorité. Lucy rédigeait sa thèse sur les mythes et les prophéties précolombiennes en rapport avec les conquistadors. Participer aux fouilles profiterait à sa carrière.

Mais Baine pouvait la renvoyer à tout instant, sans avoir à justifier sa décision.

— Pas de problème, le rassura Lucy. Je lui rappellerai un détail : s'il est remercié, je serai la candidate toute désignée à la succession.

Dan rit, puis s'avisa d'un léger changement dans l'expression de Lucy. Les mâchoires crispées, son regard se fit plus dur.

Rien ne lui plairait plus que de superviser les fouilles à la place de Baine.

— Et la deuxième chose ? demanda-t-elle.

— Hum ?

Dan ne comprit pas tout de suite à quoi elle faisait allusion. Puis, se rappelant la raison de sa venue tardive, il prit son livre de référence, l'ouvrit et le lui tendit.

— J'ai trouvé quelque chose qui vous intéressera.

Lucy fronça les sourcils, étonnée par la photo d'une cape de perles.

— La cape appartenait à un membre de l'aristocratie aztèque. Mais je ne comprends pas ce qu'elle signifie.

Dan désigna un motif au centre du vêtement : un cercle noir entouré de turquoises et d'or.

— Il s'agit peut-être du miroir fumant de Tezcatlipoca. Vous le reconnaissez ?

— Non… Vous ne pensez pas que…

— Que le miroir est enterré à moins de trente mètres de là ? Si ! Et si j'ai raison, il faudra l'enfouir de nouveau. Là où *personne* ne le retrouvera jamais.

Lucy le regarda comme s'il avait perdu l'esprit.

— Pas question ! Baine sait que nous avons fait une trouvaille. Il ne s'en laissera pas conter !

— Le *monde* est un peu plus important que les ambitions d'un individu, vous ne croyez pas ?

— Enfin, Dan ! Le miroir fumant de Tezcatlipoca est un *mythe* ! Et il n'y a aucune chance que cet objet soit là ! Nous sommes à plus de deux mille kilomètres de l'Empire aztèque…

Un bruit d'éboulement interrompit Lucy. Faisant signe à Dan de se taire, elle lui rendit le livre et prit la lampe-tempête.

— Où allez-vous ? souffla Dan.

— Ce n'est sans doute rien, mais il faut que je vérifie. Ne vous inquiétez pas. J'ai une bombe lacrymogène.

Lucy porta une main à l'aérosol accroché à sa ceinture.

— Je viens avec vous.

Dan prit sa lampe-torche.

Lucy hésita, puis accepta.

— Passez devant. Je ferai le tour. Mieux vaut être prudent.

Elle s'enfonça dans la nuit.

Dan saisit une truelle sur une étagère, et la suivit.

Sunnydale n'incitait pas aux promenades nocturnes. Beaucoup de gens y avaient mystérieusement disparu ou péri. Mais à part Dan, personne ne semblait s'en préoccuper.

Malgré tout, il ne s'inquiétait pas outre mesure pour la sortie du Club d'histoire, ce week-end. La nuit, quatre autres membres de la Société et lui surveilleraient les étudiants.

Le terrain détrempé s'était-il affaissé ? Un coyote avait-il délogé des rochers ?

Dan voulait être là au cas où des vandales seraient en cause.

De plus, il ne pouvait pas demander à Lucy de s'occuper de l'artefact. Même si elle le croyait, sa réputation et ses aspirations professionnelles seraient compromises si elle s'impliquait. Il voulait bien risquer son travail et finir en prison, pourvu que le miroir de la légende aztèque fût perdu à jamais.

Un coup d'œil aux alentours, entre la tente et sa voiture, ne révéla rien.

Derrière la tente, Dan voyait la lueur de la lanterne de Lucy. La jeune femme se déplaçait lentement, quadrillant les lieux, sans détecter de danger.

Dan retint sa respiration quand la lumière disparut derrière une grande citerne, à côté de la tente.

Puis elle reparut.

Rassuré, Dan se dirigea vers le terrain de fouilles.

Le fossé creusé par l'écoulement des eaux de pluie, faisant entre deux et trois mètres de large, courait sur plusieurs centaines de mètres à partir de la base des rochers. Les excavations se limitaient à la zone située face au promontoire, où se trouvaient les restes humains. Le bord doré de l'artefact dégagé était à quelques mètres de la première fosse.

Descendant une courte échelle métallique, Dan approcha de l'objet, le faisceau de sa lampe braqué sur le sol. Il devait cacher le miroir avant que Lucy ne se demande où il était. Elle informerait sans doute Baine et la police une fois le vol découvert. Ne serait-ce que pour prouver sa propre innocence.

Et parce qu'elle se sentirait trahie.

Mais Dan devait agir. Tant pis pour les conséquences… De plus, il avait peut-être tort au sujet de la jeune femme… Il serait tragique de gâcher ses chances de la convaincre un jour de dîner avec lui.

Quand Dan eut compté dix-huit pas, il orienta le faisceau de la lampe vers le mur droit, et repéra le bord du miroir. Il planta dans la terre sa lampe-torche, l'orientant pour éclairer l'objet. Sous le cadre d'or incrusté de turquoises, on voyait un croissant de verre noir. Cela suffisait à confirmer sa théorie. L'objet était identique jusqu'aux moindres détails à celui de la photo du livre.

Le miroir fumant de Tezcatlipoca.

— Dan ! Où êtes-vous ?

Dan ignora les appels de Lucy, dégageant la terre à mains nues. Il sursauta quand un bloc de boue séchée se détacha. Par réflexe, il s'accroupit.

Le miroir d'or et d'obsidienne ne tomba pas, restant prisonnier d'une main squelettique à la blancheur effrayante.

Dan s'efforça de retrouver son souffle et de calmer les battements de son cœur. Son pouls restait précipité quand un grondement sourd monta au-dessus de lui.

Au bord du fossé, au clair de lune, un jaguar noir braquait ses yeux dorés sur lui.

Le hurlement terrifié de Dan Coltrane mourut quand le mur de boue s'effondra sous les pattes du félin.

CHAPITRE II

Buffy se réveilla en sursaut, étrangement oppressée.

Sans doute les séquelles de ma longue nuit d'inaction…

Sunnydale, la Vallée ensoleillée, méritait son nom en ce mercredi matin.

Du moins en apparence.

Par sa fenêtre, Buffy voyait le soleil briller dans un ciel sans nuages. Perché sur son nid, un oiseau chantait. Les feuilles bruissaient ; la brise rendrait plus supportable la chaleur de l'après-midi.

Au loin, au milieu des aboiements, des enfants riaient. Les téléphones sonnaient, les moteurs vrombissaient, et les parents… vaquaient à leurs occupations de parents, ignorant que la lumière du jour se contentait de cacher le cœur malfaisant de la ville.

La Bouche de l'Enfer.

Ah non, je ne vais pas recommencer !

C'était une journée magnifique et Buffy entendait la passer dans l'insouciance, au même titre que n'importe quelle adolescente de Sunnydale.

Prenant ses livres et son sac, elle descendit l'escalier en courant et entra dans la cuisine.

— Bonjour, maman !

Avec l'accent sur le *Bon*.

Joyce Summers leva les yeux de son journal en prenant un air surpris.

— Vraiment ?

— Dans ma branche d'activité, *tous* les matins sont bons.

Buffy sourit en se perchant sur son tabouret. L'odeur des toasts beurrés et de la confiture de framboises, alliée au café, renforçait l'illusion de normalité de la journée.

Déjà habillée pour aller à sa galerie, tailleur et chemisier de couturier, Joyce sourit à son tour. Mais son inquiétude était visible.

Chez les Summers, le petit déjeuner signifiait que Buffy avait survécu une journée de plus à sa mission de Tueuse.

La première et dernière ligne de défense entre la Terre et les vampires, ou les démons, qui voulaient s'emparer de Sunnydale la nuit.

Joyce ne voulait pas gâcher la matinée en parlant des dangers que l'Elue courait quotidiennement.

— Tu veux manger ?

Buffy secoua la tête.

— Si je ne meurs pas de faim au déjeuner, je ne peux rien avaler des trucs immondes qu'on nous sert à la cafétéria. Il y a du jus d'orange ?

— Je crois.

Joyce sortit un verre et une briquette.

— Je suis en retard pour les arrangements de l'expo de Juan ce week-end, alors je rentrerai peut-être tard, ce soir.

— Juan… Le nouveau peintre mexicain superchouette dont tu me parles depuis un mois ?

— C'est ça. Juan Hernandez.

Joyce se détendit, satisfaite que Buffy n'ait pas oublié cet événement capital pour le succès de la galerie.

Les yeux pétillant, elle tendit son verre à Buffy.

— *Très* chouette et *tout à fait* inconnu.

— Tant que ça, hein ? De façon artistique, ou romantique ?

— Rien qu'artistique, assura Joyce en se détournant.

— Ah, ah. Eh bien, après ce week-end, il ne sera plus inconnu du tout.

Buffy avait visionné des diapositives des œuvres en question ; l'artiste était une belle trouvaille. L'attention que prêtait Juan aux détails, alliée à un style volontairement primitif mais très affirmé, donnait à ses toiles l'attrait et l'exotisme du Mexique ancien.

— J'espère bien ! s'exclama Joyce en fouillant dans son sac à la recherche de ses clés de voiture. L'expo nous coûte cher, mais si… (Elle hésita.) Si la carrière de Juan décolle comme nous l'espérons, je te paierai la fac sans problème.

Buffy se raidit. Tout sujet relatif à son avenir – particulièrement ses études – était devenu une source de dissension entre sa mère et elle. Surtout depuis qu'elle avait reçu les résultats de son examen. Ses notes étaient bonnes. Très bonnes même, comparées à celles que tout le monde attendait.

Buffy avait été la première surprise.

Mais se retrouver propulsée parmi l'élite intellectuelle lui compliquait encore la vie.

— Est-ce que tu as… euh… envoyé des lettres de candidature ? demanda Joyce.

— Pas encore.

Le moral de Buffy s'assombrit. Elle avait feuilleté les brochures que sa mère lui avait apportées. Même Giles, son Observateur si obstiné et si droit, l'avait encouragée. Mais les faits étaient là. L'université et la vie professionnelle ne cadraient pas avec l'espérance de vie normale d'une Tueuse.

Et Buffy était déjà morte une fois…

Ce qui avait créé un sacré désordre dans la succession.

Kendra avait assuré l'intérim. Mais elle n'avait pas perdu sa vocation simplement parce que Buffy avait eu l'audace exceptionnelle de revenir à la vie. Il y avait donc eu deux Tueuses.

Jusqu'à ce que Drusilla tue Kendra.

Et laisse Buffy porter seule le fardeau de la tradition.

Toute aspiration à une éducation supérieure semblait futile. Mais Joyce ne semblait pas du même avis.

— Eh bien, si tu as besoin d'aide, n'hésite pas. Je ne veux pas te forcer. C'est seulement que…

— Quoi ? coupa Buffy avec un regard de défi.

Soupirant, Joyce prit ses clés, prête à sortir.

— Même les Tueuses ont des factures à payer.

Alex consulta sa montre, scruta le campus du lycée de Sunnydale, et recommença à faire la tête. Ou plutôt, à râler-et-bouillir-d'inquiétude-et-d'impatience.

Ce n'était pas le Alex spirituel et blagueur que tout le monde attendait, toujours prêt à dédramatiser une situation d'une petite remarque ironique ou d'une plaisanterie. Mais que diable ! Même les comiques professionnels avaient leurs humeurs.

Quoi de plus triste qu'un clown ?

Cordélia brillait par son absence ; elle n'avait pas rappelé la veille.

Si le mal qui hantait Sunnydale n'avait pas pris une semaine de congés sans solde, Alex se serait fait du souci. Le contingent occulte de la ville – constitué des morts-vivants squattant les cryptes et autres lieux délicieux – se faisait oublier avec acharnement.

Alex avait donc pour devise provisoire : « Pas de problème jusqu'à la nuit prochaine ».

Une attitude qui lui laissait le champ libre pour ceux du jour.

Cordélia était-elle en retard ou continuait-elle de l'éviter ?

La veille, sur le chemin du campus, elle avait dit qu'elle voulait le voir avant les cours.

Pourquoi, il n'en savait rien.

Alex consulta encore sa montre. Dix minutes que les cours avaient commencé… Que fichait-elle ? Il pouvait supporter son retard… Mais si elle voulait l'éviter… Cela voudrait dire qu'elle ne tenait plus assez à lui pour l'agresser ! Il n'espérait pas qu'elle se remette en seulement quelques mois du baiser qu'il avait volé à Willow.

Surtout qu'il avait failli lui coûter la vie…

Mais même si elle se contentait de l'insulter, du moins elle lui parlerait.

Et qui disait dialogue disait espoir.

— Salut, Alex ! lança Willow.

Le sourire de la jeune fille disparut devant l'expression butée de son ami.

— Tu fais la tête, ou tu t'entraînes ? C'est pas que ça me regarde… Sauf si c'est à moi que tu fais la tête. C'est ça ?

Alex sourit. La jeune fille savait s'y prendre !

Alerte rouge !

— Tu plaisantes, Willow ?

Alex se laissa glisser du muret où il s'était perché, et détourna le regard avant que ses hormones n'atteignent de nouveau le seuil critique et ne remettent le chaos dans sa vie sentimentale.

On bat en retraite !

On rassemble ses esprits !

On se remet sur pied !

Alex lâcha une réplique « à la Harris » pour cacher son trouble.

— Non. A moins que tu n'aies lancé un sort pour repousser Cordélia. Sans m'en parler, bien sûr…

— Un sort ? Non ! Pourquoi ?

— Avec la tête que tu tires, tu dois te sentir comme moi, Alex ! fit Buffy en arrivant. Furax et dégoûté.

Le jeune homme eut un sourire un peu crispé. La Tueuse était trop belle dans sa minijupe noire et son petit débardeur vert moulant à fines bretelles. Heureusement, il avait développé une stratégie contre son attirance pour Buffy. Il se contentait d'admiration et d'amitié.

Tout en appréciant à juste titre ce qui devait l'être, et ne pouvait de toute façon être ignoré…

— A ce point-là ?

Alex détourna le regard des bretelles de son amie. Buffy ayant le don énervant de les garder en place, il ne servait à rien de s'user les yeux sur ses vêtements. Ça devait faire partie de son entraînement de Tueuse, pour déconcentrer l'ennemi.

Alex avait déjà assez de problèmes liés aux filles sans en rajouter. Et d'ailleurs…

— Eh bien… ! s'exclama Willow en suivant le regard d'Alex vers l'entrée de l'école.

Cordélia venait d'arriver, agitant une feuille de papier et souriant de toutes ses dents.

— On dirait qu'elle est de bonne humeur, aujourd'hui.

— Je le suis aussi ! lança Oz en rejoignant le petit groupe des Elèves les Moins Populaires du lycée de Sunnydale.

Alex se crispa quand Cordélia ralentit. Buffy et sa bande avaient une réputation de perdants qui tenait les autres élèves à l'écart. Cordélia Chase faisait exception à la règle. Ce qui n'était pas plus mal.

Mais ce qui avait suffisamment réjoui Cordélia pour qu'elle oublie ses airs blasés ne pouvait pas être bon pour lui. Oh, non.

— Tu es toujours de bonne humeur, Oz, rappela Willow. Ou presque.

— C'est quoi, ton secret ? demanda Buffy.

Bonne question.

Feignant l'indifférence à l'égard de Cordélia, Alex s'intéressa à Oz. Buffy était née pour combattre les vampires et les démons que la Bouche de l'Enfer déposait aux portes de Sunnydale. Oz, lui, était un loup-garou.

L'un comme l'autre devait accepter sa destinée. Ils n'avaient pas le choix.

— Je joue dans un groupe. Et je me fous des petits trucs.

— Et des grands…, ajouta Alex. Comme le diplôme, le « manteau de fourrure » trois jours par mois, et les piqûres contre la rage.

— Qui a la rage ? demanda Cordélia.

— Pas Oz. Enfin, personne, dit Willow d'une voix mal assurée.

Comme toujours, lorsqu'elle était nerveuse.

— Je vais bien, confirma Oz.

— Magnifique, lâcha Cordélia. Je détesterais qu'on gâche mes bonnes nouvelles.

Alex s'engouffra dans la brèche.

— Ça y est ? Tu as enfin compris que tu n'es pas le centre du monde ?

— Lis ça, fit-elle en fourrant la feuille sous le nez du jeune homme, avec un sourire glacial.

— C'est quoi, Cordélia ? demanda Willow en se tordant le cou pour voir.

Cordélia pouffa d'excitation.

— C'est…

— Un entretien à *Stanford* ? s'écria Alex. Tu as un entretien à *Stanford* ?

— *Ouaouh !* (Willow était impressionnée.) Je n'ai même pas eu la réponse de l'I.T.M.

— Stanford, c'est bien, approuva Oz, moins ému que Willow. L'I.T.M., c'est dans le Massachusetts.

— Oui, mais… je n'ai encore rien décidé. Je voulais juste savoir si j'étais acceptée.

Willow se rembrunit sous le regard perçant d'Oz.

— Mais bon… Ça fait aussi des années que j'ai envie d'être une groupie professionnelle des Dingoes…

— C'est mieux, dit Oz.

Buffy fronça les sourcils, pensive.

— Stanford ?

Alex ne parvenait pas à détacher le regard de la lettre. La Bouche de l'Enfer cracherait de gentils petits Toons avant qu'il n'obtienne une place dans cette université. Ou n'importe quelle autre.

— C'est pour ça que tu voulais me voir ? Pour m'enfoncer un peu plus ?

— Bien sûr. Et ne prends pas cet air surpris juste parce que Stanford me veut.

Cordélia lui arracha la lettre des mains avant qu'il ne la froisse.

— Même si je ne le crie pas sur les toits, j'ai de très bonnes notes cette année. Sans parler des résultats de l'examen, qui étaient excellents.

— Buffy a fait mieux, objecta Oz.

Cordélia écarta ce commentaire sans sourciller.

— Et j'ai nombre d'activités extra-scolaires dans mon dossier. Dois-je rajouter que l'élimination des monstres et la survie en milieu hostile n'en font pas partie ?

Cordélia replia la lettre et la rangea dans son sac à main.

Toutes ses piques avaient atteint leur cible. Buffy se dandinait d'un pied sur l'autre, mal à l'aise. Parfois, comme maintenant, le simple fait de fréquenter Cordélia donnait envie à Alex de se cacher dans un trou de souris. Il l'aurait fait si les sous-sols de la ville n'avaient pas servi de cachette aux monstres de tout poil…

Buffy s'excusa.

— Je vous rejoins tout à l'heure, d'accord ? Il faut que j'aille parler à Giles…

— Attends, je viens avec toi.

Alex prit ses livres. Il avait besoin de tranquillité pour digérer les conséquences de l'entretien de Cordélia à Stanford. Et pour préparer une stratégie qui ne lui fasse pas dire ou faire quelque chose de regrettable.

Quand Cordélia serait sortie de sa vie, qui lui rappellerait qu'il n'était qu'un petit idiot ?

Willow regarda Buffy.

— Il s'est passé quelque chose après notre départ, à Alex et à moi ?

— J'espère que non ! s'écria Cordélia. Tout est si calme depuis quelque temps que je me suis habituée à un mode de vie relax !

— Du calme. La seule crise fut… le sauvetage d'un raton laveur coincé dans une poubelle…

Buffy jeta un regard d'excuse à Alex. Quelques mois plus tôt, l'adolescent se serait volontiers noyé dans ces yeux noisette.

— Alex, j'aimerais mieux que tu ne viennes pas avec moi. C'est un truc de Tueuse… Hum… personnel… tu comprends ?

— Pas de problème. Je peux me faire jeter deux fois en moins de cinq minutes sans être traumatisé à vie.

— A plus ! lança Buffy en s'éloignant.

— Quelque chose la tracasse, dit Oz.

— En effet, fit Willow. Elle était plutôt calme, hein ?

— Sans blague ! grogna Alex.

— Peut-être que la Tueuse est en manque…, suggéra Cordélia. Vous savez, les vampires ne se sont pas bousculés au portillon pour être réduits en cendres, ces derniers temps, alors…

— Tu crois ? demanda Alex, plus perplexe que jamais.

Buffy trottina jusqu'à la bibliothèque, aussi connue (pour les rares initiés) sous le nom de « Bureau de Découverte et d'Expédition des Démons ». C'était le repaire de Rupert Giles, bibliothécaire, historien et Observateur. L'une de ses activités les moins passionnantes consistait à tenir les chroniques des activités de la Tueuse pour de futures références.

Réservées aux Observateurs !

Buffy frissonna. Savoir que sa vie serait consignée dans un vieux livre moisi la déprimait.

La Tueuse entra.

Comme elle s'y attendait, aucun étudiant ne parcourait les rayonnages, à la recherche d'une lecture intéressante. Personne ne s'étonnait du manque d'activités de la bibliothèque. Pratique. La Tueuse et ses amis avaient besoin d'un cadre discret, et d'un accès assuré à la collection de Giles, faite de volumes rares que la plupart des autres écoles interdiraient ou feraient brûler.

Quand la mère de Buffy était tombée sous l'emprise d'un démon, le lycée de Sunnydale avait bien failli s'offrir un autodafé.

Joyce avait récupéré depuis. Mais elle restait bourrelée de remords.

Pour le moment, le fidèle conseiller de Buffy était absorbé par sa lecture.

Elle hésita, envahie par une affection qu'elle ne voulait pas lui laisser voir. Une façade de refus entêté et d'indifférence, voilà tout ce qui la protégeait d'un programme encore plus intense de patrouilles et d'entraînement ! Non que les choses soient faciles pour Giles. En plus d'être né dans une famille d'Observateurs – et donc de n'avoir pas eu le choix –, il avait dû s'adapter et improviser. A la différence de Kendra et de Faith, qui avaient consacré leur vie à leur tâche (Kendra à cause d'une vocation sincère et Faith parce qu'elle aimait zigouiller les vampires), Buffy avait refusé d'abandonner son ancien mode de vie. Celui d'une adolescente déboussolée et affligée d'une silhouette à faire se pâmer jusqu'aux morts-vivants.

Une attitude qui avait rendu plus difficile encore la mission de Giles.

— Qu'est-ce qui te tracasse, Buffy ? demanda l'Observateur en se retournant pour la transpercer du regard.

Surprise, Buffy ne broncha pas.

— Vous avez des yeux dans le dos, Giles ? Vous m'aviez caché ça.

Changeant son sac d'épaule, elle tira une chaise.

— En fait, je m'en doutais un peu…

— Un sixième sens, rectifia Giles en essuyant ses lunettes. Assez utile quand il faut se méfier en permanence du danger qui pourrait surgir derrière soi.

— Je ne suis pas une ennemie.

— Certes… Mais tu es troublée.

— Moi ? Pas vraiment. Il fait beau et je respire toujours. Que demander de plus ?

— Très bien, alors… les cours commencent dans cinq minutes.

Buffy fut décontenancée. Giles savait très bien que derrière une nonchalance de façade, elle cachait son incertitude pour se sentir moins vulnérable face à ce qu'elle ne contrôlait pas.

Alors pourquoi ne cherchait-il pas à en savoir plus ?

Blessée par ses manières abruptes, elle ne bougea pas.

— Tu disais ?

Giles ne leva pas les yeux, la défiant d'abuser de sa patience.

Qui semblait particulièrement limitée, aujourd'hui…

Elle abandonna toute résistance, soupirant à son tour. Par où commencer ? L'appréhension la rendait muette.

— Tu as rencontré des vampires la nuit dernière ? demanda Giles.

— Non, juste une créature de dix kilos avec un masque noir, des griffes et des crocs.

Giles en resta sans voix.

— Un raton laveur que j'ai aidé à se libérer d'une poubelle, se hâta de préciser la Tueuse. Il ne m'a même pas remercié, l'animal…

— Je vois.

L'Observateur s'enfonça dans son siège. Loin de dissiper son inquiétude, le rapport de la jeune fille augmentait son anxiété.

— Ça fait quoi… six nuits sans le moindre ennemi ?

— Sept. Il n'y a aucune chance pour que la Bouche

de l'Enfer se referme et que les vampires aillent s'amuser ailleurs ?

— J'en doute. Pour être honnête, je trouve ce calme très déconcertant.

— Plutôt, oui. Je me demande ce qui se mijote. Comme si quelque chose de *vraiment* moche se tramait dans l'ombre.

— Tout à fait.

Giles désigna le volume poussiéreux qu'il consultait.

— J'ai lu des textes sur les rares périodes d'inactivité prolongée. A la recherche d'une indication sur la suite probable.

— Vous avez trouvé des indices ?

— Rien d'utile. Ça te gêne ? Tu redoutes une flambée de violence anormale ?

Buffy sourit, songeant à la définition du mot « normal » à Sunnydale. Le reste du monde considérerait comme ça l'horreur absolue…

Comparés à des démons comme le Juge, capable de calciner des humains d'un simple toucher, ou comme Acathla, qui avait entraîné Angel en Enfer, les vampires ordinaires n'étaient pas une grosse menace. Pas pour la Tueuse, en tout cas. Et pourtant, les démons n'étaient pas son sujet d'inquiétude principal.

— On pourrait dire ça. Maman a remis l'université sur le tapis, ce matin.

— Ah oui ? (Giles hésita avant de la regarder dans les yeux.) Tu sais ce que j'en pense.

— Ce n'est pas un secret. Vous voulez que j'y aille. Et j'y ai réfléchi. Sérieusement. C'est juste que…

— Oui ?

— Bon. Admettons que j'y aille. J'ignore ce que je veux faire de ma vie. *Si* je suis encore en vie quand le moment viendra de se décider.

— Je comprends le problème, Buffy. Puisque tu es la Tueuse, il n'est pas simple de choisir une carrière, n'est-ce pas ?

— Non. *Primo*, parce que si je travaille trop, les patrouilles de nuit finiront par me transformer en morte-vivante. Bon… des suggestions ?

— Eh bien… j'y ai réfléchi aussi. Certaines études seraient tout à fait profitables à une Tueuse.

— Ah oui, il y a l'Aiguisage de pieu, et…

— Buffy ! Je te rappelle que ton avenir est en jeu. Comme tu l'as judicieusement fait remarquer, il sera inutile d'en parler si tu es morte.

— Oui. Désolée. Je vous écoute.

— J'espère. (Retrouvant son calme, Giles reprit son raisonnement.) Je recommande les sciences humaines, avec une spécialisation en histoire…

— Mais j'ai des notes nulles en histoire !

— Ainsi que l'anthropologie et l'archéologie. Comme tu le sais, la plupart des Tueuses n'ont pas les moyens de recherches auxquels tu as accès. Ils t'ont permis de remplir ta mission et de survivre aussi longtemps. Je serai toujours là pour toi, bien sûr. Mais tes amis vont vivre leur vie.

— Vous avez un talent incroyable pour aider les gens déprimés à se sentir encore plus mal, Giles.

Buffy fit la moue. Mais il avait raison. Elle ne pouvait pas attendre de ses amis qu'ils sacrifient leur existence pour elle. Etre une Tueuse n'était pas le plus génial des passe-temps.

— Je devrais apprendre à utiliser un ordinateur.

— Ça serait pratique, car je n'ai pas l'intention de toucher à la technologie de pointe, répondit Giles en souriant pour relâcher la tension.

— L'histoire, hein ? Bon. *Si* une université m'accepte, ce dont je doute avec mes notes et mon dossier. Soyons honnêtes. Effets pyrotechniques, incitation à l'émeute, et chaos en tout genre ne font pas partie des activités extra-scolaires les plus recherchées.

— Non… Mais tu peux te racheter. Inscris-toi à un des clubs de l'école. Celui d'histoire, par exemple.

— C'est ça, retournez le couteau dans la plaie.

— Je crois que M. Coltrane est le conseiller du lycée.

— Et c'est là que je me paie le platane proverbial… Je l'ai eu en cours d'histoire américaine l'an dernier, et j'ai failli redoubler. Je doute qu'il me porte dans son cœur.

— J'ai eu des discussions captivantes avec M. Coltrane, en salle des professeurs. Il est très calé sur les mythes américains et l'archéologie. Je lui demanderai de passer outre tes anciennes « performances ». Il peut bien me rendre ce service.

— J'ai peur que M. Coltrane ne fasse plus partie du personnel ! cria le proviseur Snyder en entrant dans la salle.

Buffy se crispa. Se retrouver face au dictateur chauve du lycée lui donnait toujours envie de retourner se battre contre des démons.

N'importe quoi plutôt que Snyder.

— Je vous demande pardon ?

Stupéfait, Giles se retourna d'un bloc.

— Est-ce qu'il est… ?

— Mort ? Pas du tout. Il a volé un artefact de grande valeur sur le chantier de fouilles du Roc du Coyote et a disparu avec.

M. Snyder se tourna vers la jeune fille.

— Le Club d'histoire se réunira comme prévu cet après-midi. Ainsi que la classe de Coltrane. Il est interdit de sécher.

Giles secoua la tête.

— Je n'arrive pas à croire que Daniel Coltrane ait pu faire une chose…

La sonnerie retentit.

— Vous êtes en retard pour le premier cours, mademoiselle Summers, grommela Snyder.

— Je suis partie, fit Buffy en attrapant ses livres.

Snyder raconta à Giles les circonstances de la disparition du professeur.

— Lucy Frank m'a appelé ce matin pour me prévenir que Coltrane ne viendrait pas. Il était sur le chantier hier, et elle l'avait laissé seul quelques minutes pour faire sa ronde. Quand elle est revenue, il était parti. Ainsi que l'artefact découvert par l'équipe avant la fermeture du site. Pas sorcier à comprendre, hein ? Il y a une grosse demande d'antiquités au marché noir.

Giles ravala son envie d'attraper l'arrogant bonhomme par le revers de sa veste. Il l'avait fait une fois, pour le « convaincre » de réintégrer Buffy au lycée… Il en avait retiré une grande satisfaction, à la surprise de la Tueuse et de ses amis.

Pour l'instant, il avait besoin de plus de précisions et la douceur semblait préférable.

— J'ai toujours su qu'on ne pouvait pas faire confiance à Coltrane, railla Snyder. Il aime vraiment les adolescents.

— Oui, oui. Cela arrive à certains d'entre nous… Mais il y a une chose que je trouve très curieuse à propos de cet incident.

— Quoi donc ?

— L'artefact que M. Coltrane est censé avoir volé…

— L'artefact qu'il a volé, rectifia Snyder.

Le bibliothécaire le regarda de travers.

— Sauf erreur de ma part, un accusé est considéré comme innocent jusqu'à ce que sa culpabilité soit prouvée, non ?

— Si on veut… Bon, cet artefact ?

— Oui, fit Giles, agacé de s'être laissé emporter. De quoi s'agissait-il ?

— Je l'ignore. Un machin aztèque. Quelle importance ?

— Sans doute aucune. Aztèque, dites-vous ? Etrange.

— Pourquoi ? demanda Snyder.

— L'Empire aztèque était au centre du Mexique. Je me demande comment un artefact aztèque a pu se retrouver si loin au nord.

Giles avait une théorie ; il espérait arracher plus de détails à Snyder. Apparemment, les archéologues avaient exhumé les ruines d'un campement espagnol datant des conquêtes de Cortés.

Le raisonnement de Snyder concordait avec son hypothèse.

— Les Espagnols l'avaient sans doute volé aux Aztèques. A présent, si ça ne vous fait rien… j'ai des professeurs à harceler et des étudiants à intimider, conclut Snyder en rectifiant sa tenue.

— Bien sûr.

Fasciné par les renseignements qu'il avait obtenus, Giles oubliait déjà son interlocuteur. Il sortit un stylo de sa poche et se dirigea vers son bureau.

— Au fait…, ajouta le proviseur. Vous êtes le nouveau conseiller du Club d'histoire. Jusqu'à ce que j'engage un remplaçant pour Coltrane.

— Moi ? Mais je…

— La réunion aura lieu dans la classe de Coltrane à quinze heures trente. Soyez là. Lucy Frank viendra vous mettre au courant des détails du week-end. La sortie du Roc du Coyote.

— Week-end ? Sortie ? Mais…

Les portes se refermèrent sur Snyder.

Apparemment, le sujet n'était pas ouvert à la discussion.

Giles ne voyait pas comment se dégager de cette obligation aussi ennuyeuse qu'inattendue. Il était employé par l'école, et donc obligé de se soumettre aux demandes raisonnables de Snyder.

Après réflexion, il réalisa que ses nouvelles responsabilités comportaient des aspects positifs non négligeables. Buffy n'aurait plus de difficulté à s'inscrire au Club d'histoire, et il fouillerait tout le week-end les ruines espagnoles.

Soupirant, Giles prit un bloc-notes et y consigna ses maigres renseignements sur l'artefact disparu et sur Coltrane.

CHAPITRE III

Le professeur Garret Baine fusillait son assistante du regard. Le site archéologique avait été visité au cours de la garde de Lucy Frank, et l'impudente n'avait pas eu un mot de regret ou d'excuse ! Que Dan Coltrane ait nui à l'intégrité des fouilles et se soit volatilisé avec un artefact aztèque inestimable ne semblait pas l'émouvoir !

Une douleur soudaine traversa la poitrine de Baine. Il prit une grande inspiration. Son cœur fragile était un problème constant. Outre qu'il tenait à dissimuler son état de santé, une attaque n'aiderait en rien à récupérer le miroir ou à traîner Coltrane devant les tribunaux.

— Je devrais vous renvoyer immédiatement pour incompétence, insolence…

— La police est là, coupa Lucy. J'imagine qu'elle voudra me questionner.

— Très certainement. Nous terminerons cette conversation une autre fois.

Un fourgon de la police de Sunnydale et une voiture noire banalisée s'étaient garés dans la zone visiteurs. La demi-douzaine de bénévoles de la Société historique, occupée à manger des beignets et à boire du café devant la tente, s'interrompit pour observer la scène. En temps normal, Baine se serait affairé sur le site. Mais le terrain était bouclé jusqu'aux conclusions de l'enquête.

Baine attendit que les deux agents en uniforme et un détective maigrichon en costume marron le rejoignent. Quand Lucy se plaça à côté de lui, il fit mine de ne pas la remarquer.

— Docteur Baine ?

Le jeune homme en costume tendit la main. Les agents s'arrêtèrent quelques pas derrière lui, très attentifs à ce qui se passait autour d'eux.

— Détective Dwayne Thomas, monsieur. Ravi de vous rencontrer.

Baine se présenta, ainsi que Lucy, puis conduisit le détective au bord de la zone de fouilles où Coltrane avait pris l'objet. Thomas eut un mouvement de recul à la vue du bras squelettique qui dépassait du sol. La terre s'était tassée, preuve supplémentaire de la cupidité de Coltrane et de son mépris scandaleux des techniques et des précautions élémentaires en archéologie.

— Nous n'avons touché à rien, détective, mais l'identité du responsable de ce sacrilège ne fait aucun doute.

Baine lança un regard accusateur à Lucy, qui ne réagit pas.

L'hostilité qui transparaissait à travers cet échange muet n'échappa pas à Thomas.

— Vous savez qui a fait ça ?

— Oui, répondit Baine sans hésitation. Dan Coltrane, professeur au lycée de Sunnydale. Il a dit à Lucy qu'il allait voler l'artefact.

Surpris, Thomas prit un bloc-notes et un stylo dans sa poche.

— Vous pourriez vous expliquer, mademoiselle Frank ?

Baine prêta peu d'attention à la déposition de Lucy. Il était si furieux en découvrant la scène qu'il avait négligé des détails peut-être révélateurs. Différentes empreintes menaient au squelette : celles de Coltrane, venu voler le miroir, et celles de Lucy, partie à sa recherche. Seules celles de Lucy ressortaient de la zone. Autour du squelette, les pas étaient superposés. Coltrane avait dû remonter par le bord de l'excavation.

Le sol, à l'autre bout du site, était parsemé de flaques – un détail bizarre puisqu'il n'avait pas plu depuis l'ouverture du site.

Infiltration ou écoulement ?

Baine décida que c'était sans importance. L'eau pouvait avoir effacé les empreintes de Coltrane. Mais quand la police arrêterait le mécréant, les semelles de ses bottes correspondraient forcément aux traces dans la boue. Ce qui prouverait une fois pour toutes sa culpabilité.

— Si l'artefact était encore enfoui avant que M. Coltrane le déterre, et s'il est reparti avant que vous ne le voyiez, comment pouvez-vous savoir ce que c'était ? demanda Thomas.

Le détective menait son enquête avec calme et méthode ; cette dernière question prit Baine au dépourvu. Le sous-entendu de Thomas ne lui était pas venu à l'esprit. Il n'avait pas éliminé Lucy de la liste des suspects, ou des complices…

En y repensant, Baine réalisa que l'attirance de Coltrane pour son assistante était évidente depuis quelque temps. Que Lucy partage ces sentiments était peu probable – mais pas exclu.

Ou peut-être en avait-elle seulement tiré profit ?

Quoi qu'il en soit, mieux vaudrait la garder dans l'équipe – au moins jusqu'à la réapparition du miroir. Il n'allait pas se laisser battre par une étudiante et un minable prof d'histoire. Si Lucy travaillait avec Coltrane, tôt ou tard elle contacterait son complice.

— Dan m'a montré la photo d'un objet semblable dans un de ses livres, répondit Lucy. Et j'avais vu le miroir avant la fin des travaux, ce jour-là. Il était assez dégagé pour qu'on reconnaisse les motifs aztèques.

— Autre chose ? A part sa valeur évidente sur le marché et son importance historique ?

— Non, détective, rien.

Hochant la tête, Thomas jeta un coup d'œil au chantier, puis se tourna vers Baine.

— J'aimerais examiner de plus près la scène du vol. On ne sait jamais.

— Bien sûr. Regardez tout ce que vous voudrez, mais ne touchez à rien.

Baine désigna le squelette.

— Coltrane a déjà esquinté ce pauvre diable, et peut-être d'autres vestiges.

— Si vous n'avez plus besoin de moi, lança Lucy, je vais mettre l'équipe au travail sur des sondes d'exploration, le long de la paroi rocheuse.

Saluant les deux hommes d'un hochement de tête, elle se détourna.

— Une minute ! cria Baine, vexé par l'assurance de son assistante.

Celle-ci aurait dû se sentir en porte-à-faux, doutant d'avoir encore un emploi. De plus, Baine comptait profiter de l'incident pour interdire aux volontaires de la Société historique l'accès au site. Mieux vaudrait confier le repérage du vieux campement espagnol aux étudiants en archéologie.

— Ces gens sont des amateurs. Je préfère attendre que Rolf et Carrie arrivent.

— Très bien, capitula Lucy. A propos, le maire Wilkens a donné son accord pour la sortie des lycéens ce week-end. J'irai à l'école ce soir pour mettre au point les détails avec le nouveau superviseur.

Baine la regarda s'éloigner, fulminant. Il avait prévenu Wilkens qu'il ne saurait tolérer ce genre d'intrusion sur ses plates-bandes. Les étudiants étaient gênants, sinon destructeurs. Le maire, qui était censé défendre les intérêts du bienfaiteur anonyme, n'avait pas idée de sa valeur, ni aucune considération pour la méthode scientifique.

Il allait de ce pas téléphoner à Wilkens pour lui dire sa façon de penser.

Les ombres dansaient dans la lumière du feu, ajoutant une note macabre au décor sinistre de la maison.

M. Trick tourna sa chaise face à la cheminée, puis s'assit pour réfléchir. Il ferma les yeux afin de contrôler son agitation. La patience était aussi essentielle à la survie des vampires que la peinture noire et les lourds rideaux qui empêchaient le soleil d'entrer. Les ténèbres – son seul abri – convenaient aux meubles et aux œuvres d'art centenaires qu'il collectionnait, histoire de se rappeler que certaines choses pouvaient survivre presque indéfiniment. Comme lui. Mais il ne laissait rien au hasard.

Au fil des ans, alors que les autres morts-vivants chassaient les humains, s'exposant à la destruction par la main d'une Tueuse ou par les foules qui les démasquaient, M. Trick avait tué avec un discernement qui le gardait à l'abri du danger. Doté d'une intelligence supérieure, il avait acquis la richesse et le savoir, des gages de survie. Il devait sa réussite à une préparation à toute épreuve, et à une exécution minutieuse de ses plans.

Il en avait un nouveau.

Les pions étaient en place.

Il devait juste s'armer de patience.

La sonnerie étouffée du téléphone posé sur la table, près de la porte, troubla sa méditation. L'interruption était fâcheuse, mais il choisit de ne pas l'ignorer. Seuls ses associés les plus puissants ou les plus dignes de confiance l'appelaient sur cette ligne privée. Il se leva, traversa la pièce avec une grâce langoureuse, et décrocha le combiné.

— Oui.

— Nous avons des nouvelles des fouilles du Roc du Coyote.

L'excitation du maire Wilkens suscita chez M. Trick une impatience qu'il se garda de révéler. Il méprisait ce petit homme roux au caractère obsessionnel ; il en aurait volontiers fait son déjeuner s'il n'avait pas eu des relations dans les sous-sols de Sunnydale. Le maire s'était avéré très utile pour ceux qui savaient le manipuler.

Pour l'instant, il était le lien idéal entre le sponsor de Trick et le célèbre professeur responsable du site archéologique.

— Et de quoi s'agit-il ?

Le maire fit son rapport. On avait dérobé un miroir aztèque encadré d'or et de turquoises. Le légendaire « miroir fumant », disparu peu avant que Cortés ne rase Tenochtitlán et ne conquière l'empire aztèque. Trick s'était renseigné sur les sites archéologiques liés aux conquistadors espagnols. Aucun objet correspondant à la description du miroir n'avait été retrouvé en près de cinq cents ans. Jusqu'à aujourd'hui.

— Le détective Thomas a pour instruction de me rapporter directement les résultats de l'enquête. Coltrane conduit une vieille épave qui devrait être facile à retrouver.

— Ce serait préférable, commenta Trick.

— Ne vous inquiétez pas. Si ce qu'il a volé est effectivement le miroir de Tezcatlipoca, je *veux* le récupérer. Pouvoir lire l'avenir et contrôler ma destinée sera très utile, surtout avec mes… hum… associés…

Trick ne connaissait pas en détail le pacte que le maire avait conclu avec les démons de la Bouche de l'Enfer. Et il ne s'y intéressait pas.

— Si c'était bien le miroir fumant, il sera retrouvé. Au cas où votre détective échouerait, mes associés s'en chargeraient.

— Je l'espère, monsieur Trick. J'ai autorisé la sortie pour ce week-end. Toutefois, je doute que l'on puisse compter sur la coopération de Baine.

— S'il se dresse en travers de notre chemin, je ferai en sorte qu'on le remette à sa place…

Trick retourna s'asseoir près du feu. Peu importait ce que le maire ou ses alliés voulaient. Trick ne se souciait pas du vol. Si le miroir d'obsidienne était déterré près du Roc du Coyote, le dieu des Ténèbres ne le laisserait pas s'éloigner de la zone.

Tezcatlipoca avait besoin du pouvoir de la Bouche des Ténèbres, et – même si la divinité aztèque ne le savait pas encore – elle aurait également besoin de Trick pour atteindre son but.

Devant la bouillie du jour, à la cafétéria, Buffy finit par lâcher sa cuillère. Elle avait faim mais n'arrivait pas à manger. Alex n'avait pas plus d'appétit qu'elle. Il regardait son beignet à la confiture depuis dix minutes.

— A présent que ton regard de feu a subjugué cette pauvre pâtisserie sans défense, Alex, il serait temps de la savourer, non ?

— Quelqu'un ferait mieux de l'avaler, renchérit

Willow, avant que Giles n'apprenne qu'il y a de la confiture en liberté sur le campus.

— Oui. Ces derniers temps, la cafétéria est bizarrement à court de barres à la confiture…

— Giles fait un élevage, dit Oz en débarrassant son jean des dernières miettes de son sandwich.

— C'est un peu excessif, non ? On devrait peut-être s'inquiéter ?

Buffy repoussa son assiette. Une exposition prolongée devant ce chili immangeable ne pouvait pas être bonne pour son organisme.

— A quel propos ? demanda Alex en levant la tête.

— Nous parlons de Giles. Le Maître des beignets à la confiture.

— Hein ?

— Rendors-toi ! lui conseilla Oz. C'est le titre d'un bouquin au programme du cours de littérature.

— Je n'en ai lu aucun, se vanta Alex. Ce qui explique sans doute pourquoi je n'attends pas de réponse de l'I.T.M., et pourquoi je ne prépare pas un entretien à Stanford.

— Bien vu, confirma Cordélia. Mais tu sais que l'université d'Etat sera obligée de t'accepter si tu as ton diplôme ? Après, ce ne sera pas gagné. Si tu n'as pas la moyenne au bout de six mois, on te virera aussi sec. Pareil pour toi, Buffy.

— Laisse tomber le beignet, Alex, je n'ai pas faim non plus, gémit la Tueuse.

— Cordélia a cet effet sur certaines personnes, fit Alex. Ecœurant…

— Alors… Qui veut venir dans le garage tout à l'heure ? lança Willow avec l'espoir de détendre l'atmosphère. Ça te va, Oz, si on vient tous ?

— J'ai dû rater un épisode. Je ne sais plus pourquoi le garage d'Oz est à la mode, tout d'un coup ?

— Ne me dis pas que les Dingoes répètent *toujours* dans le garage ? intervint Cordélia. Le *Bronze* n'est plus assez bien pour vous ? Il a coulé ?

— On ne joue pas au *Bronze* cette semaine, expliqua Oz. Entendu, Willow. On sera peut-être à l'étroit, avec le groupe au complet, mais on fera avec.

— Une répétition, c'est cool, fit Alex en poignardant son beignet de sa fourchette. Tu viens, Buffy ?

Celle-ci fit la grimace en voyant la framboise gluante baver sur l'assiette.

— Désolée. J'ai euh… d'autres projets.

— Quoi ? lâcha Cordélia. Ah oui, j'oubliais, tu es la Tueuse. Corps à corps, sueur et compagnie. C'est tellement plus drôle que de traîner avec des musiciens cool et vivants…

Buffy ravala une réplique cinglante. Etant insensible aux insultes, Cordélia rendait futile toute tentative de la faire basculer de son piédestal.

— En fait, je m'inscris au Club d'histoire.

Alex faillit s'étouffer en avalant sa bouchée de beignet.

— Pourquoi ?

— Ordre de Giles. Soyons honnêtes : la destruction des morts-vivants n'est pas la meilleure référence pour mon dossier universitaire.

— C'est ce que je viens de dire ! grogna Cordélia.

— Le Club d'histoire ? Tu es sérieuse ? insista Willow. J'ai toujours voulu m'inscrire, mais… On est si occupés à chasser les méchants et tout ça.

— Maintenant que la Bouche de l'Enfer fait une pause-café…

— On pourrait tous s'inscrire au Club d'histoire !

s'écria Willow. (Elle regarda ses amis, vite dépitée.) Ce que j'en disais…

— Fais attention avec les « nous » et les « on », lâcha Cordélia. Je n'en fais plus partie, tu te souviens ?

— Je ne suis pas emballé par ce truc de premier de la classe non plus, mais…

Alex coula un regard pensif à Buffy.

— Dossier universitaire, hein ?

— Ça ne servira peut-être à rien, mais ça ne peut pas faire de mal, soupira Buffy.

— Et Coltrane est si gentil pour un professeur. Un peu comme Giles…

— Au sujet de M. Coltrane…, commença Buffy.

Elle n'avait pas envie de démoraliser Willow, mais la nouvelle se répandrait comme une traînée de poudre avant la fin de la journée.

— Il ne s'occupe plus du Club, annonça la Tueuse.

L'attention de ses camarades ne faiblit pas quand elle leur raconta ce que le proviseur avait dit à Giles le matin même.

— Mais M. Coltrane ne ferait jamais… enfin, il ne pourrait pas…, balbutia Willow.

— Apparemment, si… Désolée, conclut Buffy.

Alex secoua la tête.

— Quand on croit enfin connaître quelqu'un, il va piller une fosse commune avant de fuir !

— Eh bien, la ville en fera vite ses choux gras, dit Cordélia, rêveuse, cherchant comment utiliser l'information à son avantage.

— J'imagine que la sortie est annulée, avança Oz.

— Sortie ? De quoi parles-tu, Oz ? demanda Alex.

— Le Club d'histoire était censé consacrer ce week-end au site archéologique. Un mélange de sortie sympa et de travaux pratiques. Ça aurait pu être marrant. Pour ceux qui aiment déterrer des vieux os et dormir sous des tentes…

— Et au Roc du Coyote, les morts sont *vraiment* morts. Un bonus non négligeable, rappela Alex.

Willow regarda Oz.

— Ça te dirait d'y aller ? Parce que moi, j'ai très envie. Combien de fois on a la chance de déterrer des vieux os… et des trucs ? Par plaisir, je veux dire ?

— D'accord.

Oz hocha la tête. Avec son flegme habituel, ça équivalait à un enthousiasme débordant chez n'importe qui d'autre.

— Le groupe ne joue pas ce week-end, et la prochaine pleine lune est dans deux semaines.

— Il y a un problème, rappela Alex. M. Coltrane a abandonné l'enseignement pour devenir voleur professionnel.

— Pas de problème !

Buffy ne voulait pas avoir l'air trop optimiste, mais ses amis étaient en train de la convaincre.

— M. Snyder a dit que le club se réunirait comme d'habitude, cet après-midi. Il va sans doute nommer un autre professeur à sa tête.

— Dans ce cas, je vous suis, décida Alex. Rester dehors toute la nuit par plaisir, pas pour combattre les démons, ça me branche !

— Et toi, Cordélia ? demanda Willow.

— Désolée. Je ne vis pas à la dure.

— Non, bien sûr, souffla Alex avec une indifférence feinte. La terre sous les ongles, ça ne passe pas, à Stanford.

— A propos de Stanford, fit Cordélia avec un sourire féroce, j'ai rendez-vous avec mon conseiller d'orientation pour travailler sur l'entretien. Amusez-vous bien dans votre super bac à sable ce week-end.

— Vous savez quoi, commença Alex en regardant sa belle flirter avec un joueur de basket, un jour où Cordélia serait gentille serait comme un jour sans pluie.

— Rare et précieux, renchérit Oz.

— J'espère que Stanford est assuré contre les inondations, conclut Buffy.

Willow appréciait la solitude que la bibliothèque offrait, même si ce confinement aggravait la mauvaise humeur d'Alex, qui se murait dans un silence boudeur.

Sans doute parce que Cordélia n'avait ni oublié ni pardonné.

Et ne le ferait jamais.

Giles verrouilla la cage où il conservait les volumes rares et regarda entrer les jeunes gens.

— Willow. Alex. Il y a un problème ?

— Uniquement si vous vous intéressez à l'odieuse conspiration des employés de la cafétéria pour empoisonner les étudiants avec leur chili, soupira Alex en se laissant tomber sur une chaise.

— Ou M. Coltrane et… Enfin, vous savez.

Soupirant au diapason d'Alex, Willow se glissa devant l'ordinateur. Sans l'allumer.

— Oui, M. Coltrane. Je dois dire que son prétendu rôle dans le vol me laisse perplexe. Buffy vous en a parlé ? A moins que tout le campus n'en fasse déjà des gorges chaudes ?

— Le téléphone arabe fait circuler l'information, confirma Alex. Cordélia est au courant.

— Prétendu ? releva Willow. M. Coltrane serait peut-être innocent ?

— Je n'ai pas assez d'éléments pour le savoir, Willow.

Giles fit les cent pas, histoire de remettre de l'ordre dans ses idées.

— D'après ce que je sais de l'homme, Daniel Coltrane est incapable d'un geste aussi méprisable.

— C'est ce que je pense aussi. Il ne ferait pas ça, non. (Willow secoua la tête avec énergie.) A moins… qu'un truc bizarre de la Bouche de l'Enfer… ne se soit emparé de lui ?

— L'activité de la Bouche de l'Enfer est en veilleuse ces derniers temps. Ces deux faits me préoccupent particulièrement, je dois dire.

— Parce que ? demanda Alex. A part la raison évidente, bien sûr…

— La raison évidente étant l'absence de vampires, combinée au comportement bizarre du professeur ? J'ignore si les deux événements sont liés, puisque je ne sais rien de l'objet qui a disparu. A part qu'il est d'origine aztèque.

— Mais la police le saurait ? demanda Willow, complètement perdue.

— Peut-être. Hélas, rien ne filtre.

— Eh bien…, proposa Willow avec un sourire mutin, je pourrais pirater les fichiers du commissariat.

— Sans doute, répondit Giles. Mais en tant qu'autorité responsable, te laisser exécuter une procédure illégale sur un ordinateur de l'école est hors de question.

— Mais…

Alex se tourna vers Willow.

— Tu n'as pas un devoir de littérature à faire ?

— Si, mais c'est plus…

Les yeux de Willow s'écarquillèrent. Elle était née

dépourvue de duplicité, ce qui la rendait parfois un peu lente à saisir ce genre de ruse.

— Ah oui ! J'ai… un devoir. Et… euh… je vais le faire. Tout de suite.

Willow alluma l'ordinateur.

— Eh bien… si tu as besoin d'aide, dit Giles, je ne bouge pas de mon bureau.

Alex se leva.

— Je vais polir les carreaux d'arbalète, aiguiser les pieux, vérifier les stocks d'ail… Enfin, m'occuper, quoi…

Willow hocha la tête puis se connecta au web. Elle lança une recherche systématique dans les fichiers en question.

Une fois l'opération en cours, elle repensa à Alex.

Il était effondré. A cause de Cordélia ? Ou d'elle-même ? La situation était trop bizarre.

Alex et Cordélia se chamaillaient depuis qu'ils avaient six ans.

Alex et Willow étaient amis depuis aussi longtemps. Enfin, pas *seulement*… Willow était amoureuse de lui, mais elle ne l'avait jamais dit.

Jusqu'à ce que Buffy s'installe à Sunnydale.

Le menu de la police apparut à l'écran. Willow saisit immédiatement les codes d'accès du rapport sur le vol. Mais ses pensées restaient focalisées sur sa vie amoureuse.

Buffy avait tout de suite deviné les sentiments de Willow pour Alex, et repoussé les avances maladroites du jeune homme. Elle avait même essayé, avec toute la délicatesse dont elle était capable, de *réveiller* Alex pour qu'il comprenne. Qu'il voie la petite rouquine comme autre chose que cette bonne vieille Willow, toujours là pour les coups durs…

Personne n'aurait osé imaginer que Cordélia et Alex sortiraient ensemble. Et encore moins qu'Alex réaliserait un jour que sa meilleure amie n'était plus une fillette avec des pansements aux genoux...

Elle s'était laissé faire quand il l'avait embrassée. Complètement idiot de sa part...

Mais la chance lui avait quand même souri.

Oz et elle avaient recollé les morceaux.

— C'est bizarre, dit Willow devant les résultats de sa recherche.

— Qu'y a-t-il ? demanda Alex en passant devant le bureau de Giles, une épée à la main.

L'Observateur sortit et saisit fermement le poignet de l'adolescent.

— Je préférerais que tu ne te décapites pas ici, si ça ne te fait rien.

Alex donna l'arme à Giles et croisa les bras.

— Alors, Willow ?

— Pas grand-chose. Lucy Frank a appelé la police à six heures trente-quatre ce matin, mais... personne n'a rédigé de rapport.

— Comment je m'en sors, Lucy ? demanda Henry Stamp.

L'objet qu'il nettoyait se révélait peu à peu sous les sédiments accumulés au fil des siècles. La mystérieuse infiltration avait évacué davantage de boue, mettant au jour d'autres vestiges.

— Excellent, répondit la jeune femme avec un sourire.

L'homme qui lui avait posé la question était un retraité, ancien employé de magasin, d'une soixantaine d'années. Henry était un membre actif de la Société historique de Sunnydale depuis trente ans. Comme les autres volontaires – pour la plupart des retraités et des femmes au foyer, plus un employé de banque en vacances –, il n'avait pas d'expérience pratique des fouilles archéologiques, mais une formidable envie d'apprendre.

— C'est un travail fastidieux, je sais, mais le jeu en vaut la chandelle, Henry.

— Je ne voudrais pas y aller trop fort et abîmer quelque chose.

— Tout se passera bien. Prenez votre temps. Je reviens tout de suite.

Lucy retourna sous la tente.

Baine s'était réfugié dans les excavations quand le maire avait refusé de changer d'avis sur la sortie du week-end.

Captivé par le squelette qu'avait endommagé Dan Coltrane, le professeur ne remarqua pas la jeune femme, qui s'en félicita.

Epuisée et inquiète comme elle l'était, Lucy n'aurait pas supporté une nouvelle confrontation. Quelques minutes de solitude lui permettraient de réfléchir.

Après s'être versé un verre d'eau, elle tira un tabouret à l'ombre de la tente. Cachée à la vue de Baine, elle s'abandonna à ses réflexions.

Scientifique formée au raisonnement logique, elle n'était donc pas blessée ni étonnée que le détective Dwayne Thomas la soupçonne d'avoir aidé Dan Coltrane à s'emparer de l'artefact. Le sous-entendu était assez clair…

En revanche, que Garret Baine ne la renvoie pas séance tenante lui paraissait surprenant. D'autant que ses soupçons, comme ceux du détective, étaient étayés par les circonstances et par son attitude. Elle n'avait donné aucun renseignement à part sa narration des faits, et rien ajouté pour se défendre.

Pas plus qu'elle n'avait mentionné la mission illusoire de Dan, désireux de sauver le monde d'une « menace mythologique ».

Même si elle voulait garder son travail et se protéger, il y avait trop de choses qu'elle ne pouvait pas expliquer.

Pourquoi s'était-elle sentie obligée de contacter la police et l'école ce matin ? Avant de constater la disparition du fameux miroir ?

Comment savait-elle que Dan Coltrane l'avait volé et ne comptait pas revenir ?

Pourquoi s'était-elle portée volontaire pour le week-end ?

La vérité était qu'elle ne se souvenait de rien entre son retour de patrouille et son réveil, à l'aube. Rien sinon des bribes de rêve… Sang rouge, fourrure noire, eau et pierre…

Le sens profond de tout ça lui échappait.

Lucy ferma les yeux, indisposée par la lumière du soleil. Elle avait l'impression de n'avoir pas fermé l'œil de la nuit. La fatigue l'empêchait de raisonner clairement, l'obligeant à se méfier plus que d'habitude des sautes d'humeur de son patron. Garret Baine pouvait ruiner tout ce qu'elle avait eu tant de peine à obtenir.

Son doctorat, sa carrière, les ténèbres de la pierre, le pouvoir du sang…

Les yeux de Lucy se rouvrirent d'un coup, le regard attiré par la tour de pierre qui dominait la colline.

Et son rêve.

Le Roc du Coyote.

La pierre l'appelait, silencieuse mais implacable.

Nerveuse, Lucy commença à gravir la pente, se

cachant derrière les rochers et les buissons pour que personne ne la voie depuis le chantier.

Tandis qu'elle grimpait, d'autres images vinrent la tourmenter.

L'eau coulait autour d'elle, trempant ses bottes, inondant le terrain au-dessus du promontoire.

Elle s'arrêta, le souffle court. La vision n'était pas une fantaisie de son subconscient mais un souvenir maquillé en rêve. L'inondation ne résultait pas d'une infiltration ou de précipitations abondantes.

Elle l'avait provoquée.

Elle avait utilisé le tuyau relié à la citerne pour détremper le sol entre les fouilles et le plateau rocheux, utilisant presque toute l'eau du camp.

Troublante prise de conscience…

Lucy devrait remplir les réservoirs avant que Baine ne s'en aperçoive. Baine constituait une menace.

Poussée par une urgence indéfinissable, elle enjamba des rochers et plongea entre les buissons. Sa chemise nouée s'accrocha à une branche. Elle tira, déchirant le tissu et s'écorchant le bras au passage. Elle trébucha se blessa au genou… mais rien ne la ralentissait. Elle continuait de monter, aiguillonnée par le cauchemar surnaturel qui se déroulait dans son esprit.

Une piste.

Des empreintes de félin où le sang forme de petites flaques.

L'eau sous pression qui se colore de rose et de brun en aspergeant le sol.

Un rugissement qui déchire la nuit.

Une ombre noire passa dans le champ de vision de Lucy, rendue floue par les larmes qui coulaient de ses yeux. La sueur lui trempait la nuque. Ses jambes la faisaient souffrir, mais elle ne les contrôlait plus.

Une force la guidait au pied de la tour de pierre.

Lucy s'écroula quand la force étrangère à sa volonté la libéra. Les yeux fermés, elle attendit que sa respiration retrouve un rythme normal.

Un jaguar noir trottait le long de la colline au clair de lune.

Désorientée, Lucy rouvrit les yeux. Elle fronça les sourcils en avisant le livre de référence de Coltrane, à quelques mètres d'elle. La moitié supérieure de la couverture était maculée de boue. A moins que ce ne soit du sang ?

Effrayée, elle regarda la tour rocheuse qui la dominait de ses quinze mètres.

Les phares avalent les buissons et les rocs tandis qu'elle quitte la piste...

A genoux, Lucy fouilla les poches de son jean. Chacune contenait un trousseau de clés. Son regard se porta sur un bras, coincé dans une fissure.

Epuisée physiquement et mentalement, elle ne comprit pas tout de suite ce qu'elle voyait.

Elle s'approcha à quatre pattes... et se pétrifia en reconnaissant le corps mutilé de Dan Coltrane.

Trop horrifiée pour hurler, elle se détourna et vit son propre visage se refléter sur une surface d'obsidienne. Posé contre un rocher, le cadre d'or du miroir aztèque brillait sous le soleil de midi.

Fascinée, elle prit l'artefact entre ses mains tremblantes et plongea son regard dans les profondeurs enfumées du verre noir.

Au milieu des volutes dansantes, les prunelles dorées d'un jaguar la contemplaient.

CHAPITRE IV

Buffy remontait le couloir en direction de la salle de cours de M. Coltrane. Elle se faisait l'effet d'une baleine échouée : hors de son élément et en fort mauvaise posture.

La chasse aux vampires, c'était une partie de plaisir comparée à ce qu'elle s'apprêtait à faire : une plongée dans le milieu intello du Club d'histoire ! Même si elle était plus que pourvue sur le plan du Q.I., elle se lançait dans la mêlée sans connaître les règles du jeu. Elle avait une excellente pratique des armes, de la plus ancienne à la plus moderne. Mais ses connaissances en histoire se limitaient aux démons, aux vampires et aux malédictions.

Non qu'elle fût très calée. En général, elle se reposait plutôt sur Giles et sur Willow pour les recherches et la préparation de l'examen final.

La vie ou la mort. On ne redouble pas !

Menton pointé, Buffy entra dans la salle avec une belle assurance. Cinq étudiants et le proviseur Snyder se tournèrent vers elle. Buffy se figea. Si ses pairs lui posaient des questions sur cette intrusion, elle s'en remettrait. Mais elle n'allait pas supplier Snyder de la laisser participer à cette petite sauterie pour experts.

L'absence flagrante de Willow, d'Oz et d'Alex n'arrangeait rien. Elle pouvait comprendre que les garçons aient changé d'avis sur leur soudaine vocation académique, mais elle avait beaucoup compté sur le soutien de Willow.

— Vous êtes en retard, mademoiselle Summers. Et le nouveau moniteur aussi. Asseyez-vous ou partez.

Snyder tendit un marqueur noir à une blonde tout droit sortie d'une pochette CD de heavy metal. La fille écrivit son nom sur un morceau de papier plié, le posa debout sur la table et rendit le stylo.

Snyder examina Buffy avec un mépris manifeste avant de se diriger vers la porte.

— Au moindre signe de désordre ou de destruction, je vous vire.

— Ni désordre, ni destruction. Compris.

Buffy soupira quand Snyder quitta la salle. Elle ne se croyait pas pour autant tirée d'affaire.

Les cinq étudiants continuaient de la scruter. Elle reconnut Chance Greyson, une brute sportive aux cheveux blonds. Il murmurait quelque chose à sa voisine. Sienna Patterson, d'après le papier posé devant elle…

Un peu enveloppé, les yeux à moitié cachés par sa frange brune, Bart Laughlin secoua la tête et se replongea dans un livre de physique.

— Tu as entendu. Assieds-toi, fit Kilya Stodard.

Sa tenue de cuir noir, sa crinière blonde et ses multiples boucles d'oreilles criaient au monde ses velléités de rébellion.

Dem Inglese eut un sourire, puis se détourna quand Buffy s'assit à côté de lui. Continuant de jacasser avec Chance, Sienna coulait de temps à autre un regard dans sa direction. Ils n'avaient pas l'air de parler de leur prof disparu. Buffy se sentait devenir paranoïaque. Mais il n'y avait pas de quoi. Sa réputation et ses exploits incitaient assez aux ragots et aux suppositions.

Absorbé par son livre, Bart ne s'intéressait pas du tout à ce genre de débat.

Blasée, Kilya posa le menton sur sa main et ferma les yeux.

Au milieu de ce silence attentif, Buffy se tourna un peu sur sa chaise, et vit que Dem la regardait aussi.

— Alors… C'est qui, le nouvel organisateur ? demanda-t-elle.

Dem sourcilla – amusé par la question ou impressionné qu'elle lui ait parlé. Buffy penchait pour la seconde option. Il était assez mignon. Cheveux bruns, mâchoire carrée et yeux marron toujours en mouvement derrière des lunettes à monture fine. Il ressemblait à Giles, tel qu'elle se l'imaginait adolescent.

Enfin, ce qu'elle imaginait *avant* d'apprendre que son Observateur avait été un enfant terrible jouant avec la magie…

Dem s'éclaircit la gorge.

— Euh, je ne sais pas, je suis nouveau.

— Ça nous arrive à tous. Moi, c'était il y a deux ans. C'est pas facile, d'être nouveau.

— Oui, ben…

Dem remonta ses lunettes sur son nez. Il ressemblait tellement à Giles que c'en était inquiétant.

— Je viens d'arriver. Il y a deux mois, en gros.

— Ah, c'est vraiment… nouveau, alors.

Buffy se détourna, espérant que l'organisateur et Willow allaient arriver, pour mettre fin à cette conversation pathétique.

Dem était timide, mais une fois lancé, il ne s'arrêtait plus.

— Alors… Tu aimes l'histoire, toi aussi. Peut-être

qu'on pourrait… euh… aller dans ce club, le *Bronze*… pour bavarder.

Buffy grimaça *in petto* en voyant une étincelle d'intérêt dans les yeux du jeune homme. Il avait l'air sympa, mais la dernière chose qu'il lui fallait pour l'instant, c'était un gentil chien-chien qui la suive à la trace. Outre que Giles Junior n'était pas son type, elle ne pouvait pas se voiler la face. Scott l'avait quittée sans hésiter parce qu'elle était « distraite » – une façon aimable de dire : « encore amoureuse d'Angel ».

Reconnaissant d'instinct la solitude et le désespoir de Dem, elle ne voulait pas qu'il confonde conversation anodine et prélude romantique. Il se retrouverait avec le cœur brisé – ou mort.

Elle refusait ce genre de responsabilités.

— Je ne crois pas. J'ai un emploi du temps assez chargé. Mais c'est sympa.

— Pas de problème, la rassura Dem.

Il fit de son mieux pour cacher sa déception. Mais il n'était pas très bon, là non plus.

— Désolé d'être en retard ! lança Giles en entrant.

Il salua Buffy d'un hochement de tête.

La jeune fille lui rendit son sourire, indécise. Un des intérêts qu'elle trouvait au Club d'histoire, c'était qu'il représentait une escapade loin de sa vie de Tueuse. Ça n'allait pas être facile si Giles supervisait la sortie. Quelles que soient les tâches qui l'occupaient par ailleurs, il restait encore et toujours un Observateur.

Willow, Alex et Oz entrèrent à sa suite et s'assirent près de leur amie.

— Salut, Buffy, souffla Alex. Comme c'est une zone franche sans Cordélia, je n'ai pas pu m'empêcher de venir.

— Pourquoi tout le monde a-t-il un carton avec son nom ? demanda Willow.

— Pour que le nouveau prof sache qui on est, expliqua Dem, avant de reculer comme s'il s'attendait à une réplique cinglante.

Buffy se sentit désolée pour lui.

— Oh…, fit Willow. Alors, on n'en a pas parce que… Giles nous connaît. Ce qui n'est pas forcément un bien, hein, Buffy ?

— Ça pourrait être pire. Snyder était là quand je suis arrivée.

— Ne regardez pas tout de suite, avertit Oz, mais ça vient d'empirer.

Cordélia se tenait sur le pas de la porte.

— Oh non, vous êtes tous ici ?

— Eh oui ! répliqua Alex. Et on aimerait bien que tu n'y sois pas.

— Dommage. D'après mon conseiller d'orientation, il me manquait une activité extrascolaire, et c'est le seul club du campus qui propose une chose un peu cool.

— Je croyais que tu n'aimais pas camper, Cordélia, rappela Willow.

— C'est vrai, mais tâter à de vraies fouilles archéologiques, c'est bon pour mon dossier. Mme Makem m'a dit qu'on adorerait ça, à Stanford.

Cordélia surprit le regard fasciné de Dem et l'examina à son tour.

— Salut, euh… Dem Inglese. Je viens d'emménager.

— Qu'est-ce que ça peut me faire ?

Décidée à montrer son indignation, Cordélia s'installa seule, au fond de la classe.

Willow voulut réparer les dégâts causés par la langue acérée de la demoiselle.

— Bienvenue à Sunnydale, Dem.

— Où c'est tous les jours la fin du monde.

— Monsieur Giles ?

Une jeune femme attirante aux cheveux noirs entra et sourit au bibliothécaire.

— Je suis Lucy Frank.

Un terrible instant, Giles crut voir un fantôme. Celui de Jenny Calendar. Malgré sa tenue décontractée – jean, bottes et chemise verte –, Lucy ressemblait trop à la femme qu'il avait aimée et perdue.

L'image qui hantait ses nuits ressurgit sous ses yeux.

Jenny, dans son lit, la nuque brisée par Angélus, l'incarnation démoniaque de l'ancienne flamme de Buffy.

Angélus, que les ancêtres gitans de Jenny avaient maudit… *Angel*, qui avait renoncé à son salut pour un instant de pur bonheur. Angélus, qui avait assassiné tant de gens avant que Willow ne renforce le sort et que Buffy ne le renvoie en enfer… *Angel*, qui était mystérieusement revenu…

Jenny était morte.

En proie au désespoir, Giles ferma les yeux.

L'effet de cette rencontre avec le sosie de Jenny n'échappa pas à Buffy. Inquiète, elle se détourna pudiquement.

— Je me suis peut-être trompée de salle, avança Lucy, se méprenant sur l'hésitation de Giles. Je cherche la réunion du Club d'histoire.

— Vous y êtes, ma petite dame ! dit Kilya d'une voix où se mêlaient l'irrespect et l'agressivité.

Giles revint à la réalité d'un coup, comme frappé par la réflexion cavalière de l'étudiante.

— J'apprécierais que tu restes courtoise, Kilya.

Ayant accepté une responsabilité temporaire, Giles remplirait ses fonctions de son mieux.

Se reprenant, il avança vers la nouvelle venue.

— C'est… la bonne salle. Vous n'entrez pas, mademoiselle Frank ?

— Lucy suffira, si vous le voulez bien.

— Comme vous voudrez… Lucy.

Giles lui fit signe de s'asseoir derrière le bureau de Dan Coltrane. Il sentait une tension chez les étudiants, et il avait hâte de se débarrasser de cette corvée.

— Merci, monsieur Giles.

Lucy avait une démarche à l'assurance et à la grâce troublantes.

Elle posa sa mallette.

— Juste Giles, si cela vous va.

Désarmé par le sourire de la jeune femme, le bibliothécaire se tourna vers les étudiants, curieux et pas vraiment bienveillants. La présence familière d'Oz, d'Alex, de Willow et de Cordélia aux côtés de Buffy l'aida à reprendre contenance. Une animosité certaine se dégageait des autres étudiants, apparemment très dévoués à leur professeur habituel.

Giles appréciait ce sentiment à sa juste valeur, mais il ne se laisserait pas intimider.

— Certains d'entre vous savent déjà que je remplace le conseiller de l'école jusqu'à ce qu'un nouveau professeur d'histoire soit engagé, dit-il.

— Ils ont attrapé M. Coltrane ? demanda Kilya.

— Ouais, il y a un scoop ? renchérit Cordélia.

— Tiens, je reconnais ça. Grossière et sans finesse, commenta Alex.

Habitué aux indiscrétions de Cordélia et aux railleries d'Alex, Giles se concentra sur la blonde en cuir noir. Elle croisa les bras et le regarda. Il se demanda si les trous percés à divers endroits de son visage lui faisaient mal. Derrière l'aspect et l'attitude agressifs de la lycéenne, Giles devinait une foule de phobies et de malaises. Il n'y pouvait rien.

— Pas que je sache, non. M. Coltrane est toujours porté disparu. Toutefois…

Giles fut interrompu par un léger bruit. Une brunette à l'air assez stupide agitait au-dessus de sa tête un poignet orné de nombreux bracelets en métal.

— Oui, euh… Sienna. Qu'y a-t-il ?

— A mon avis, M. Coltrane est innocent. (La lycéenne sautillait sur sa chaise en parlant.) Il était trop cool pour voler un vieux fossile ! Vous voyez ?

— Oui, je suis d'accord.

Giles s'avisa que son opinion lui valait l'attention de Lucy Frank.

— Tu m'étonnes ! railla Chance Greyson.

Un basketteur, si les souvenirs de Giles étaient corrects. Le jeune homme avait dressé les deux pouces, un signe on ne peut plus positif.

— Quelqu'un d'autre veut s'exprimer ? demanda le bibliothécaire.

Bart Laughlin, l'image même du génie scolaire, gardait le nez plongé dans un manuel de physique qui aurait mis les facultés intellectuelles de Giles à rude épreuve. Dem, le voisin de Buffy, tripota ses lunettes, manquant de les faire tomber.

Buffy et son équipe ne semblaient pas disposés à faire part de leur avis sur M. Coltrane, peut-être parce qu'ils étaient nouveaux dans ce club.

Le groupe était disparate, mais les amis de la Tueuse avaient réussi à accomplir un travail d'équipe efficace en dépit de leurs personnalités différentes.

— Comme je disais, reprit Giles, les événements récents n'affecteront pas la sortie sur le chantier archéologique du Roc du Coyote, ce week-end. Nous partirons vendredi après les cours, comme prévu.

— Il y a des trucs dégueu qui rampent, là-bas ? demanda Sienna avec un dégoût exagéré.

— Ça dépend de ta définition des « trucs dégueu », souligna Alex sans sourire.

— Selon la nôtre, sans doute pas, ajouta Oz.

— Je veux dire des serpents ou des araignées. Des trucs comme ça !

— Une bonne question pour notre invitée, j'imagine.

Désireux de passer la main au plus vite, Giles présenta Lucy.

— Mlle Frank est là pour nous parler de ce qu'on a trouvé et surtout pour expliquer les règles. On ne fouille pas à la pelle un campement de plus de cinq cents ans.

— Vous avez déjà fait de l'archéologie, Giles ? demanda Lucy avec un grand sourire.

— Très peu. En Egypte… et… au… Congo…

Affligé de s'entendre bafouiller, il s'interrompit. Lucy se tourna vers les élèves.

— Vous allez embarquer pour un fabuleux voyage dans le temps…

Une fois le groupe de volontaires rendu assez coopératif, Lucy se révélant tout à fait capable de faire face aux questions et aux commentaires, Giles pensa à la disparition de Coltrane.

Willow avait fait une nouvelle incursion illégale dans les fichiers de la police de Sunnydale. Il n'y avait toujours aucun rapport concernant un vol sur un site archéologique. Il pouvait y avoir une explication rationnelle. Une enquête en cours, une coupure des communications, ou un problème avec les ordinateurs de la ville… Mais à Sunnydale, se dire que les choses inhabituelles avaient des explications ordinaires n'était pas prudent.

L'influence de la Bouche de l'Enfer s'étendait jusqu'au Roc du Coyote. L'extraordinaire ne pouvait pas être rejeté d'emblée.

— En conséquence, nous avons toutes les raisons de croire que ce site contient d'autres objets que l'équipement standard des soldats espagnols de cette période. Nous espérons découvrir des trésors volés aux Aztèques.

La mention de l'empire centraméricain ramena Giles au présent.

— Oh, mon Dieu ! Vraiment ? s'écria Sienna en gigotant de plus belle. Et on peut… garder ce qu'on trouve ?

— J'ai bien peur que non, répondit Lucy avec un sourire. Toutes les découvertes seront remises à des musées, ici ou au Mexique.

— Le Mexique peut avancer que les Aztèques font partie de son histoire, n'est-ce pas ? demanda Willow.

— Oui, confirma Lucy. Et les trouvailles qui alimentent ce genre de différends sont en général réparties à l'amiable par les gouvernements. Il faudra peut-être organiser une exposition ici, à l'université, puis s'arranger pour qu'elle transite par plusieurs musées dans les deux pays.

L'atmosphère de camaraderie universitaire et de curiosité intellectuelle qui régnait dans la classe donna à Giles un rare sentiment de normalité. Il se laissa aller à cette délicieuse impression. Le désir de Lucy Frank de partager son expérience et son enthousiasme avec une bande d'adolescents était impressionnant.

Mais pas autant que l'intérêt qu'elle éveillait chez les étudiants… Même Buffy écoutait.

— Savez-vous quel genre d'artefacts aztèques pourrait être enfoui par ici ? demanda Willow, l'air détaché.

Giles comprit tout de suite où elle voulait en venir : qu'avait emporté Dan Coltrane ?

— Difficile à dire, répondit Lucy. Les Aztèques étaient d'excellents artisans, et la plus grande partie de leur art a pu survivre. Avec de la chance, nous trouverons des pierres taillées, des bijoux de jade, en or et en argent. De la poterie… Saviez-vous que leur société était démocratique ?

Le changement de sujet parut bizarre à Giles. En l'absence du rapport de police, il était possible que Lucy esquive volontairement toute référence à l'objet volé.

— Le chef aztèque, ou Grand Orateur, n'atteignait pas son rang par droit héréditaire. Il était choisi par un conseil de Sages qui étaient à leur tour élus en fonction de leurs accomplissements en tant que prêtres ou que guerriers.

Kilya fronça les sourcils.

— Ces Aztèques ne sacrifiaient-ils pas des gens pour plaire à leurs dieux ?

Surpris par la référence de la jeune fille à la coutume du sacrifice humain, Giles se demanda s'il ne l'avait pas sous-estimée…

— C'est exact. Mais les raisons profondes sont plus complexes.

— Trop dégueu ! couina Sienna.

Chance secoua la tête.

— Comment peut-on tuer de sang-froid des amis ou des enfants dans une cérémonie religieuse à la noix ?

— Certaines positions sacrificielles étaient considérées comme un honneur, intervint Bart.

Le jeune homme sortit le nez de son livre. Il était

visiblement capable de suivre deux raisonnements à la fois.

— Pour les sacrifices ordinaires, les Aztèques utilisaient les membres de tribus voisines faits prisonniers en temps de guerre.

— Un casse-croûte divin, quoi, conclut Alex. Pas la meilleure façon de terminer le week-end…

— A propos, coupa Lucy en sortant des dossiers de son attaché-case, vous devrez apporter votre équipement de camping et vos provisions.

— Kilya et moi, on peut s'occuper des provisions. Hein, Kilya ? proposa Sienna.

— Si tu veux, soupira l'autre jeune fille avant de se tourner vers Giles. Qui paye ?

Le bibliothécaire hésita. Les clubs de ce genre avaient généralement des fonds pour financer leurs activités. Lucy répondit à sa place.

— C'est déjà réglé, Kilya. Tu iras voir le proviseur Snyder.

Chance leva la main.

— J'ai un garage rempli de tentes. Si tout le monde apporte son sac de couchage et si Bart prend le van de son père, je me charge du reste.

— D'accord pour le van, accepta Bart en refermant son livre.

— Moi, j'ai un réchaud de camping et des lanternes, proposa Dem.

Buffy constata que personne ne lui prêtait attention.

— Très bien, Dem. On en aura toujours besoin.

— Et on les stockera dans mon van, ajouta Bart.

Après avoir fixé le rendez-vous sur le parking de l'école vendredi après-midi, Giles leva la séance. Les quatre volontaires pour le matériel et la nourriture étudièrent la liste que Lucy leur avait remise. Cordélia partit sans adresser la parole à quiconque. Dem traîna un peu, espérant en vain une invitation qui n'arriva jamais.

Le pauvre garçon ignorait que se lier à Buffy pouvait provoquer des maladies graves – comme la mort, par exemple. Et elle ne pouvait pas le lui dire.

Willow passa la tête dans l'entrebâillement de la porte.

— Nous serons chez Oz, Giles. Au cas où… On ne sait jamais…

— Merci, Willow.

Les étudiants partis, Giles s'éloigna avec Lucy.

— Y a-t-il autre chose que je devrais savoir, à propos de cette sortie ? A part m'assurer que mes petits chercheurs de trésors ne dérangeront personne… ?

— Qu'avez-vous en tête ?

Giles crut détecter une réaction défensive chez Lucy.

— Rien de particulier. Etant le superviseur, il me revient de faire en sorte que tout se passe au mieux.

— Ne vous inquiétez pas. Je suis sûre que tout ira très bien.

Quand Lucy se détourna, Giles insista :

— Il y a autre chose…

— Oui ?

— L'objet que M. Coltrane est censé avoir volé… (Espérant que ses motivations ne seraient pas trop transparentes, Giles feignit un intérêt historique.) Qu'est-ce que c'était ? Le site étant à plus de deux mille kilomètres de Mexico, la découverte de reliques aztèques aussi loin au nord est difficile à croire !

Lucy éluda avec adresse le défi.

— Je vous assure que l'objet volé reflète à la perfection le style artistique aztèque.

— Fascinant.

La réponse de la jeune femme était trop ambiguë, mais Giles s'abstint d'insister. Lucy n'était pas disposée à en parler. La déformation professionnelle la poussait peut-être à la prudence…

— N'est-ce pas ? A vendredi, donc.

— J'ai hâte d'y être, assura Giles.

C'était sincère. Il aimerait toujours Jenny… Mais le temps commençait à adoucir sa peine.

CHAPITRE V

Buffy éteignit la télé et écarta son assiette à moitié pleine quand sa mère passa la porte d'entrée.

— Salut, maman. T'es en retard.

— Tu n'as pas eu mon message ?

Joyce posa sa mallette et une poignée de dépliants pour l'exposition Hernandez sur la table basse. Elle se laissa tomber sur le canapé, soupirant avec énergie.

— Si, mais je n'allais pas rater l'occasion de te renvoyer ce genre de réflexion.

— Touché ! Tu as mangé ?

— Haute cuisine surgelée au micro-ondes… Je suis bourrée…

Buffy ouvrit un dépliant précisant les jours et les heures d'ouverture au public.

— Réception vendredi soir ? Ça a l'air sympa. Je suis invitée ?

Les yeux de Joyce s'arrondirent de surprise.

— Tu veux dire que tu ferais relâche, ce soir-là ? Pas de Tuerie, ou je ne sais quoi ?

— Eh bien, c'est plutôt calme, ces derniers temps, avoua Buffy en prenant une gorgée de soda.

— C'est bien ou pas ?

— Bonne question. Je n'en sais rien…

Par certains côtés, la singulière vocation de Buffy était plus dure à supporter pour sa mère que pour elle-même. Toutes les nuits, Joyce se rongeait les sangs… Sa fille vivrait-elle jusqu'à l'aube ? Trop souvent, elle-même avait été en danger parce que Buffy était la Tueuse.

Malgré tout, Joyce la soutenait et tolérait la situation avec un calme admirable. La plupart du temps.

Joyce méritait le respect de sa fille, et des réponses sincères.

— Mais je n'arrive pas à me défaire de l'impression qu'il se trame du vilain. Je ne sais pas quoi, c'est tout.

— Giles non plus ?

— Pas la moindre idée. Mais… M. Coltrane qui s'enfuit avec une antiquité aztèque, c'est plutôt bizarre.

— J'ai appris ça. Tout le monde en parle. Ce qui est déjà étrange en soi, quand on y pense. Il reste du soda ?

Hochant la tête, Buffy prit son assiette et suivit sa mère dans la cuisine.

— Que veux-tu dire ?

— Eh bien, pense à tout ce qui se passe d'anormal dans cette ville sans que les gens en parlent, ni même s'en rendent compte !

— Où tu veux en venir ?

Buffy jeta les reliefs de son dîner et rinça son assiette. Joyce sortit une canette du frigo avant de s'asseoir au comptoir de la cuisine.

— J'ai le sentiment qu'il n'y a rien de plus sinistre dans cette affaire qu'un professeur sous-payé qui veut toucher le pactole sur le marché noir des antiquités. Santé !

— Cul sec ! lança Buffy, vidant sa canette.

— La réception de Juan est à dix-neuf heures vendredi. Tes amis seront les bienvenus.

— Oh non ! Je ne peux pas venir !

— Pourquoi ?

— Rien de grave. En fait, tu seras sans doute d'accord…

— D'accord pour quoi ?

Joyce se mit en mode : « C'est-pour-ton-bien-tu-comprendras-plus-tard. »

Une mère, quoi.

— Eh bien, je parlais de la fac à Giles ce matin, et de mon minable dossier. Les résultats aux examens, ça ne fait pas tout, hein.

— Hum. Continue.

— Il a suggéré que je m'inscrive au Club d'histoire.

— Et ?

— Et je l'ai fait. Il y a une visite guidée du site archéologique. Sur deux jours. On campera là-bas. On y sera tous, Willow, Alex, et toute la bande. (Secouant la tête, Joyce baissa les yeux.) C'est pour l'école, maman. Il y aura plein d'adultes, à commencer par Giles.

— Mon Dieu, Buffy… (Joyce sourit.) Je suis désolée, c'est juste que…

— Les nerfs qui craquent ? Enfin ?

— Non, répondit Joyce quand elle eut repris son souffle. Il y a encore quelque temps, j'aurais hésité à te laisser partir. Et maintenant, c'est presque un soulagement.

— Alors tu ne m'en veux pas trop de ne pas venir au vernissage ?

— Non, pas du tout. J'aime que tu passes ton vendredi à t'amuser. C'est *normal*.

Buffy opina du chef.

— C'est ça. Creuser et dormir dans des sacs de couchage, sur la terre froide, sans salle de bains, pendant quarante-huit heures… Le rêve de n'importe quelle adolescente.

— Tu vas adorer.

— Mes cheveux ne s'en remettront pas.

— Tu survivras.

— Exactement.

Un grand sourire sur les lèvres, Buffy attrapa son sac et son blouson, et ouvrit la porte.

— Ne m'attends pas !

— Patrouille ? demanda Joyce, redevenue sérieuse.

— Le devoir m'appelle. A-t-on un sac de couchage ?

— Je vais te trouver ça.

— Merci.

Buffy souffla un baiser à sa mère et sortit dans la nuit, fuyant l'inquiétude qu'elle lisait dans ses yeux.

La Tueuse longeait la piste de jogging, les sens en alerte. Le parc n'était pas calme. D'habitude, la tombée de la nuit incitait tout le monde à rentrer chez soi. Ce soir, le crépuscule avait attiré une foule étonnante. Un couple enlacé près de la fontaine. Un vieil homme promenant son chien. Un groupe d'adolescents jouant au basket avec des boîtes de soda écrasées…

Deux garçons garèrent leurs vélos et coururent vers le terrain, ballon en main.

Pénétrant dans un secteur boisé, Buffy se demanda combien de ces gens seraient encore là le lendemain… Mais elle devait se concentrer sur ce qui rôdait peut-être dans l'ombre, guettant une proie assez stupide pour tomber entre ses griffes.

Sauf que *rien* n'était embusqué dans l'ombre.

Les écureuils et les joggers ne comptaient pas.

Buffy s'écarta du chemin quand elle entendit un pas

rapide, derrière elle. Elle écouta, jaugeant le coureur aux bruits qu'il faisait.

Humain, pas trop lourd, pas rapide.

Elle se retourna lentement, la main tendue vers le pieu coincé dans la poche arrière de son jean, par précaution. Sa vision s'adapta à la faible lumière d'un lampadaire.

Masculin, sweater gris, fatigué.

Il courait tête baissée.

Un autre mouvement, au milieu des arbres, attira l'attention de Buffy. Le coureur s'arrêta.

— Buffy ?

Pieu en main, la Tueuse se tendit. La voix essoufflée était familière, mais elle ne la reconnaissait pas.

— Qui est là ?

— Dem Inglese. Du… Club d'histoire. Cet après-midi ?

Il se pencha pour reprendre son souffle, puis s'étira, mal à l'aise. Ses lunettes étaient retenues par une bride attachée aux deux branches.

— Tu fais ça souvent ? Du jogging, la nuit, je veux dire ?

— Non… Je n'avais jamais couru par ici.

Dem se tut en réalisant que Buffy, distraite, ne l'écoutait pas.

— Un conseil, mon vieux…

Buffy frissonna. Elle ne sentait pas de vampire, mais *quelque chose* de furtif se rapprochait.

— Sunnydale n'est pas sûre, à la tombée de la nuit. Rentre chez toi.

— Le parc est à tout le monde ! s'indigna Dem.

— Et c'est celui que préfèrent les… loubards du coin.

Dem n'avait aucune intention de partir. Apparemment, il avait très envie de compagnie et il préférait se faire maltraiter plutôt que de rester seul. Buffy ne voulait pas froisser l'ego fragile du jeune homme, mais sa présence était aussi pénible que dangereuse.

— Je ne plaisante pas.

— Ça me semble assez calme, pourtant.

Dem jeta un coup d'œil aux bois, inconscient de la menace… Il dissimula ses hésitations derrière une bravade.

— Il y a quoi, des écureuils ? Tu vas les faire rôtir à la broche ?

— Quoi ?

Buffy suivit son regard jusqu'au pieu qu'elle tenait. Elle ne proposa aucune explication. Il ne la croirait pas – à moins de voir un vampire en gros plan. Et c'était le genre de présentation à laquelle tout le monde ne survivait pas…

— Dem, s'il te plaît…

— D'accord. Je sais quand on ne veut pas de moi…

Secouant la tête, il repartit.

Un rugissement déchira la tranquillité de la nuit ; une ombre noire bondit sur l'adolescent.

La Tueuse réagit d'instinct, sautant les deux pieds en avant sur la forme massive.

L'impact renversa Dem, qui se cogna la tête contre un tronc d'arbre.

Buffy se remit debout à l'instant où un félin noir se jetait sur elle. Ses griffes lacérèrent le bras de la jeune fille. La bête darda sur elle ses yeux dorés.

Panthère ? Jaguar ?

Le fauve faisait un mètre soixante entre le museau et la base de la queue, et pesait sans doute près de cent kilos. Il rugit, découvrant des crocs luisants à faire pâlir de jalousie un vampire.

Buffy se raidit quand le félin se ramassa, prêt à

bondir. Dès qu'il sauta, elle leva le pieu et se laissa tomber, espérant que la bête s'embrocherait.

Mais celle-ci se rétablit en plein air. Le pieu frotta contre le pelage noir, arraché des mains de Buffy.

Elle tendit les jambes, projetant le félin au-dessus de sa tête. Celui-ci feula de rage et revint aussitôt à la charge.

Buffy se releva, prête à plonger pour éviter l'attaque suivante. Aucune arme antivampire n'était efficace contre un tel prédateur. A moins que Giles n'arrive avec une arbalète ou un fusil à seringue anesthésiante, son seul espoir, c'était la ruse – et son agilité de Tueuse.

Le jaguar chargea. Buffy attendit le tout dernier instant pour esquiver.

Quand le fauve bondit, une silhouette se précipita ; d'un coup de pied, elle renvoya la bête au milieu des arbres.

— Angel ! cria Buffy.

Le vampire lui jeta un bref coup d'œil… La Tueuse se campa à côté de lui.

Le fauve hésita devant ce couple inattendu. Il grogna… et s'enfuit dans les ténèbres.

Buffy recula, attendant que le visage d'Angel retrouve un aspect plus… humain.

Mais au fond, sous quelle apparence était-il plus dangereux pour elle ?

Ils avaient transgressé l'interdit une fois, ignorant que s'ils consommaient leur amour, Angel en paierait le prix.

Son âme.

Plus jamais ils ne commettraient cette erreur.

— Tu es blessée.

Angel effleura les entailles qui couraient sur l'avant-bras de la jeune fille.

— Des éraflures, rien de plus.

Le cœur presque brisé, Buffy retira son bras. Cela faisait des jours qu'elle ne l'avait pas vu ; mais il avait dû rester près d'elle pendant les patrouilles inutiles de ces derniers temps.

Angel serra les mâchoires. Il livrait la même bataille que Buffy, tiraillé entre son désir et la peur d'*Angélus*.

Il regarda l'endroit où le fauve avait disparu.

— Une idée de ce que c'était ?

Buffy entendit Dem gémir. Le garçon gisait sur le chemin. Il reprendrait bientôt connaissance.

— Non, répondit Angel. Mais je doute que notre ami se soit échappé du zoo.

La dichotomie qu'il subissait – le bien et le mal le possédant en alternance depuis deux cent cinquante ans –, avait laissé des cicatrices invisibles.

Seule Buffy les devinait dans son regard torturé.

La jeune femme se força à repenser au jaguar... L'intelligence féline tapie derrière ces yeux dorés qui *luisaient*...

Tout comme Angel, elle sentait dans cette attaque autre chose qu'un comportement de prédateur.

— Assure-toi que ton ami va bien. Je vais suivre la bête...

Angel hésita, puis se détourna. Buffy posa un baiser rapide sur sa bouche froide.

— Merci. Pour le sauvetage.

— Je te verrai plus tard.

— A la bibliothèque.

Elle se retint de se jeter dans ses bras. L'envie était toujours là, et il lui fallait toute sa volonté pour résister.

— Giles voudra sans doute un rapport.

Les doigts d'Angel effleurèrent la joue de la jeune fille, caresse furtive dont la froideur lui brûlait la peau.

— Attends-moi.

— Toujours, murmura Buffy.

Une fois qu'il fut reparti dans la nuit, elle s'autorisa une rêverie stérile.

Même si Angel haïssait sa nature démoniaque, les instincts primitifs du traqueur lui rendaient parfois de fiers services. Il fila comme le vent entre les arbres.

Silencieux et rapide, il pistait le prédateur à l'odeur grâce à un sixième sens hérité de toutes les créatures qui chassent pour survivre.

Le parc regorgeait de proies plus faciles que la Tueuse…

Le visage de Buffy s'effaça de l'esprit d'Angel, mobilisé par l'instant présent. Derrière un arbre, une masse sombre était tapie, près du terrain de basket. Deux garçons jouaient, encouragés par quelques spectateurs qui se disperseraient quand le fauve attaquerait, isolant la personne qui aurait la malchance de rester sur la touche…

Ou l'animal se contenterait de croquer le vieillard assis sur le banc avec son fox-terrier, à quelques mètres de là.

Le sang jeune était plus savoureux et plus *satisfaisant* pour un vampire, mais un fauve en cavale ne serait sans doute pas aussi regardant.

Il attaquerait le vieillard.

Aussi décidé à préserver la vie qu'il l'était jadis à la détruire, Angel sortit du sous-bois et s'aventura sur la pelouse. Relevant son col, il longea le terrain de basket avant de bifurquer vers le vieil homme. Une fureur née de la soif du sang bouillonnait en lui, potentiellement explosive. Il s'efforçait de maîtriser ses instincts de tueur.

Il pensa au félin qui se préparait à l'attaque. Une autre présence alerta ses sens en éveil.

Des vampires.

Une femme… derrière un arbre. Et un homme, un peu plus bas, à gauche. Encore un autre, près du fauve…

Ces présences déconcentrèrent Angel, surpris quand un joueur s'élança derrière le ballon, dans les fourrés.

Le fauve bondit, plaquant le garçon au sol d'un coup de patte. Ses puissantes mâchoires se refermèrent sur le cou fragile, brisant les os.

L'autre joueur sortit à reculons du terrain, le regard rivé sur le félin. Le choc paralysa les spectateurs…

Puis le fauve rugit et dévora sa proie.

Les jeunes coururent vers le parking en hurlant.

Trop tard pour le sauver.

Angel regarda le vieillard pétrifié. Le chien tirait sur sa laisse, aboyant frénétiquement.

Derrière eux, la vampire se plaquait contre l'arbre, observant le félin d'un regard envieux.

Angel voulut la capturer, mais elle s'évanouit dans la nature.

— Eh ! Vieil homme ! cria-t-il. Il ne faut pas rester là !

— Hein ?

Le vieillard semblait en transe. Il tourna la tête… puis parut reprendre ses esprits.

— Laissez-moi tranquille, ne… !

Angel leva une main.

— Je ne vous veux pas de mal. Rentrez chez vous. Vite !

L'inconnu s'éloigna en vitesse tandis qu'une sirène de police se faisait entendre.

Angel regarda le félin, puis se détourna, repoussé et attiré à la fois par ce spectacle sanglant.

Même si les vampires avaient quitté le parc, il suivit le vieil homme à distance pour s'assurer qu'il rentrerait sans encombre.

Le calme revenu, Buffy refit irruption dans ses pensées. L'envie d'être avec elle était presque trop forte pour qu'il la maîtrise. Combien de temps pourrait-il lutter contre la passion qui *le* damnerait et *la* détruirait ?

Il devait résister. Il supporterait cette douleur douce-amère pour l'éternité, mais il mettrait fin aux tourments de Buffy.

Il disparaîtrait dans la nuit…

— Que… s'est-il passé ? demanda Dem en massant son crâne endolori.

Trois visages se penchaient sur lui.

— Où sont mes lunettes ?

— Ici. La lanière s'est cassée quand tu es tombé.

Buffy Summers.

Dem prit les lunettes qu'elle lui tendait et les remit. Deux amis étaient avec elle. La rouquine un peu allumée qui portait un nom de nain… et le clown, là… Alien, ou quelque chose comme ça.

— Tu m'as poussé !

Dem tenta de décocher un regard furibond à la jolie blonde qui avait pris son cœur – pour le lui rendre en miettes. Mais elle avait de trop beaux yeux… Ce n'était pas juste !

— Tu me gênais.

Il n'y avait aucune contrition dans la voix de Buffy, très énergique. Elle avait autant envie que les autres de se débarrasser de ce nul, mais elle ne pouvait pas s'y résoudre de façon si brutale.

Au moins, Buffy lui avait parlé – même si c'était pour tuer le temps jusqu'à ce que ses amis arrivent.

Ensuite, elle avait pu recommencer à l'ignorer.

— Et pourquoi je te gênais, si je puis me permettre ? demanda le garçon.

— A cause d'un chat, répondit Buffy en levant le bras.

Trois entailles assez profondes saignaient.

— Un *gros* chat, précisa-t-elle. Très noir.

Les yeux de la fille au nom de nain s'arrondirent.

— Un chat ? Et nous qui ne nous inquiétions pas, hein, Alex ? Tout était si… calme… C'est ma faute !

— Je serais curieuse d'entendre comment tu arrives à cette conclusion… ! protesta Buffy.

— Eh bien, les Dingoes ont décidé de répéter ce soir au lieu de cet après-midi… pour qu'Oz soit là. Je voulais les écouter… C'est pour ça qu'on n'était pas là. Et regarde le résultat ! Tu es blessée !

— C'est loin du cœur, Willow.

— A quel point le gros chat était-il *gros* ?

Les souvenirs de Dem se précisaient. Il se rappelait avoir entendu un rugissement avant que Buffy ne le fasse s'assommer contre un arbre.

— Comme une panthère, peut-être. Ou un jaguar. Angel l'a pris en chasse, précisa Buffy. Dem, tu as peut-être une commotion. Tu devrais aller à l'hôpital.

— Non, ça va.

Ignorant la main que lui tendait Alex, Dem se releva. Un chat sauvage l'avait attaqué, et Buffy l'avait sauvé.

Il était reconnaissant, embarrassé *et* furieux. Buffy ne pourrait plus jamais le regarder sans voir en lui un trouillard. Il n'aurait jamais l'occasion de lui prouver le contraire.

Trop curieux pour son propre bien, il posa la première question qui lui vint à l'esprit.

— Comment as-tu réussi à repousser un jaguar, Buffy ?

— Pas très bien.

Quand Alex et Willow la regardèrent d'un air interrogateur, elle affina sa réponse :

— Si Angel n'était pas arrivé, cette bestiole serait peut-être en train de déguster un tartare de Buffy.

— Qui est Angel ? demanda Dem, craignant d'entendre que son tout nouvel amour était avec quelqu'un.

Un type capable de battre un jaguar au corps à corps… Ses chances de devenir l'ami en titre de Buffy étaient déjà assez minces.

Mais presque rien, c'est toujours mieux que rien…

— Un ami, c'est tout, répondit Buffy en baissant les yeux.

Le cœur de Dem bondit de joie. Il hocha la tête, l'air de rien.

— Les autorités pourraient prévenir la population quand des animaux dangereux s'échappent du zoo, ou du cirque, ou de je ne sais quoi… !

— Elles pourraient, ironisa Alex.

— On devrait s'en aller tant qu'on est encore en un seul morceau, proposa Buffy, écartant Alex et Willow. Je vous revois tous les deux à la bibliothèque dès que j'aurai raccompagné Dem chez lui. Il faut mettre Giles au courant…

— Je n'ai pas besoin d'une escorte, se défendit Dem, regrettant aussitôt ses paroles.

Trop tard pour les ravaler… Il ne pouvait plus sauver la face.

— Je ne voulais pas…

Des cris éclatèrent, montant du parc. Dem pâlit en entendant le rugissement qui suivit.

— Nouveau plan ! annonça Alex en prenant Willow

par le bras. On raccompagne tous Dem chez lui, et après on va tous à la bibliothèque ! L'union fait la force…

— Angel est là-bas. Je devrais peut-être…, commença Buffy.

— Angel se débrouillera, lui rappela Alex en l'attrapant par la main. Allez, viens !

Ils commencèrent à courir le long du chemin.

Dem avait vu l'expression de Buffy quand elle avait cru Angel en danger.

Qui que soit ce type, c'était *plus* qu'un ami.

Cordélia entra dans la bibliothèque de sa démarche de reine à qui tout est dû, ignorant superbement Alex, Buffy et Giles. Elle avança vers Willow, carte de crédit en main. Rien d'horrible ne se passant en ville, elle n'interromprait pas une cellule de crise… Et puis, protéger le monde de la Bouche de l'Enfer était vite devenu fatigant.

A chaque démon éliminé, un autre le remplaçait illico.

Malgré tout, Cordélia se serait fait une raison si Alex ne l'avait pas trahie avec Willow et laissée à deux doigts de la mort…

Plus tôt elle partirait de Sunnydale, mieux elle se porterait.

— Contente que tu sois là, Willow. Ton ordinateur est allumé ? J'ai besoin d'un service. Genre tout de suite.

Willow cligna des yeux, les mains figées au-dessus du clavier.

— Euh, oui, mais…

— Un problème ? demanda Giles derrière son livre.

A la connaissance de Cordélia, lui seul pouvait lire *et* faire les cent pas.

— Plutôt, oui.

Epuisée après sa visite méthodique des magasins de la ville, Cordélia s'effondra sur une chaise.

— Qu'est-ce qui t'arrive ? demanda Alex, vautré sur les marches de la mezzanine, au fond de la bibliothèque. Tu as peur d'annoncer à tes parents ton découvert pharaonique ?

— Pas vraiment, non. Je suis tombée sur une paire de chaussures de randonnée super-géniales chez Shoes Plus, et j'ai déniché des chemises renversantes chez *The Outlet* ! Mais personne à Sunnydale ne fait dans le casque colonial !

— Le casque colonial ?

Epoustouflée, Buffy secoua la tête. Elle avait un bras bandé, mais Cordélia ne lui posa pas de question. Elle ne voulait rien savoir.

— Oui. Le casque colonial. Un de ces trucs arrondis avec des petits trous dedans. (Devant les regards moqueurs que cette précision maladroite et des plus ambiguës suscitait, Cordélia monta sur ses grands chevaux.) Quitte à passer deux jours sur un site archéologique, je veux le faire avec classe, moi !

— On n'en attendait pas moins de toi..., soupira Alex.

Cordélia lui tourna le dos et posa sa carte de crédit sur le clavier de Willow.

— Sur ce truc-Internet-machin où tu te balades en permanence, quelqu'un doit bien en avoir un. Je veux qu'on me l'expédie tout de suite.

— Je vais voir... Dès que j'aurai fini... ça. C'est plus important, dit Willow, l'air désolé.

— Quoi *ça* ?

Devant la mine de ceux qui l'entouraient, Cordélia comprit. Quelque chose n'allait pas. Et quoi que ce soit, c'était sans doute affreux.

— Non, ne me dis rien. A moins que je ne sois concernée… Et j'espère que ce n'est pas le cas. Je suis à la retraite, tu te souviens ?

— Eh bien, oui, répondit Giles, mais tu devrais peut-être te passer de casque colonial pour l'instant.

— Parce que la sortie risque d'être annulée, ajouta Willow.

— Pourquoi ?

Cordélia n'en croyait pas ses oreilles.

Elle avait fini par se convaincre que cette sortie était une bonne idée, avec à la clé une mention intéressante sur son dossier, et quelqu'un allait tout annuler ?

Giles soupira.

— Je n'ai pas encore pris ma décision, Cordélia, mais vu ce qui s'est passé ce soir…

— Qui a été tué, et par quoi ?

— Personne, par un gros félin noir. Mais Buffy et le nouveau, Dem, ont failli… (Willow hésita quand Angel entra) … être tués.

— Angel ! Tu as trouvé quelque chose ?

Les yeux de Buffy pétillèrent. Cordélia frissonna. Angel était très mignon… pour un type mort.

Mais elle préférait quand même un petit ami plus vivant. Au moins, Angel se réapprovisionnait à la banque du sang.

Enfin, elle croyait…

— Pas grand-chose. Le félin a tué un môme qui jouait au basket, et un autre, près du cimetière. J'ai entendu un appel de la police en venant.

— Un enfant, ou un grand ? demanda Willow, affligée par la nouvelle. Ça ne change rien, mais…

— Un adolescent, précisa Angel.

— On le connaissait ? s'enquit Alex. Ça ne change rien non plus, mais…

— Je ne l'ai pas reconnu.

— C'était… dans le parc ? souffla Buffy. Si on était restés…

Angel secoua la tête.

— Ça s'est passé trop vite.

— Donc, la mort continue sa moisson à Sunnydale, dit Alex.

— Excusez-moi, mais je ne vois pas le problème.

Cordélia se demandait souvent si elle était la seule à ne jamais perdre de vue ce qu'elle avait sous le nez.

— Un gros fusil devrait résoudre le problème du gros chat, non ? Ou encore mieux, appelez le zoo et qu'il s'en occupe.

— Ça pourrait se faire, dit Alex, si quelqu'un avait perdu un félin noir ces derniers temps.

— Aucun rapport dans notre Etat, dit Willow. Rien. *Nada*.

— Ce qui veut dire ? demanda Cordélia.

— Toujours « rien », mais en espagnol, l'informa Alex tout bas.

— Ce n'est peut-être pas qu'un gros chat. (Buffy interrogea Angel du regard ; il hocha la tête.) J'ai senti *quelque chose* dans le parc. Quelque chose de sinistre.

— Un gros chaton mangeur d'hommes pourrait correspondre à ce genre d'« impression », dit Cordélia.

— Il y avait d'autres vampires dans le parc, annonça Angel. Mais ils ne sont pas intervenus. On aurait dit qu'ils protégeaient le félin…

— Etrange…, commenta Giles. L'animal serait-il surnaturel ? C'est tiré par les cheveux, mais je suis sûr qu'il y a un lien avec le site archéologique. Dans les différentes civilisations précolombiennes d'Amérique centrale et d'Amérique du Sud, le jaguar était une divinité.

— Quelque chose d'aztèque a disparu, rappela Willow.

— Mais on ne sait toujours pas ce que c'est, ajouta Buffy.

— Sinon que ça « reflète » le style aztèque, fit Giles. D'après Lucy Frank, qui semblait prendre un malin plaisir à se jouer de ma curiosité.

— C'est peut-être un indice ! lança Willow.

— Assez obscur, si tu veux mon avis, commenta Alex.

— Non, en fait, je pense que Willow a raison, dit Giles en retirant ses lunettes. Quelque chose qui reflète l'art…

— Comme un miroir ? Désolée, c'est ce qui m'est venu à l'esprit en premier…

— Pas besoin de t'excuser, Cordélia. Il se peut même que ce soit une déduction brillante. Je suis presque certain qu'une légende fait état d'un miroir…

Giles remit ses lunettes et posa son livre. Le temps de traverser la pièce, et il fut de nouveau absorbé par ses pensées.

— Eh bien, maintenant que je vous ai épargné des heures de remue-méninges, je repars, annonça Cordélia. Je veux quand même mon casque, Willow. Si je ne m'en sers pas ce week-end, je pourrai toujours l'accrocher au mur de ma chambre, à l'université. A Stanford, ajouta-t-elle à l'attention d'Alex.

— Tu ferais bien de prendre la plus grande taille,

Willow, grogna le jeune homme. Pour que Cordélia puisse y rentrer sa *grosse* tête.

M. Trick entra dans le bureau de Richard Wilkens sans frapper, conscient que cela ennuierait le maire.

Il ne fut pas déçu.

— J'aimerais que vous ne débarquiez pas ainsi. (Maniaque de la bienséance, Richard Wilkens III leva vers son visiteur une mine contrariée.) Cela blesse mon sens de l'ordre.

— Vraiment ?

M. Trick sourit. Le maire se renversa sur son fauteuil en cuir, les mains sur les cuisses.

— Vous devez avoir de bonnes nouvelles.

— Oui. Notre ami est en chasse.

— Je sais. J'ai envoyé une équipe de nettoyage sur les lieux. Dommage qu'il y ait eu des témoins. J'ai aussi dû museler les médias. Je serai au courant si quelqu'un parle.

— Très bien. Et mes hommes sont revenus du site. Le miroir y est toujours.

Wilkens le regarda, étonné.

— Alors pourquoi ne me l'avez-vous pas rapporté ?

— Ce serait facile… si vous vouliez traiter avec un dieu aztèque en colère qui a un appétit certain pour les cœurs humains.

— Tout bien réfléchi… je n'y tiens pas. Quand ?

— Quand Tezcatlipoca n'en aura plus besoin pour survivre. Si tout est sous contrôle de votre côté, il sera libre à la fin du week-end.

Le maire se leva.

— Le voyage organisé se déroulera comme prévu… Mais il y a un bonus.

— Quoi ?

— La Tueuse a rejoint les rangs des participants.

Trick rit de bon cœur.

Comme il était élégant et juste que le sang de la Tueuse arrose l'avènement des ténèbres éternelles !

CHAPITRE VI

Le docteur Garret Baine se réveilla en sursaut et chercha à tâtons l'interrupteur de sa lampe de chevet. Quand il s'était étendu sur son lit de camp, à deux heures du matin, il n'avait pas eu l'intention de s'endormir. Si l'un de ses étudiants s'était assoupi ainsi, il aurait été furieux.

Il faisait encore nuit. Allumant sa lampe, il s'assit et consulta sa montre.

Six heures sept ! Le soleil se lèverait dans moins d'une heure.

— Bon sang !

Baine se massa la nuque et les épaules. Les événements de la veille avaient prélevé un lourd tribut sur son endurance. Plus qu'il ne l'avait cru au premier abord… Entre le vol, l'arrivée de la police, et l'évaluation des dégâts subis par le site, il avait passé la journée dans un ouragan de frustration et de colère.

L'insolence de Lucy n'avait rien arrangé.

La veille, le détective Thomas n'avait fait aucun progrès dans ses recherches.

Le maire avait menacé Baine de l'exclure du projet s'il ne coopérait pas avec les étudiants du week-end. Comme s'il n'avait rien de mieux à faire que jouer les nourrices pour des adolescents qui, selon toute probabilité, se moquaient éperdument du passé et profiteraient de l'excursion pour faire la fête à leur manière ! Le Roc du Coyote était le site archéologique le plus intéressant de Californie depuis des décennies…

Et Baine serait entouré d'imbéciles décidés à piétiner sa prestigieuse découverte ! Pour tout arranger, il n'y avait plus d'eau pour préparer le café !

Prenant un conteneur en plastique et une lampe-torche, Baine sortit et se dirigea vers le grand réservoir. Son récipient placé sous le robinet, il regarda autour de lui. Tout semblait calme. Il ouvrit le robinet. Rien. Il frappa légèrement le réservoir, qui rendit un son creux. Vide ?

Impossible ! Il a été rempli il y a moins de cinq jours, et il devait y en avoir assez pour deux semaines !

Ni café ni eau potable jusqu'à ce qu'il puisse envoyer un volontaire en chercher en ville…

Quoi qu'aurait pu en dire son cardiologue, l'absence de caféine n'eut pas d'effet favorable. Baine s'enfonça dans sa mauvaise humeur.

Il retourna vers la table de classement, à côté de la tente, espérant trouver une cruche pleine. De quoi faire quelques tasses en attendant…

Une lueur, près de la tour rocheuse, lui fit oublier sa quête désespérée.

Un feu !

Le cœur défaillant de Baine palpita follement. Le site et ses trésors en partie déterrés seraient irrémédiablement endommagés par un feu de broussailles ! La peur céda le pas à l'inquiétude quand il réalisa que l'incendie restait contenu. Les flammes étaient cantonnées dans une petite zone, mais les buissons secs qui couvraient la colline pouvaient facilement s'embraser.

— Satanés gamins… !

Jurant dans sa barbe, Baine empoigna sa lampe-torche et gravit la pente aussi vite qu'il put. Il en était sûr : seule une bande d'adolescents pouvait être responsable. Sunnydale avait un taux de criminalité élevé, et quantité de délinquants juvéniles.

Qui d'autre aurait autant d'audace ?

Lucy Frank !

Surpris, Baine aperçut la jeune femme debout entre deux torches, au pied de la tour rocheuse. Elle était affublée d'une grossière couronne de plumes et d'un drap blanc noué sur l'épaule droite.

Le pagne glissé sous le drap était sa seule concession à la pudeur.

— Vous vous êtes assoupi, docteur.

— Vous êtes restée ici toute la nuit à m'espionner ?

Baine se sentit mal à l'aise. A voir son air hagard et son costume ridicule, Lucy avait craqué.

— Je vous attendais. Comme toujours, vous êtes ponctuel. L'aube sera bientôt là.

— Je sais l'heure qu'il est !

Il était conscient que le moindre signe d'énervement risquait de faire basculer son assistante dans une démence irréversible. Un geste malheureux pouvait aussi renverser une torche et déclencher un incendie qui se répandrait à la vitesse d'un cheval au galop.

Baine fit un pas prudent vers une des torches.

— J'ai une lampe. Si on éteignait ces feux ?

Lucy tourna la tête.

— Non. Hors de question.

Levant les mains, Baine recula.

— J'imagine que vous avez une bonne raison pour cette… démonstration.

— Oui.

Lucy s'écarta. Le miroir disparu était appuyé contre un rocher.

— C'est *vous* qui l'avez pris ?

Stupéfait, Baine voulut lui sauter dessus… et se ravisa en la voyant lever un couteau de chasse. La lame brillait à la lueur des flammes.

Le docteur choisit d'éviter la confrontation.

— Content que vous ayez retrouvé le miroir, Lucy, mais… il ne vous appartient pas.

— Non. Il est à Tezcatlipoca et je le protège.

— Tezcatlipoca ?

Le miroir d'obsidienne que le dieu aztèque des ténèbres utilisait pour vaincre ses ennemis et prévoir l'avenir était un mythe. Malheureusement, Lucy semblait convaincue que l'objet était bien le miroir légendaire. Comment une étudiante aussi brillante et prometteuse pouvait-elle perdre les pédales de manière aussi soudaine ? L'ambition, peut-être ?

Le plus troublant, à présent, c'était l'inexplicable disparition du professeur d'histoire.

— Où est Dan Coltrane, Lucy ? Vous le savez ?

Elle désigna un endroit, en contrebas. La lueur diffuse des torches permit à Baine d'apercevoir un tas d'os ensanglantés, de vêtements déchirés et de chair en lambeaux.

Un crâne couvert de sang séché était planté sur un piquet, à côté du cadavre.

Baine ravala sa nausée. Les coyotes auxquels le site devait son nom avaient dû se régaler du corps de Coltrane. Lucy avait mis le crâne en évidence, selon la tradition aztèque.

Une autre question, plus urgente, était de savoir si Coltrane était mort par accident, ou si Lucy l'avait tué.

Malgré l'avantage de la pauvre folle, qui tenait un couteau, Baine savait qu'il l'emporterait si la jeune femme l'attaquait. Elle n'avait pas l'avantage de la surprise, contrairement à ce qui avait dû se passer avec Coltrane.

Cela dit, vu l'état de son cœur, il serait plus sage pour lui de s'en tirer sans en venir aux mains.

— Je devrais peut-être ramener le miroir au camp… Pour être sûr qu'il ne lui arrivera rien.

— Tout à fait, approuva Lucy. (Elle lui fit signe d'approcher.) Prenez-le.

Baine avança sans quitter le couteau des yeux. Lucy ne fit aucun geste pour l'arrêter.

Devant le miroir, il vit son reflet. Et ne put plus en détourner le regard.

Ses cheveux grisonnants étaient emmêlés après sa nuit de sommeil, et ses cernes s'étaient creusés. Le stress, la fatigue… Et l'âge, admit-il à contrecœur.

Pourtant, le temps avait été plus clément avec lui qu'avec ses collègues de l'université. Sa femme Ruth se faisait une joie de le souligner lors des soirées entre collègues.

Il l'appellerait en rentrant au camp. Elle détestait passer la nuit seule…

Baine fronça les sourcils quand il vit son visage *reculer*. Ni lui ni le miroir n'avaient bougé ; pourtant, il se voyait rétrécir. Le reflet engloba bientôt les rochers, Lucy, les torches, puis le reste du terrain, le tout sous une aube naissante.

Etrange.

Et troublant.

Il tenta encore de détourner le regard. En vain. Hypnotisé, il vit défiler des scènes horribles dans les profondeurs du miroir. Lucy avança. Le reflet de Baine la vit lever le couteau… et frapper !

Un cri inhumain retentit quand la lame mordit la poitrine de l'homme.

Lucy plongea la main dans la blessure béante et arracha le cœur palpitant.

— Non, non, non ! sanglota Baine, refusant d'admettre que la surface d'obsidienne était le catalyseur du pouvoir terrible de Tezcatlipoca.

L'image changea de nouveau, comme pour se moquer de son incrédulité. Baine gémit en voyant son visage devenir un masque d'obsidienne incrusté de turquoises et d'or.

Un crâne, symbole aztèque de la mort.

Il entendit Lucy prendre une inspiration derrière lui.

Le chauffeur-vampire de M. Trick se gara au plus près du site de fouilles, laissant le moteur tourner. Trick baissa la vitre, puis fit le point avec ses jumelles pour suivre la progression de Baine à flanc de colline.

Sans connaître les intentions de Tezcatlipoca, il avait écouté son instinct et était allé au Roc du Coyote quand ses chiens de garde lui avaient annoncé le retour du jaguar. Ses adeptes n'étaient pas enthousiastes à l'idée de céder leur terrain de chasse à un autre prédateur, mais la promesse d'une récompense suffisait à leur faire accepter un sacrifice temporaire.

Trick ricana devant l'ironie involontaire de ses pensées. Le sacrifice était la clé de voûte du succès, et il ne s'attendait pas du tout à en avoir un avant-goût ce matin.

Ni à découvrir que Tezcatlipoca avait fait de l'assistante de Baine sa Grande Prêtresse.

— Charmant.

Trick sourit encore quand Lucy leva le couteau sous le regard du professeur. Elle se piquait au jeu, ajoutant une fraîcheur délicieuse au drame.

La tête plantée sur un piquet conférait à la scène une authenticité rare.

Baine ne semblait pas partager cet avis. Il avait détourné les yeux avant de les poser sur le miroir.

Mais le lever du soleil était prévu pour six heures trente-cinq. Il était six heures vingt-sept.

Le moteur de la voiture ronronnait. Sachant que les vitres électriques se fermeraient dès qu'il le faudrait, Trick contempla tranquillement le spectacle.

Devant le professeur fasciné, une volute de fumée sortit du miroir et se transforma en un jaguar noir. L'animal sauta sur le promontoire rocheux, puis se ramassa sur lui-même, prêt à l'action.

Même à distance, Trick savoura le frisson caractéristique de la terreur des humains face à la mort. Les yeux de Baine s'écarquillèrent ; il secoua la tête, refusant d'admettre ce que ses sens lui criaient.

Un hurlement éclata quand Lucy lui ouvrit la poitrine et lui arracha le cœur.

Le jaguar approcha, gueule ouverte, et accepta l'offrande sanglante que lui tendait la jeune femme.

Le rituel était moins élégant que la morsure des vampires, mais il valait tout de même le déplacement. D'autant que ce n'était pas fini.

L'horloge du tableau de bord annonçait six heures trente-deux.

Encore trois minutes.

Fasciné, Trick vit le fauve bondir vers le miroir et, redevenu fumée, être absorbé par l'obsidienne.

L'horizon se fit plus lumineux…

Malgré son envie de regarder Lucy décapiter Baine, Trick lâcha ses jumelles et tira un chronomètre de sa poche, un doigt sur la commande des vitres…

A l'instant où l'horloge passa à six heures trente-cinq, il déclencha le chronomètre et fixa l'horizon. Deux minutes plus tard, il fut certain que le soleil s'était arrêté.

L'astre reprit son ascension neuf minutes et quarante-sept secondes plus tard.

Désorientée par la lueur d'une centaine de torches, Buffy montait les marches d'une pyramide tronquée. Elle marqua une pause sur un degré incrusté de mosaïques d'or, d'argent, de jade et de turquoises. Se tournant, elle vit Giles, sa mère et ses amis la regarder.

Leurs visages se transformèrent en d'horribles masques noirs aux orbites vides.

Joyce cria quand un couteau menaça Buffy.

Le fauve rugit.

La Tueuse se tourna vers Angel, qui l'attendait quelques marches plus haut. Une rivière de sang coulait à ses pieds, au sommet de la pyramide.

Puis il disparut dans un éclair aveuglant…

Buffy rouvrit les yeux.

Les implications des images qui s'attardaient dans son esprit étaient terribles.

Car les rêves de la Tueuse annonçaient le futur.

— … *aucun risque de pluie.*

Willow fut réveillée par les braillements de la radio.

— *Et pour les citoyens étonnés qui nous ont appelés ce matin, une explication, après cette page de publicité.*

Une autre voix, plus douce mais plus forte, remplaça le ton enjoué du présentateur.

— *Vous en avez assez, des régimes qui ne servent à rien ?*

Grognant, Willow enfouit la tête sous son oreiller. Elle n'osait pas éteindre. Rentrée de la bibliothèque à minuit, elle avait peur de se rendormir et d'être en retard aux cours. Elle n'avait aucune envie de commencer la journée par un sermon de Snyder. De plus, elle voulait passer à la bibliothèque avant le premier cours, au cas où Giles aurait trouvé quelque chose.

La publicité finie, l'animateur revint à l'antenne.

— *Le soleil ne s'est* pas *levé en retard ce matin...*

Willow espérait que les recherches de Giles ne resteraient pas aussi infructueuses que les siennes. Elle avait vérifié tous les programmes de la police et de la ville, à l'affût d'une mention de Coltrane. Ou du mystérieux trésor aztèque – peut-être un miroir.

Il n'y avait aucune référence au professeur ou à l'objet. Où que ce soit.

— *... bogue dans le programme de la météorologie nationale a provoqué une erreur*, disait l'animateur.

Elle n'avait pas non plus trouvé de rapport à propos d'un jaguar en fuite. Ni dans les fichiers de la police ni sur les sites web, locaux ou régionaux.

Voilà qui n'était pas rassurant, puisque Angel savait pertinemment que la police était intervenue sur les lieux du drame.

— *L'heure prévue pour le lever du soleil ce matin était erronée d'environ dix minutes...*

Autrement dit, il se passait quelque chose de bizarre, et les vacances étaient finies.

— *Alors, debout tout le monde ! Encore une magnifique matinée à Sunnydale...*

Repoussant les couvertures, Willow éteignit la radio. Il lui faudrait une bonne douche pour stimuler son corps lourd de sommeil.

CHAPITRE VII

Dem ronchonnait en repensant aux événements humiliants de la veille. Aurait-il pu mieux s'en tirer ? Il finit par décider que rien n'aurait impressionné Buffy. A part peut-être essayer de vaincre le félin – ce qui l'aurait tué ou laissé estropié à vie.

Et donc, n'aurait servi à rien…

Il n'y avait pas eu moyen que Buffy ou ses amis lui parlent du fauve. Dem s'était même demandé s'ils le *voyaient*. La seule bonne chose de la soirée, c'était que Buffy affirmait n'avoir pas le moindre sentiment pour le mystérieux Angel.

Conclusion : Buffy était amoureuse, mais Angel ne partageait pas ses sentiments.

Dieu seul savait pourquoi.

En tout cas, le héros discret ne traînait pas aux abords de l'école… Pourtant, personne n'échappait longtemps au ridicule ou à la gloire avec un nom pareil… Jusque-là, Dem n'avait jamais entendu parler du type. Angel était sans doute à la fac – donc inaccessible, même pour une lycéenne aussi belle que Buffy.

Tandis qu'il accédait au perron de l'école, Dem chercha son aimée du regard dans les grappes d'étudiants qui attendaient la cloche. Il n'en crut pas ses yeux quand il la vit traverser l'esplanade. Un jean moulant et une veste en jean passée par-dessus un T-shirt blanc soulignaient son attitude volontaire et sa démarche aérienne.

Elle était seule et disponible, loin de ses amis si déterminés à éloigner les soupirants.

Dem détestait la règle implicite des bandes de copains, qui gouvernait la vie sociale de tout le monde entre treize et dix-neuf ans. Sportifs, punks, intellos, forts en thème, coincés, membres de la haute… Tous y souscrivaient : rester entre membres du même groupe, et rejeter les intrus.

Il avait rejoint le Club d'histoire avec l'espoir d'échapper à cet isolement forcé… Un espoir déçu.

Sienna s'était inscrite pour être avec Chance, qui avait besoin d'une unité académique ne gênant pas ses activités sportives.

Il manquait à Bart de bonnes notes en sciences humaines pour équilibrer son dossier à dominante scientifique.

Pour Kilya, c'était ça ou des colles à perpétuité.

Dem était sur le point de quitter le club quand Buffy et ses amis étaient arrivés. S'insérer dans ce groupe lui avait paru possible, puisque rien de particulier ne semblait souder ses membres.

La nuit dernière, il avait compris son erreur. Buffy et ses copains étaient liés par une complicité invisible, mais bien réelle.

Et Dem en était exclu.

A moins que Buffy ne soit différente. Elle tenait assez à lui pour vouloir s'assurer qu'il rentrerait sans problème. Sans être très significatif, c'était plus encourageant que l'attitude des autres.

Dem intercepta la jeune fille.

— Salut, Buffy !

La Tueuse s'arrêta devant l'entrée, cachant sa surprise d'un sourire gêné.

— Dem… Salut. Comment va la tête ?

— Bien, répondit-il en frottant sa bosse. C'est un peu sensible, mais je survivrai.

— C'est mieux que Luke Wellstone et quelques autres…

— Le fauve les a tués ?

La voix de Dem se brisa. Buffy avait tant occupé ses pensées qu'il avait presque oublié ce qu'il avait vécu.

Des gens étaient morts !

Buffy le regarda dans les yeux.

— Il faut que tu restes chez toi le soir, Dem. A la tombée de la nuit, Sunnydale devient très nocive pour la santé.

— … Au moins jusqu'à ce qu'on attrape ce fauve.

— Toujours, soupira Buffy. Crois-moi sur parole. Sunnydale a de sérieux problèmes avec ses bas-fonds.

— Je tâcherai de m'en souvenir.

Malgré sa nonchalance de façade, Dem était troublé. Elle avait utilisé des paroles presque semblables la veille.

— *Un conseil, Dem… pas sûr, après la tombée de la nuit.*

Il avait cru qu'elle tentait de le faire dégager en douceur. Maintenant, il ne savait plus que penser.

Ou elle était folle ou elle disait la vérité.

De toute façon, ça l'intriguait.

— Je peux t'accompagner ?

— Euh, non. Désolée. J'ai rendez-vous avec un prof. Il faut que j'y aille.

Elle ouvrit la porte à la volée et entra en trombe, sans lui laisser l'occasion de plaider sa cause.

Dem la suivit, étonné de la voir se glisser dans la bibliothèque.

Il n'y avait mis les pieds qu'une fois, à son arrivée au lycée de Sunnydale. Et il n'avait pas pu se concentrer dans cette atmosphère étouffante. Et l'Anglais lui flanquait la trouille. M. Giles lui avait semblé assez perturbé et distrait. Depuis, Dem préférait la bibliothèque municipale.

La veille, il avait caché sa contrariété quand Giles avait pris la relève au Club d'histoire. Pourtant, Buffy et sa bande avaient l'air très à l'aise avec lui.

Dem avait peut-être vu M. Giles dans un de ses mauvais jours.

Il entra dans la bibliothèque quand Buffy passa dans le bureau.

— Tu es malade, Buffy ? demanda la voix du bibliothécaire. Tu es toute pâle.

— Des cauchemars, Giles. Horribles… C'est sûrement en rapport avec les fouilles, mais je n'en suis pas certaine. Il y avait un temple, des masques noirs… du sang. Beaucoup de sang. Pas de vampires.

— Intéressant. Attendons les autres, d'accord ? Ils ne devraient pas tarder. Veux-tu un peu de thé ?

Des masques noirs et du sang ? Des vampires ? En rapport avec le site archéologique ? Mais qu'est-ce que c'était, ce rendez-vous ?

Entendant des voix dans le couloir, Dem entra dans la cage ouverte, en face du bureau, et se cacha derrière une pile de caisses pleines de vieux livres. Il regarda ceux du dessus.

Démons de la Mésopotamie ancienne, Sorcellerie dans l'Amérique moderne…

Pas tout à fait des sujets de recherche universitaire.

Mal à l'aise, Dem se fit tout petit dans sa cachette ;

tion de la maladie de Parkinson sismique ? demanda Alex.

— Je doute que les séismes soient le vrai problème, Alex, répondit Giles en mordant son beignet avant de le reposer sur une serviette en papier.

— Alors c'est quoi ? demanda Buffy. Non que la leçon de mythologie ne soit pas captivante… Mais… si on en venait aux faits ?

— Euh, oui. Désolé.

Giles la regarda non sans étonnement, la sentant plus nerveuse qu'ennuyée.

— Quetzalcóatl était une divinité bienveillante opposée au sacrifice humain. Il fut poussé à l'exil par Tezcatlipoca, le dieu des êtres sombres et démoniaques. Ce dernier avait utilisé son miroir fumant.

— Il devait être assez puissant pour vaincre un autre dieu, non ? demanda Willow.

— Grâce à ce miroir, Tezcatlipoca pouvait lire les pensées, prévoir le futur et manipuler ainsi à ses fins le destin des individus. Il y recourait pour tenter des alliés potentiels et anéantir ses ennemis.

— Il a tenté Quetzalcóatl, ou il l'a détruit ?

— Les deux. Quetzalcóatl fut tenté par une… liaison incestueuse, précisa Giles en rougissant. Le dieu s'abîma en mer, terrassé par le remords. En découvrant Cortés, les Aztèques ont cru revoir Quetzalcóatl…

Buffy leva les mains. Après une overdose de recherche, Giles se laissait toujours emporter. Il était temps de résumer la situation avec une concision de sténo-dactylo chevronnée…

— Jaguar en liberté. Peut-être ce Tezcatlipoca, là… Artefact aztèque disparu. Peut-être ce miroir fumant. Sans doute lié. Pourquoi ? Précisément.

— Les dieux aztèques *s'infiltraient* souvent dans des

objets d'usage courant pour surveiller leurs adorateurs. Il est possible que Tezcatlipoca se soit retrouvé emprisonné dans son miroir, volé dans la capitale aztèque par des Espagnols, et enterré ici. Avec les mercenaires.

— Emprisonné comment ? demanda Willow.

— Comme la plupart des dieux aztèques, ses forces étaient constamment renouvelées grâce à des sacrifices humains. La guerre contre Cortés a peut-être réduit le nombre de victimes disponibles, ce qui aurait affaibli Tezcatlipoca et l'aurait emprisonné.

— Mais… (Le front de Willow se creusa.) S'il ne pouvait pas sortir du miroir il y a cinq cents ans, pourquoi maintenant ? Si le jaguar est bien le dieu en question…

— Je n'en suis pas sûr, répondit Giles. Il avait peut-être assez d'énergie pour sortir une fois, mais il n'aura pas voulu gaspiller ses chances. La mort de quelques conquistadors ne l'aurait pas soutenu longtemps. Mais ce qui était autrefois un désert…

— … Est aujourd'hui un supermarché pour monstres ! soupira Alex. Sunnydale, le self-service des gastronomes à quatre pattes !

— On peut dire ça, admit Giles sans sourire. Mais le carnage des étudiants de Sunnydale n'est peut-être pas le seul problème posé par Tezcatlipoca.

— D'accord, souffla Buffy. Quel est le problème ?

— Il a peut-être l'intention de conquérir le soleil par un autre moyen que les tremblements de terre. Ce qui nous plongerait dans des ténèbres éternelles.

Giles enleva ses lunettes et se frotta les yeux.

— Voilà qui ferait plaisir à nos amis les vampires, souffla Alex.

— Ça valait bien le coup que je me soucie de la fac ! bougonna la Tueuse. Si je passe mes journées à massacrer des vampires, je n'aurai plus beaucoup de temps pour les cours.

— Oh, oh, lâcha Willow.

— Oh, oh ? répéta Oz.

— Euh… aux infos, ce matin… La météo a annoncé que le soleil s'était levé dix minutes en retard. Ou presque… Neuf minutes et quarante-sept secondes. Un bogue du programme aurait entraîné une erreur de calcul.

— Peux-tu vérifier l'heure à laquelle le soleil s'est levé ces trois derniers jours ? demanda l'Observateur.

— Mardi… six heures trente-neuf, annonça Willow après une rapide recherche. Hier, six heures trente-sept. Et aujourd'hui… six heures quarante-cinq.

— Au lieu de six heures trente-cinq, souligna Oz.

— Oh, bon sang ! C'est pas bon du tout.

— Hé, vous ne rentrez jamais chez vous ? demanda Cordélia en entrant.

Elle s'arrêta à côté de Willow.

— Alors ? Tu l'as ?

— Ton casque colonial ? Eh bien, j'en ai trouvé un, mais je n'ai pas pu le commander.

— Pourquoi ? Je suis *sûre* qu'il y a assez sur mon compte !

— Mais moi, je ne connais pas les quatre derniers chiffres de ton numéro de Sécurité sociale. Et c'est le truc pour sécuriser les paiements sur le Net…

— Ah oui. Bon, faisons ça maintenant. Ce n'est pas trop tard.

— Nous sommes occupés, Cordélia, coupa Giles. Il va falloir que tu attendes.

— Très bien ! J'attendrai !

Irritée, la jeune fille se laissa tomber sur une chaise et croisa les bras.

— Qu'est-ce qui vous arrive encore ?

— Tu veux dire avant que tu n'interrompes le cours de nos réflexions ? lança Alex. Alors voyons. Le soleil se lève en retard, ce qui annonce la nuit éternelle.

— Tu plaisantes.

Cordélia se tortilla sur son siège, mal à l'aise.

Personne ne répondit.

— Bon, tu ne plaisantes pas.

— Dans mon rêve, ce matin, Angel était tué par le soleil, annonça la Tueuse. Incinéré. Vaporisé.

Elle guetta les réactions. Tous savaient que ses rêves annonçaient les événements à venir…

Giles ne laissait rien paraître de ses émotions, peut-être pour éviter de blesser la jeune fille. Il tolérait Angel, mais il préférerait voir Angélus disparaître une fois pour toutes.

Les autres ne semblaient pas particulièrement choqués à l'idée de le perdre. Le maléfique Angélus les avait tous blessés, d'une façon ou d'une autre.

— Tu es certaine que c'était le soleil, Buffy ? demanda Giles.

— Oui. Enfin, il y a eu une grande lumière, et puis il a… disparu.

Giles baissa la tête pour étudier son beignet à demi croqué.

— Quoi d'autre ?

Buffy fit un résumé : temple, masques, cris, couteaux, rugissement, sang, Angel.

— Et là, je me suis réveillée.

— Je suis *très* contente qu'on n'ait pas de lien psychique, tu sais, dit Cordélia.

— Tu n'as sans doute pas envie de l'entendre, dit Giles, mais n'était la mort d'Angel, je trouve ton rêve très encourageant.

— Encourageant ?

Alex regarda Oz.

— Tu y as vu quoi que ce soit d'encourageant, toi ?

— Pas vraiment, répondit le musicien.

— Moi non plus, renchérit Willow. Sauf que… pour ce que j'en sais, il n'y a pas de temple en ruine à Sunnydale. Ce qui est plutôt bien…

— Oui, sans doute. Le rêve de Buffy indique aussi que le soleil se lève à un moment important. Même si, à mon avis, il sera plutôt voilé que détruit, pour empêcher la lumière de parvenir jusqu'à nous…

— Giles, coupa Buffy.

— Hum ? Ah, oui. Quand Tezcatlipoca menaça de plonger le monde dans les ténèbres, à l'époque des Aztèques, Huitzilopochtli le combattit chaque matin pour que le soleil puisse se lever. Malheureusement, Huitzilopochtli avait besoin de sacrifices quotidiens pour reconstituer ses forces.

— Il nous faut un plan B, alors, dit Alex.

— Oui, tout à fait. (Giles se remit à faire les cent pas.) Et nous devons aussi nous assurer que l'entité qui rôde dans Sunnydale est bien Tezcatlipoca. Dans ce cas, il nous faudra plus de renseignements pour le vaincre. Et une stratégie qui ne repose pas sur des sacrifices rituels massifs.

— Je vote pour, dit Oz en levant la main.

Giles le remercia d'un signe du menton.

— Buffy et moi irons sur le site archéologique après les cours, avec la sortie du week-end comme prétexte. Si ma théorie est exacte, nous trouverons d'autres… preuves.

— Vous pouvez être plus précis, pour que je sache quoi chercher ? demanda Buffy.

— Je préfère ne rien dire.

Elle n'insista pas. Quand le bibliothécaire lui cachait

des informations, c'était pour de bonnes raisons. Elle ne cherchait rien de particulier, elle serait plus attentive et remarquerait plus de choses. Ainsi, elle risquerait moins de rater un indice vital.

— Oz et moi sommes disponibles cet après-midi, annonça Alex. Quatre paires d'yeux valent mieux que deux.

— Non, dit Giles. Tezcatlipoca a une grande influence sur les jeunes adultes, à cause de sa capacité à manipuler l'avenir. Il a attiré des innocents vers le mal. Des adolescents seraient des proies toutes désignées. Pour l'instant, le site est interdit à tout le monde, sauf à la Tueuse.

— La sortie est annulée ? demanda Cordélia.

— J'en ai bien peur, confirma Giles.

Willow sourit.

— Oh… Alors, c'est bien que je n'aie pas pu te commander ton casque, hein ?

— Pourquoi, cette boîte ne permet pas d'échanger les articles ?

Dem se tassait dans la cage, terrifié à l'idée d'être découvert après tout ce qu'il venait d'entendre. Giles était fou ! Peut-être un de ces fanatiques millénaristes persuadés que le monde allait disparaître…

Giles devait savoir que le nouveau millénaire commencerait le premier janvier 2001 à minuit une. Pour une raison ou une autre, Buffy et ses amis avaient gobé ses délires psychotiques. Ils ne se doutaient pas que leur mentor les manipulait.

Quant à lui-même… Il était en retard pour les cours.

Dem vit Giles regagner son bureau. La bouche couverte de sucre glace, le bibliothécaire n'avait pas l'air très menaçant. Mais les conspirateurs les plus machiavéliques avaient besoin de manger…

Ses livres serrés contre la poitrine, Dem prit une grande inspiration et sortit de la cage. Il était à mi-chemin quand une question le pétrifia.

— Il te fallait quelque chose ?

Dem se retourna.

— Eh bien, euh… Je ne… savais pas que vous étiez là…

Il n'était pas encore au niveau de James Bond. Mais le bibliothécaire n'était pas non plus un grand détective… Quoi qu'il en soit, il ne semblait pas tolérer les interruptions… Les élèves devaient presque toujours entrer et ressortir en coup de vent.

— Tu fais partie du Club d'histoire, n'est-ce pas ?

— Oui, monsieur. Je venais… chercher un livre sur Cortés.

— Bonne idée. Deuxième étagère, à droite.

Giles désigna le rayonnage de référence, puis fronça les sourcils.

— Tu n'as pas cours, à cette heure-ci ?

Sauvé !

— Je ne m'étais pas aperçu qu'il était si tard ! (Dem se dirigea vers la porte.) Je reviendrai. Plus tard.

— Très bien. Comme tu veux.

Secouant la tête, Giles retourna dans son bureau.

Dem partit, certain que le bibliothécaire le considérerait désormais comme un élève un peu coincé et un peu perdu. Ce qui lui allait très bien. Il sentait encore la honte de la veille. Mais Buffy serait obligée de le respecter s'il la tirait des griffes du bibliothécaire fou.

Dem ne savait pas encore de quoi il retournait, mais ce serait bientôt chose faite. Quand il suivrait les illuminés sur le site archéologique, cet après-midi.

CHAPITRE VIII

— Attendez, Hazel…

Joyce était victime de sa propre ambition. Elle avait fait plus de dégâts dans cette galerie qu'une tornade de force quatre. Des tableaux étaient empilés partout, emballés ou non. Ceux qu'on avait décrochés pour faire de la place seraient stockés dans l'arrière-salle. Quelques œuvres de Juan Hernandez avaient été pendues ou placées sur des chevalets, mais l'arrangement semblait maladroit, sans mouvement.

Inacceptable.

Hazel Atkins regarda Joyce Summers par-dessus le cadre d'une représentation saisissante du Templo Mayor, le centre architectural de Tenochtitlán avant que Cortés ne le rase en 1521. Les couleurs vives et le luxe de détails, le tout dans un style primitif, reflétaient parfaitement la gloire de l'empire aztèque à son apogée. Joyce voulait en faire le clou du vernissage. Mais où installer le tableau pour obtenir le meilleur effet ? Elle avait intérêt à se décider vite : il était plus de quinze heures, et l'exposition ouvrait le lendemain à dix-neuf heures !

Hazel posa la toile et massa son bras endolori. Robuste veuve d'une soixantaine d'années, et principale cliente de Joyce, elle avait eu la gentillesse de lui proposer son aide…

Elle regrettait très certainement son geste.

Juan, un grand brun ténébreux à la beauté latine, s'appuyait sur une caisse. Joyce avait pensé le présenter à Buffy. En plus de son aura très « chaude », il avait une grande sensibilité, et un formidable sens de l'humour. Mais après réflexion, elle avait décidé qu'il serait malvenu de jouer les entremetteuses. Têtue comme elle l'était, sa fille résisterait à toute ingérence dans sa vie sentimentale.

Sans compter qu'une liaison avec la Tueuse pourrait se révéler très dommageable pour la carrière de Juan.

Le jeune homme avait l'air inquiet. Devait-il donner son avis ou non ? Certes, il s'agissait de ses œuvres, mais la galerie d'art était le domaine de Joyce Summers.

— Bon…

Prenant une grande inspiration, Joyce sourit, histoire d'évacuer la tension.

— Je pense qu'on s'y prend très mal.

— Je suis d'accord, répondit Hazel. Faisons une pause.

La galerie était fermée au public jusqu'au lendemain soir.

Juan posa son marteau et rejoignit les femmes devant la cafetière.

— Il reste du gâteau ? Du *shtoodel*, là…

— Strudel, le corrigea Hazel.

Sans enfants, elle avait développé une affection toute maternelle pour l'artiste, et celui-ci était tombé amoureux des pâtisseries maison de la vieille dame.

— Il y en a plein.

— Tu peux tout manger, Juan. Mon tour de taille ne

résisterait pas à une deuxième part. (Joyce se versa une tasse de café réchauffé, puis leva les yeux au ciel quand la sonnerie du téléphone retentit.) Excusez-moi.

Juan s'assit sur une chaise pliante. Ses yeux bruns pétillèrent quand Hazel lui tendit une assiette en carton couverte de strudel aux pommes.

— *Graciàs.*

— Allô ?

Assise sur le bord du bureau, Joyce regardait d'un œil amusé le manège de ses compagnons.

— Ah, Buffy. Salut, chérie. Désolée d'être partie avant ton réveil. On est complètement débordés par la préparation de l'expo. Tu vas bien ?

— Très bien. Je voulais juste te dire que je serai peut-être en retard pour dîner. Giles et moi allons sur le site après les cours. Pour les préparatifs de la sortie, ce week-end.

— Le site archéologique espagnol, près du Roc du Coyote ?

— C'est ça.

Le ton enjoué de Buffy rassura Joyce. Depuis trop longtemps, sa fille n'avait plus participé à des activités saines et sans danger.

— Je serai sans doute en retard aussi. On est un peu à la traîne, ici. Amuse-toi bien.

Joyce raccrocha avec un sourire.

— Je ne voulais pas vous espionner, commença Juan, mais… J'ai cru comprendre qu'il y avait des ruines espagnoles dans la région ?

— Oui. Un vieux campement, à quelques kilomètres de la ville. On a découvert les restes de soldats de l'époque de Cortés. Enfin, c'est ce qu'on m'a dit.

— Cortés ? Ce serait gênant si je prenais une heure

ou deux, demain ? J'aimerais visiter l'endroit. Pour faire quelques croquis.

— Pas de problème. Si on arrive à maîtriser ce désastre. Vous avez une idée ?

— Oui. Disposons tout à la façon d'une cité aztèque. Le Templo Mayor au centre, entouré des autres tableaux sur l'intérieur et l'extérieur du bâtiment. Puis les paysans, et ainsi de suite. Ça vous convient ?

— A merveille !

Joyce retrouva sa belle énergie. Etant la mère de la Tueuse et une citoyenne avertie de Sunnydale, elle avait rarement l'impression que tout allait bien.

— Rangeons d'abord les tableaux dans la remise.

— J'allais le suggérer.

— Juan, vous pourriez nous faire un croquis d'une cité aztèque avant de partir, ce soir ? J'aimerais avoir des dépliants expliquant l'agencement de l'expo.

— *¡ Mùy bien !* Très bonne idée, *señora !*

Sur la piste menant au site archéologique, les nids-de-poule étaient une torture. Buffy se cramponnait à son siège tandis que Giles tentait de trouver au volant de sa vieille DS un itinéraire qui n'arracherait pas le bas de caisse. Les dents de la jeune fille s'entrechoquaient. Les grincements de ferraille laissaient penser que l'automobile tomberait bientôt en pièces.

— Nous devrions peut-être continuer à pied, Giles. Prendre un peu d'exercice, respirer du bon air frais… Eviter d'avoir recours à la chirurgie dentaire…

— Il reste moins d'un kilomètre.

Giles se pencha pour mieux voir à travers le pare-brise. Il avait la main gauche serrée sur le volant, la droite sur le levier de vitesse, et il sourcillait à chaque cahot.

— C'est un truc de mec ? L'Homme contre les nids-de-poule ?

— Pas du tout ! Mais puisque nous ignorons ce qui nous attend, je me disais qu'il serait prudent d'avoir la voiture tout près. Au cas où il faudrait déguerpir en vitesse.

— Giles, si on doit ficher le camp, on ira plus vite à pied.

— Ah, oui… J'imagine que tu as raison. Alors, espérons que ce ne sera pas nécessaire.

— Abandonner l'épave que vous vous entêtez à conduire serait dommage…

— C'est une voiture de collection.

Le chemin de terre s'acheva sur une zone assez plate reconvertie en parking. Le véritable site des fouilles se trouverait à une centaine de mètres de là. Des voitures et des fourgonnettes étaient garées n'importe comment entre les buissons et les rochers. La Colt rouillée de M. Coltrane n'en faisait pas partie…

Buffy se demanda pourquoi la plupart des professeurs d'histoire préféraient les vieilleries.

— Ne claque pas la portière, dit Giles en empochant ses clés.

Il jeta sa cravate et sa veste sur la banquette arrière, et en tira un pull à col en V.

— Je n'oserais jamais faire une chose pareille…

Buffy grimaça en entendant la portière grincer. Imitant Giles, elle donna un coup de hanche pour bien la fermer.

Tandis qu'ils s'engageaient sur le chemin du campement, Giles se retourna vers la jeune fille avec une expression troublée.

— Dem Inglese, il était avec toi dans le parc, hier ?

— Il faisait du jogging, et il s'est arrêté pour bavarder pendant que je patrouillais. Pourquoi ?

— Il est venu à la bibliothèque, ce matin. Ça m'a paru bizarre. Je ne l'avais jamais vu avant la réunion d'hier. A-t-il été témoin de ta rencontre avec le jaguar et Angel ?

— Non. Il s'est cogné la tête contre un arbre, et ça l'a assommé pour le compte.

— Etrange…

— Pas vraiment. Je crois qu'il a le béguin pour moi.

— C'est vrai ? s'exclama Giles. Subjugué par le charme de la Grande Buffy, hein ?

— C'est pas drôle.

Elle ne fit pas remarquer que la plaisanterie était une violation du code de conduite des Observateurs, qui ne devaient penser qu'au travail. Toutefois, elle préférait cette réflexion inattendue au malaise diffus qui s'installait chaque fois qu'Angel était mentionné.

— Dem est un type sympa, mais je n'ai pas besoin de me compliquer la vie pour l'instant.

— C'est sans doute plus sage.

Buffy profita du silence qui suivit pour s'imprégner de l'ambiance du site. Plusieurs personnes entre deux âges travaillaient au fond d'une déclivité. Les différents secteurs des fouilles étaient délimités par des longueurs de cordon. Un camion-citerne s'éloigna. Sans redouter de s'embourber ou d'abîmer les arbres, le conducteur décrivit un arc de cercle qui évita la zone de fouilles et le ramena sur la piste.

— Tout semble normal, pour un chantier de ce type.

Le regard de Giles se posa sur Lucy Frank, qui sortait de la tente pour tendre un bloc-notes à un ouvrier.

— Je vous crois sur parole.

Buffy s'intéressa à la tour rocheuse, au sommet de la

colline. Elle avait fait des randonnées jusqu'au Roc du Coyote, sans prêter attention aux rochers.

Cette protubérance lui semblait étrange… tel un totem de pierre élevé à la gloire d'un être maléfique.

— Ces rochers… je voudrais y jeter un coup d'œil, dit-elle.

— Giles ! cria Lucy Frank en agitant la main.

Avec un mouvement de tête désinvolte, Giles soupira.

— Je peux sans doute occuper Mlle Frank assez longtemps pour que tu puisses explorer à ton aise sans être dérangée.

— Lucy, rappela Buffy. Elle veut que vous l'appeliez Lucy.

— Oui… (Giles rajusta ses lunettes.) Voyons ce que nous pourrons trouver, d'accord ?

Buffy hésita, étonnée par l'effet que la jeune femme faisait sur son Observateur. Etait-ce une bonne ou une mauvaise chose ? A en croire le sourire chaleureux de Lucy, ça pouvait être un atout. Même habillée d'un jean, d'une chemise à carreaux rouges et blancs, et d'un chapeau de paille, l'archéologue ressemblait de façon frappante à Jenny Calendar.

Giles et elle partageaient une passion sincère pour le passé. De plus, une intrigue amoureuse ajouterait à la situation un élément presque cocasse, permettant de mettre en perspective les événements plus sombres.

— Quelle bonne surprise !

Les yeux rieurs, Lucy serra la main de Giles.

— Qu'est-ce qui vous amène ici ? Une mission de reconnaissance, j'imagine.

— Plus ou moins, reconnut Giles, croisant les bras. J'ai pensé que repérer les lieux avant de débarquer demain serait une bonne idée.

— Eh bien, vous tombez à pic ! J'allais prendre une

pause, et j'adorerais vous faire visiter l'installation. Et vous êtes… ? ajouta Lucy en regardant Buffy.

— Buffy Summers, répondit Giles. Du Club d'histoire.

— Ravie, Buffy.

Le sourire de Lucy mourut ; à l'évidence, elle prenait la Tueuse pour une petite écervelée.

Ce qui allait lui faciliter la tâche.

— Oui. Moi aussi !

Avec un soupir exagéré, Buffy se détourna comme si elle se moquait éperdument du site et de Lucy.

Sur la table, à côté de la tente, des os humains et des morceaux de métal rouillé étaient disposés en vue d'un classement et d'un étiquetage.

— O mon Dieu ! Des squelettes ? Je veux dire, des vrais ? Beeeerk !

Giles la regarda comme s'il était plongé dans un univers parallèle où elle était encore l'adolescente pompom girl et frivole qu'il avait formée.

Lucy ne fut pas amusée du tout.

— Ces squelettes étaient autrefois des soldats de Cortés. Il y a cinq cents ans.

— Eh bien, ils ont passé un sale quart d'heure.

Levant les yeux, Buffy coula à Giles un regard lourd de sens.

— Alors, on va passer *tout* le week-end à déterrer des vieux os et d'autres trucs ? Genre pour de vrai ?

— Pour de vrai, Buffy. (Giles toussa pour se retenir de rire.) Si tu te promènes un peu, tu comprendras à quel point une fouille peut être fascinante.

— Alors là, je doute !

— Ne touche à rien, s'il te plaît ! implora Lucy.

— Vous croyez vraiment que je vais toucher *exprès* des morceaux de types morts ?

Secouant la tête, Buffy se rapprocha de la table, l'air dégoûté.

La sonnerie d'un téléphone portable incita Lucy à revenir sous la tente.

— Suivez-moi, Giles.

L'Observateur applaudit Buffy en silence avant d'obéir.

Curieuse, la Tueuse s'approcha de la fenêtre en plastique pour écouter ce que Lucy avait à dire.

— Non, madame Baine. Il est parti dès que je suis arrivée ce matin. Je suis certaine qu'il n'y a aucune raison de s'inquiéter. Il est sans doute en train de fouiller dans les archives de l'université. Oui, madame Baine. S'il me contacte, je vous préviendrai tout de suite. Au revoir.

— Un problème ? demanda Giles.

— Non. Le professeur oublie toujours l'heure quand il fait des recherches. Après vingt et quelques années de mariage, sa femme pourrait s'en souvenir. Au fait, vous êtes marié ? demanda Lucy.

Buffy posa une main sur sa bouche pour étouffer une exclamation de surprise. Apparemment, la jeune femme n'était pas insensible au charme de Giles – qui défiait toute logique pour une adolescente.

Buffy résista à la tentation de jeter un coup d'œil à l'intérieur, mais imaginer l'expression de Giles était facile.

— Euh, eh bien… non.

Petit sourire pincé, suivi d'un rapide changement de sujet.

— C'est le catalogue des fouilles ?

Tremblement nerveux dans la voix, remonte sans doute ses lunettes.

— Oui, tout à fait. Café ? proposa Lucy.

Change de position en douceur, accepte la proposition, et retour à un sujet moins dangereux.

— Oui, si ça ne vous dérange pas. Je peux jeter un coup d'œil au catalogue ?

Buffy connaissait trop bien Giles. C'était exactement la façon dont il avait traité Jenny lors de leur rencontre. Mais s'il était très distrayant d'écouter ce couple improbable, la Tueuse avait mieux à faire. Si Lucy se demandait ce que devenait Buffy la Bimbo Absolue, Giles serait peut-être forcé de l'inviter à dîner pour faire diversion. Il faudrait un désastre quasi certain pour lui donner le courage nécessaire.

A moins que Lucy ne le lui propose la première…

Ce que Jenny avait fait pour parvenir à ses fins.

S'éloignant, Buffy s'abrita derrière la citerne. Puisque rien, sur le site même, ne lui avait paru étrange, il n'y avait aucune raison de perdre plus de temps. Ses instincts de Tueuse, toujours fiables, l'entraînaient vers le Roc du Coyote.

Mais si elle grimpait en ligne droite, elle serait visible jusqu'à ce qu'elle atteigne de gros rochers, juste sous la tour totémique. Les bénévoles avaient l'air absorbés par leur brossage et leur grattage, mais mieux valait rester prudente.

Buffy approcha d'une des deux latrines de chantier installées à quelque distance du réservoir. De là, des buissons touffus et des troncs d'arbres desséchés lui fourniraient une bonne couverture pour gravir la colline. Ce serait mieux que de passer par les bois, un peu plus éloignés.

A part un homme âgé en casquette de base-ball, personne ne lui accorda un regard. Consciente qu'il l'observait, elle ouvrit la porte et la referma d'un coup, comme si elle n'avait pas le courage d'entrer dans ce réduit immonde. Le vieil homme détourna le regard. Buffy se glissa derrière l'unité mobile. Accroupie, elle se faufila dans les buissons et commença son ascension.

Un creux, dans le sol, attira son regard.

Des traces de pas, grosses, félines, se dirigeant vers le Roc du Coyote.

Elle ne remettait pas en cause le mystérieux « savoir » qui l'avait attirée vers la colonne de pierre. Mais ce sixième sens de Tueuse qui semblait puiser dans quelque banque de données universelle ne cessait jamais de l'étonner.

Buffy chercha du regard l'homme qui l'avait remarquée un peu plus tôt. Il finirait par trouver bizarre qu'elle ne sorte pas des toilettes. Elle avait donc quelques minutes devant elle.

Elle se déplaça vite et en silence, suivant les empreintes à travers les buissons et les sous-bois. Mais elle eut vite la sensation d'être observée.

Trois personnes – un homme mûr, un jeune et une femme brune – montaient la garde au pied du « totem ». Protégeaient-ils un autre site d'excavation, ou une chose plus sinistre ?

Quoi qu'il en soit, ils voulaient interdire tout accès au Roc du Coyote.

Buffy envisagea de revenir sur ses pas pour contourner l'obstacle. Mais ses précédentes incursions lui avaient appris que l'ascension serait raide et délicate. De plus, la pente était couverte de graviers pouvant rouler et trahir sa présence à tout moment. Retourner au camp sans se faire remarquer ni soulever de soupçons semblait plus sage.

Courbée en deux, Buffy fit un grand tour pour donner l'impression qu'elle revenait d'une promenade dans les bois.

Dem faillit avoir une crise cardiaque quand Buffy passa à moins de dix mètres de sa cachette, entre les arbres. Il retint sa respiration tandis qu'elle retournait vers le camp… Il était arrivé en V.T.T. quelques minutes avant le bibliothécaire et la jeune fille.

De sa cachette, il avait vu presque tout ce qui se passait.

Rien d'inhabituel… jusqu'à ce que Buffy remarque quelque chose par terre. Il était sur le point de la suivre quand elle avait décidé de faire demi-tour.

Le bibliothécaire et Lucy Frank sortirent de la tente. Buffy venait de repasser à côté des toilettes mobiles. Un signe de Giles l'incita à se dépêcher.

Après avoir salué Lucy, il emmena Buffy dans la direction opposée.

L'archéologue retourna sous la tente.

Selon Dem, leur visite avait été une perte de temps. Il ne se passait rien de bizarre. Les adultes qui procédaient aux fouilles ne ressemblaient pas aux membres d'un culte ténébreux. Mais Lucy avait paru très contente de voir M. Giles. Ils étaient peut-être associés. Avec Coltrane, aussi ! Les professeurs sous-payés pouvaient décider de subtiliser des antiquités pour les revendre au marché noir.

Le prof d'histoire disparu était sans doute à Los Angeles en train de conclure l'affaire. Il avait emporté le miroir aztèque pour prouver qu'il pouvait alimenter le réseau…

L'esprit de Dem tournait à cent à l'heure tandis que les pièces du puzzle se mettaient en place. Giles aurait besoin de gens de confiance pour déterrer, emballer et transporter les objets – et c'était là que Buffy et ses amis intervenaient. C'était aussi pour ça que le bibliothécaire ne voulait pas des anciens membres du Club d'histoire. Le jaguar en cavale lui donnait une excuse pour annuler la sortie, et étayait son histoire de dieu aztèque !

En somme, Giles avait réussi à manipuler ses victimes sans révéler ce qu'il cherchait vraiment !

Fier de sa puissance de déduction, Dem décida de mener sa propre enquête. Pour commencer, il voulait savoir ce que Buffy avait découvert.

Certain que personne ne pouvait le voir, il quitta le couvert des arbres et courut vers l'endroit où elle s'était accroupie, près des toilettes du chantier. Là, il baissa les yeux… et s'arrêta net.

La peur lui glaça les sangs ; il eut grand-peine à retenir un cri. L'empreinte indiquait que le fauve était tout près ! C'était sans doute ce qui avait décidé Buffy à faire demi-tour.

Elle avait vu le fauve !

Dem leva les yeux. Il n'apercevait aucune fourrure noire, mais ça ne prouvait rien. La bête pouvait somnoler au soleil. Si son cri étouffé ne l'avait pas prévenue de l'arrivée d'une proie facile !

Dem fit demi-tour. Pris de panique, il cria en percutant Lucy Frank.

— Mais que faites-vous ?

La jeune femme se campa en travers du chemin, les poings sur les hanches.

— Il y a… un fauve ! Il a tué des gens… hier. Il rôde quelque part par ici…

Lucy ne sembla pas surprise.

— Je te connais. On s'est déjà vus ?

— Dem Inglese. La… réunion du Club d'histoire. J'y étais…

— Mais je me demande ce que tu fais là… *maintenant* ?

— Du vélo… Je l'ai laissé par là et j'avais cru voir une amie. Buffy.

— Elle vient de partir.

— Pas grave ! Elle n'aime pas beaucoup me parler, de toute façon.

— Mais toi, tu l'aimes bien…

Ignorant la surprise du jeune homme devant cette observation pertinente, Lucy regarda la tour rocheuse et lui fit signe de la suivre.

— Viens. Marchons un peu.

Dem hésita.

— Pas de fauve, assura Lucy. Les jaguars chassent la nuit.

— Vous êtes au courant ? Il n'y avait rien dans les journaux ni à la radio.

— Je l'ai fait déguerpir ce matin, affirma Lucy. Mais si tu ne veux pas de mon aide pour emballer ta Buffy ce week-end, ça me va aussi…

— Si, s'il vous plaît.

Se passant la langue sur les lèvres, Dem commença à grimper.

Lucy étant une femme, l'écouter ne pouvait pas faire de mal. L'incompétence crasse de Dem avec les filles ne lui laissait pas le choix…

Lucy s'arrêta et lui posa une main sur l'épaule.

— Il y a un problème pour ce week-end, avoua Dem.

— Ah oui ? Lequel ?

— Giles ne vous a rien dit ? demanda Dem, surpris.

— Dit quoi ?

— Il pense annuler la sortie.

Sensible aux changements d'humeur les plus subtils – une faculté qu'on développait en étant continuellement exclu et rejeté –, Dem remarqua que Lucy se tendait.

— Pourquoi ?

La voix de la jeune femme tremblait de colère contenue.

— Euh, à cause du fauve et de…

— Quel idiot ! Je devrai lui rendre visite pour lui faire entendre raison.

Considérant la réaction de Lucy, Dem ne lui exposa pas la théorie farfelue du bibliothécaire sur le mythe aztèque du jaguar. La seule chose qui comptait, c'était qu'elle ne semblait pas travailler avec lui.

D'abord, Buffy.

Après, il s'occuperait des motivations douteuses de M. Giles, et de ses théories sur la disparition de Coltrane.

Dem trébucha sur une motte de terre, et s'arrêta pour récupérer ses lunettes.

— Désolé.

Lucy se contenta de secouer la tête et continua de grimper.

Quand ils atteignirent un cercle de gros rochers, devant la tour de pierre, elle désigna une dalle.

— Assieds-toi.

— D'accord.

Dem obéit pendant que Lucy contournait les rochers pour se rapprocher du Roc du Coyote. Bien que plus grand et plus large, avec des angles et des arêtes étranges dus à des siècles d'érosion, ce monolithe sculpté par le hasard lui rappelait Stonehenge. Il semblait en émaner une énergie surnaturelle et mystique.

Dem mit cette impression sur le compte de son imagination stimulée par les attaques de fauves et les fables de la mythologie.

Quand Lucy revint, elle tenait quelque chose de rond et doré contre sa poitrine.

Elle plongea ses yeux marron au travers des murailles que Dem avait érigées pour protéger son âme sensible.

Il cilla quand elle lui retira ses lunettes.

— Tu es assez mignon, tu sais.

Non, il ne savait pas. Une soudaine inquiétude concernant les intentions de la jeune femme le fit délicieusement frissonner… Il n'avait rien contre l'idée d'être séduit par une femme plus âgée. Mais son manque criant d'expérience transformerait sans doute son initiation en humiliation.

— Pourquoi ne portes-tu pas des lentilles ?

— J'en ai, mais je n'avais jamais pensé que… ça ferait une grande différence.

— Tu as tort. Regarde.

Dem leva les yeux vers son visage, reflété par une surface noire où dansaient des volutes de fumée. Sans ses lunettes, l'image aurait dû être trouble, mais il était tellement surpris par la subtile différence de son apparence qu'il ne s'en avisa pas. Son incertitude était devenue une assurance à toute épreuve.

Son menton se redressait en signe de défi. La force plutôt que la faiblesse.

— C'est le vrai *toi*. Celui à qui tu ressembles en vérité. Sûr de toi, autoritaire. Ce Dem-là aura tout ce qu'il veut. *Qui* il veut.

Fasciné par la voix hypnotique de Lucy, Dem ne pouvait pas détacher son regard de l'image, même quand celle-ci recula. La fumée bleu-gris flottait sur un arrière-plan de pierre orné d'argent et d'or.

Buffy était à genoux, tête basse, soumise.

La perspective changea brusquement ; il vit par les yeux de son reflet. Aux pieds de Buffy, une foule implorante tendait les bras. Elle chantait ses louanges… et les mots s'infiltraient dans son esprit.

… Maître des profondeurs, commandeur des ténèbres, pitié pour tes humbles serviteurs… !

Auréolé par des milliers de torches, le jaguar rugit. De la chaleur coula dans les veines de Dem, lui communiquant une énergie éternelle…

Le pouvoir de vie et de mort.

— Dem est un dieu ! Uni à Tezcatlipoca, seigneur de la nuit et maître de la destinée ! L'honneur te revient, Dem Inglese ! Si tu lui prêtes allégeance.

La réaction initiale du jeune homme fut le rejet. Même s'il avait très envie de devenir ce qu'il voyait dans le miroir, il avait peur du pouvoir maléfique tapi derrière cette promesse.

Il sentait une menace réelle pour son identité et son intégrité.

L'essence du miroir sentit l'hésitation de Dem. Puisant dans les souvenirs du jeune homme, Tezcatlipoca amplifia l'impuissance et l'impression d'isolement qui le tourmentait. Puis il opposa à ces sentiments la force qui serait bientôt sienne.

S'il acceptait.

Face à ces deux extrêmes – rester une victime sans intérêt ou devenir un meneur –, la résistance de Dem mourut.

Sans s'aviser de la manipulation de l'ancien dieu, il murmura :

— Oui. Je le veux.

CHAPITRE IX

Le *Bronze* était bondé, une chose surprenante puisqu'il était encore tôt. Le brouhaha des conversations restait audible malgré les chansons de rock que passait la sono. Aux tables de billard, les queues claquaient contre les boules. Les flippers sonnaient et sifflaient ; les rires se succédaient. Les sons se mêlaient, composant l'ouverture de la symphonie *Sunnydale by Night*.

Un adieu turbulent au soleil qui disparaissait à l'horizon.

Buffy s'arrêta sur le seuil et inspira les divers arômes qui montaient de la salle. Café frais et bière éventée, pop-corn et lait tourné, moisissure et poussière. Un parfum propre à l'établissement, entêtant et agressif, sans être répugnant. Presque plaisant à cause de sa familiarité.

Comme la boîte elle-même.

Des affiches de films classiques et modernes à divers stades de décomposition étaient collées çà et là, sur les murs. Des autocollants de pare-chocs et des graffitis ornaient les piliers comme autant de cartes de visite. Les ampoules nues pendues au plafond, les piles de tonnelets de bière vides, les tabourets, les tables et les chaises dépareillées complétaient le tableau…

Le succès d'un décor aussi miteux était simple à analyser : il correspondait à la confusion et au chaos qui régnaient dans la vie de la plupart des adolescents de la région.

Quand Giles avait déposé Buffy chez elle, c'était encore l'après-midi. La Tueuse avait appelé Willow pour lui donner rendez-vous. Se reposer était toujours une stratégie payante. Surtout si on considérait que les amis de la Tueuse passeraient le week-end à creuser la terre… et à empêcher qu'un nouveau drame n'éclate aux portes de la Bouche de l'Enfer.

Buffy se dirigea vers le box préféré de son amie, où elles s'installaient toujours quand les Dingoes Ate Your Baby passaient sur scène.

Bad Deal, un nouveau groupe, prenait place sur l'estrade. Un des avantages à jouer dans ce club, c'était que l'on n'avait pas à s'inquiéter d'attirer les foules. Le *Bronze* avait le monopole de la vie nocturne adolescente de Sunnydale.

Le chanteur, un type assez baraqué, mignon mais arrogant, fit un clin d'œil à Buffy, qui ne s'arrêta pas. Elle avait enfilé un pantalon et une veste en cuir noir par-dessus un chemisier en dentelle dorée au décolleté audacieux, et elle appréciait l'intérêt que sa tenue suscitait. Même si elle n'était pas intéressée. Le noir correspondait très bien à ses plans.

Du noir avec une touche de doré lui remontait toujours le moral.

De plus, il y avait toujours une possibilité de rencontrer Angel par hasard.

— Salut, Buffy !

Avec un grand sourire, Willow s'assit sur la banquette.

— Ouaouh ! Le look qui tue ! Enfin, pour les mecs. Bon… Quelqu'un devrait me bâillonner !

— Pour nous priver de ta sagesse ? Pas question.

Buffy s'assit à côté de son amie, ferma les yeux et se détendit.

— Parfait.

— Presque. Ce serait parfait si Oz était là. Ne va pas croire que tu n'es pas de bonne compagnie, Buffy ! Tu es super… Pour une fille. Enfin… Tu vois ce que je veux dire.

— Oui. Bizarre, non ?

— Assez… Je t'ai pris un soda, mais si tu préfères autre chose…

— Non, un soda, c'est très bien. Alors, où est Oz ?

— Alex et lui sont allés changer l'huile du van. Réglages, plein du réservoir, ménage. Histoire d'évacuer un mois de frites et de canettes vides. Et surtout, de nettoyer la banquette arrière, puisque Devon a… vomi dessus la semaine dernière.

— Je préfère ne pas savoir.

Pas mal de choses dégoûtantes empêchaient Buffy de dormir. Inutile de rajouter les problèmes digestifs du guitariste des Dingoes.

— Oz veut être sûr que le van ne décidera pas de tomber en panne ce week-end. Au cas où.

— Bonne idée. Le trajet achèvera peut-être ses amortisseurs. La route est pourrie. La Citroën de Giles a failli ne pas arriver au bout. Alors le van d'Oz… Au fait, il ne serait pas passionné d'histoire, en douce ? Oz, je veux dire…

— Non… Pourquoi ? demanda Willow.

— Pour rien. Mauvaise théorie.

— Oh. Il s'est passé quelque chose… d'intéressant ?

— Passé ? Non. Intéressant. Peut-être.

Buffy finit son soda et soupira.

— Le docteur Baine semble avoir disparu aussi, et j'ai trouvé des empreintes de félin près du Roc du Coyote.

— Pas cool. Alors… ça va affecter la sortie ? Elle tient toujours ?

— Pour nous. Pas pour le reste du Club d'histoire. Giles est décidé à annuler, même s'il ne s'agit que d'un fauve affamé, et pas d'un démon aztèque.

— Très bien. M'aérer ce week-end me fera du bien. J'arrêterai de penser à l'I.T.M. qui ne me répond pas.

— Giles devait appeler Oz en rentrant à la bibliothèque. Puisque les autres n'y vont pas, il nous faudra notre propre équipement.

— Qui ne va pas où ? lança Cordélia en surgissant derrière Willow, sourcils froncés.

Son grand sweater bleu électrique et son jean accentuaient ses courbes féminines.

— Et je vous en prie, ne me dites pas que la sortie est annulée.

Buffy regarda Cordélia et lui sourit.

— La sortie est annulée.

— C'est pas vrai !

Les yeux de Cordélia lancèrent des éclairs. Un signe avant-coureur d'un accès de mauvaise humeur.

— Pas pour tout le monde, remarque. On y va. Buffy, Oz, Alex et moi.

Tirant une chaise d'une table voisine sans demander si elle était prise, Cordélia s'assit.

— Je viens de payer cent cinquante dollars un casque colonial ! Un peu cher pour une décoration murale, même pour moi. En plus, si je l'accroche sans pouvoir dire que je l'ai porté au moins *une fois* sur un site archéologique… Je viens avec vous !

— Mais il y a le fauve, là-bas, l'informa Willow.

— Je viens ! Un gros chat peut-il être plus terrible que les horreurs de la Bouche de l'Enfer ? En parlant de casques coloniaux… Tu as eu confirmation de l'envoi ?

— Pas encore, dit Willow. On peut retourner vérifier, si tu veux…

— C'est moi qui conduis.

Cordélia se leva.

— Tu viens, Buffy ?

— Oui, mais juste le temps de prendre le fusil à seringue anesthésiante. Il y avait trop de gens sur le site aujourd'hui. Je serai plus discrète.

— Et le fusil est pour… ?

— *Contre* le félin. J'ai appris sur le tas qu'un pieu, face à un fauve en colère, est à peu près aussi utile qu'un cure-dents sur un mur de briques.

— Mieux vaut être préparée à tout, confirma Willow. (Cordélia s'impatientait.) On devrait y aller.

— Encore une chose, dit Buffy en rattrapant Willow par le bras.

— Je ne vais *pas* lancer un sort de gentillesse à Cordélia. Alex me l'a demandé, et c'est hors de question. Je le raterais. On se retrouverait *tous* à être trop gentils avec les vampires, et ce serait la fin de Sunnydale ! Pas question de vivre avec ça sur la conscience ! Non merci.

— Je ne pensais pas à ça, la rassura Buffy. Si tu vois Angel ce soir, et qu'il te demande où je suis, tu n'en sais rien. Je ne veux pas qu'il risque de se faire surprendre par le soleil. Compris ?

— Oh, oui. Ton rêve. Angel grillé…

Willow se tut, puis fit mine de fermer une fermeture Eclair sur ses lèvres.

— Compris. Clapier fermé. Pas un mot.

— Très bien.

Soulagée, Buffy partit, prête à supporter l'indignation de Cordélia.

Lucy se félicitait de son choix, même si Dem était désorienté. Elle l'étudia quand ils redescendirent la colline, enregistrant ses pas maladroits, ses regards en arrière et ses tics – comme repousser continuellement ses lunettes sur son nez. Il avait remis ses verres correcteurs quand le lien avec le miroir s'était rompu.

Lucy sourit pour le rassurer et le garder dans un bon état d'esprit. Après l'initiation qui ferait de lui l'*ixiptla* de Tezcatlipoca, le lendemain à l'aube, le garçon deviendrait l'incarnation humaine du dieu. Tous les aspects de l'adolescent coincé et timide disparaîtraient.

Lucy tituba, épuisée. Elle s'était réveillée bien avant l'aube et les événements de la journée l'avaient vidée. Mais Baine n'était plus un problème. Les travailleurs avaient été convertis grâce au pouvoir du miroir. Ce soir, nombre de leurs amis y seraient exposés et convertis à leur tour. Quand Dem deviendrait l'*ixiptla*, les préliminaires au règne de Tezcatlipoca seraient achevés.

Néanmoins, il restait beaucoup à faire, et peu de temps pour se reposer. Puisant dans sa réserve intérieure de volonté, Lucy rattrapa l'adolescent.

Rolf les intercepta avant qu'ils atteignent la réserve d'eau. Ses taches de rousseur et sa toison cuivrée le faisaient paraître plus jeune que ses vingt et un ans. Souvent dénigré par Baine, en cours comme sur le site, il avait planté avec joie la tête du professeur sur un piquet quand Lucy l'avait subjugué grâce au miroir.

— Nous avons un problème.

La jeune femme attendit des explications. Rolf se tourna vers Dem, soupçonneux.

— Le détective est de retour. Il pose des questions sur le professeur. Il vous attend sous la tente.

— Je m'en occupe. Viens, Dem.

Rolf inclina la tête et recula pour les laisser passer.

Laissant Dem dehors, Lucy entra sous la tente et vit Dwayne Thomas en train de feuilleter le catalogue des fouilles.

— Vous vouliez me voir, détective ?

— Oui. Le professeur Baine a disparu. D'après sa femme, vous êtes la dernière personne à l'avoir vu.

Lucy soupira, feignant l'exaspération.

— Vous avez vérifié auprès de l'université ? Baine m'a dit qu'il voulait faire des recherches sur…

— Il n'est jamais arrivé au campus. Personne ne l'a vu à la bibliothèque, aux archives ou à son bureau. Il n'a pas donné son cours de l'après-midi, et sa voiture n'est pas garée à sa place réservée.

— C'est bizarre.

Lucy alluma le réchaud et y posa une bouilloire.

— Vous voulez du café ? Ou du thé, peut-être ?

— Non, merci. Avec votre permission, j'aimerais jeter un coup d'œil sur le campement. Je pourrais avoir un mandat, mais je préférerais gagner du temps.

— Bien sûr. (Lucy sourit.) Il fera bientôt nuit. Vous voulez une lanterne ?

— Le soleil se couchera dans une heure, et j'ai une lampe-torche. Merci.

Thomas s'apprêta à sortir.

Lucy s'empara de la pierre qui lui servait de presse-papiers et l'abattit sur la tête du détective. Il vacilla. Elle le frappa de nouveau, et le rattrapa quand il s'écroula.

Dem ouvrit le rabat.

— Que se passe-t-il ?

— On a de la visite…

Posant la pierre, Lucy retourna sa victime sur le dos, puis lui enleva son arme et ses menottes.

— Appelle Rolf.

Dem obéit, et revint une minute plus tard avec l'étudiant roux. Sur les instructions de Lucy, ils hissèrent le corps inanimé sur une chaise, lui passant les menottes.

Elle donna le 9 mm à Rolf.

— S'il vous fait des problèmes, fourre-lui ça sous le nez.

Elle tendit un bol de poudre *yauhtli* : un anesthésiant à base de chanvre, utilisé par les Aztèques pour les victimes de sacrifices.

— Je serai peut-être partie assez longtemps.

— Pas de problème.

Pistolet en main, Rolf s'assit face à Thomas.

Lucy fouilla le détective, cherchant ses clés de contact, griffonna des instructions pour gagner les docks de Los Angeles, puis fit signe à Dem de la suivre.

L'enquête la perturbait, mais elle avait prévu la venue du policier, espérant simplement que Ruth Baine mettrait plus de temps à réaliser que son mari avait disparu. Se contenter de cacher la voiture du détective comme elle l'avait fait pour celles de Coltrane et de Baine ne suffirait plus. Mais sa solution tiendrait quand même la police à l'écart une journée de plus.

Après… plus personne ne les arrêterait.

— Henry ! Eleanor !

Lucy héla le vieil homme et la jeune femme plantureuse au moment où ils quittaient le chantier.

— Une autre voiture à abandonner, hein ? devina Henry en remontant la visière de sa casquette de baseball.

Eleanor s'essuya les mains sur son pantalon de jogging pour cacher sa nervosité.

— Tu es sûre que tu as besoin de moi, Lucy ?

— Oui.

Elle leur remit ses instructions.

— Suis Henry jusqu'à Los Angeles, pour qu'il puisse rentrer. Gare la voiture là où on la trouvera facilement, Henry, et n'oublie pas de rapporter les clés.

— C'est comme si c'était fait. Allez, Eleanor, viens.

— Mais je suis horrible !

— Personne ne te verra à part moi, et je me fiche de ta tenue. Allez, en route !

Eleanor obéit de mauvaise grâce.

Dem avait suivi la scène avec une moue dédaigneuse. Même si sa transition n'était pas complète, il avait *absorbé* l'arrogance de Tezcatlipoca durant sa connexion avec le miroir.

— Viens, Dem. Je te ramène chez toi.

— Mon vélo…

Lucy faillit refuser, puis réalisa que ce serait plus facile si le jeune homme pouvait rentrer seul le matin.

— Très bien, va le chercher. Je t'attends.

Dem s'éloigna sans se presser ; Lucy soupira. Elle se félicitait d'avoir pris quelques affaires dans son appartement avant de s'installer au motel de Sunnydale. La fonction de Grande Prêtresse était exigeante. Si le futur représentant de Tezcatlipoca se hâtait de récupérer son vélo, elle aurait peut-être le temps de prendre un bain avant d'aller voir Giles. Elle sentait que la force brute n'aurait aucune prise sur le bibliothécaire. Elle le devinait plus complexe et assuré que ne le suggérait son apparence.

En revanche, une femme jeune et attirante le manipulerait sans mal.

Les chats ne jouaient-ils pas avec leur proie avant de la tuer ?

Observant le monde dans les limbes du miroir, Tezcatlipoca comptait les secondes et pleurait les années perdues.

Quatre cent soixante-dix-neuf ans !

Affaibli par la déroute des Aztèques face à Cortés, il s'était réfugié dans le miroir, le temps que le destin lui livre une autre nation. Les choses redeviendraient comme avant. Quelques humains seraient récompensés. La plupart perdraient la vie pour alimenter son pouvoir.

Ainsi agissaient les dieux, les mortels le savaient depuis toujours.

Mais l'attente avait été trop longue. Emprisonné dans le miroir, il avait regagné des forces quand Diego Garcia était mort devant le miroir. S'il était capable de créer des illusions visant à manipuler l'esprit humain, il ne pouvait pas se divertir seul. A l'abandon, perdu dans le néant, les siècles avaient exacerbé sa soif de sang et de pouvoir.

Le sang, pour restaurer sa force.

La puissance, pour régner de nouveau.

Et la vengeance, pour ces siècles envolés.

Les derniers rayons de soleil frappèrent l'obsidienne. Tezcatlipoca se matérialisa. Se transformer en jaguar lui fut facile, car le cœur humain reçu en sacrifice lui avait redonné de la vigueur. Il s'étira, savourant la sensation des muscles noueux qui jouaient sous sa peau. Le fauve était rapide et sauvage. C'était la forme de prédilection du dieu, après l'apparence humaine. Mais cela aurait demandé plus de victimes que la bête ne pouvait en fournir.

Pour qu'il reprenne son aspect humain, il faudrait de nombreux sacrifices.

Et le moment était proche…

Jusque-là, le félin devrait suffire.

Tezcatlipoca leva le museau et huma le vent, prenant la mesure de son monde. L'odeur salée des humains, au travail en contrebas, dansait sur la brise, aiguisant ses appétits de prédateur.

Le dieu rejeta l'idée. La Grande Prêtresse les avait réduits en esclavage dans un autre but. S'il fallait les remplacer, cela retarderait d'autant la conquête.

Tezcatlipoca descendit la colline et plongea dans les bois, impatient de commencer la chasse. Le monde avait changé depuis l'époque de Montezuma. Les gens s'étaient multipliés, créant des merveilles supérieures à ce que les Aztèques avaient imaginé. Mais ils restaient humains : influençables, subjugués par la magie, intimidés par le pouvoir et impuissants face aux prédateurs.

Sauf la fille et son guerrier surnaturel, un homme qui avait vécu et connu la mort… sans rester mort ni revenir à la vie.

Tezcatlipoca avait senti beaucoup de créatures déconcertantes aux alentours de la ville. Par bien des aspects, elles étaient comme lui : des démons semant la terreur au cœur de la nuit.

Il ne les craignait pas.

Et puisque leurs chairs mortes et leurs veines sèches ne lui étaient d'aucune utilité, et qu'elles gardaient leurs distances, il ne les inquiétait pas non plus.

Sauf le type qui protégeait la fille.

Celui-là, il le détruirait pour avoir osé le priver d'une mort. Une fois qu'il aurait pris le cœur de la fille en tribut…

Le jaguar atteignit un bouquet d'habitations, à la lisière de la ville. A la différence des paysans qu'il avait connus, ces humains ne vivaient pas au rythme du soleil. Une lumière qui n'était pas du feu filtrait par les fenêtres. Il s'arrêta, fasciné par les activités déroutantes des habitants de ce nouveau monde. Des jeunes femmes parlaient dans des machines qui véhiculaient leurs propos à de lointaines oreilles. Les mères cuisinaient sans flamme et tiraient l'eau de tuyaux argentés. Les hommes se déplaçaient dans des chariots de métal qui les emmenaient partout, à différentes vitesses. Personne ne s'aventurait dehors la nuit…

D'un pas feutré, Tezcatlipoca s'approcha d'un groupe d'adolescents. Dominé par ses instincts de jaguar, il chercha une proie à l'écart de la meute humaine. Attiré par une odeur salée proche de celle du lac Texcoco, il s'aventura sur une berge, restant dans les ombres projetées par les embarcations. Des sons mêlés à une étrange musique se déversèrent dans l'air nocturne quand une porte s'ouvrit. Deux hommes coiffés de drôles de chapeaux jaunes semblables à des bols renversés apparurent.

Tezcatlipoca se ramassa sur lui-même, les crocs luisants de salive.

Les types titubèrent le long du trottoir, jetant des coups d'œil furtifs à la ronde.

— Où c'est qu'tu l'as mise, Max ?

— Quoi, Steve ?

— La bagnole, eh, pôv' type !

— Ch'ais pu… ! répondit Max. J'crois qu'y va falloir marcher…

— Ah nan ! J'ai entendu dire qu'y a un gros chat en ville.

— Le chat qui tue, hein ? Eh ben, moi, j'ai pas peur des chats…

Ignorant les vantardises de son camarade de beuverie, Max se pencha vers l'ombre en ricanant.

— Petit, petit, petit !

Tezcatlipoca sortit de sa cachette.

Steve avança pour tirer en arrière son ivrogne de compère.

Le jaguar bondit.

L'homme tomba avec un cri terrible qui se transforma en gargouillis quand les mâchoires du fauve lui déchirèrent la gorge. Excité par cette première lampée de sang, Tezcatlipoca arracha la chair, l'os et le cartilage avant de relever le museau.

Steve voulut battre en retraite.

Il n'alla pas très loin.

Une créature non-vivante surgit et le saisit par-derrière. Un visage horrible sourit à Tezcatlipoca. Entre les deux yeux démoniaques saillait une arête osseuse.

La créature plongea les crocs dans le cou de Steve…

La seconde proie s'écroula.

Couvant la sienne, Tezcatlipoca regarda le visage de la créature redevenir humain. Puis le vampire leva les mains. Un anneau de métal pendait au lobe d'une de ses oreilles : il portait le costume préféré des mâles modernes, pantalon et veste assortis.

— Tezcatlipoca, je présume. Je suis monsieur Trick.

Le jaguar s'accroupit, méfiant et étonné qu'un de ces démons connaisse son nom. Personne ne devrait être au courant de son retour. Et aucun des convertis n'aurait osé parler…

Trick était différent de tous les démons qu'il avait rencontrés.

Et cela titillait sa curiosité.

— A présent que nous avons dégusté nos hors-d'œuvre, j'aimerais parler d'un sujet d'intérêt commun.

Tezcatlipoca traîna sa victime dans l'ombre et mangea en écoutant.

CHAPITRE X

— Ici, ça ira, Oz.

Buffy prit son sac de Tueuse, derrière le siège du conducteur. S'ils approchaient encore, ils alerteraient les gens du chantier.

— Tu es sûre que tu veux descendre là ?

Oz gara le van sur le bas-côté de la route.

— Tu as plus d'un kilomètre de marche jusqu'au site.

— Crois-moi, ce chemin est l'équivalent automobile d'un cimetière des éléphants. En cherchant un peu, on trouverait toutes les carcasses ravagées venues y mourir.

— Il faudra bien que ça passe, demain, dit Oz, inquiet.

Buffy lui sourit. Pour le musicien, ce van était plus qu'un moyen de transport : un journal intime composé avec des jouets pour garçons. Un musée roulant d'objets racontant sa vie…

Seule sa guitare comptait davantage à ses yeux.

— C'est vrai, mais passer l'épreuve plusieurs fois ne sert à rien.

Ouvrant la portière, Buffy prit le fusil à seringue anesthésiante posé sur la banquette arrière.

— Tu retournes à la bibliothèque ?

— Pas tout de suite. Alex est au téléphone pour trouver à qui emprunter le matériel de camping. On ira tout chercher quand il aura terminé. Et toi ? Tu rentreras comment ?

— Quelques kilomètres à travers champs… Ça ira.

Buffy s'enfonça dans les bois.

Assise devant son ordinateur, à la bibliothèque, Willow se connecta pour la dixième fois au site « matériel pour safari ». Mais le serveur de la société était toujours en panne.

— Désolée, Cordélia.

— Je ne partirai pas avant d'être certaine que ma commande a été expédiée !

Dégoûtée, Cordélia retourna finir ses devoirs de trigonométrie.

— Le commerce en ligne ne remplacera *jamais* un bon centre commercial.

— Je n'ai pas le temps d'y aller ! cria Willow. Bon, c'est vrai, je n'y traînais déjà pas beaucoup avant que Buffy n'arrive à Sunnydale. Mais… j'y suis retournée deux ou trois fois depuis que nous avons fait exploser le Juge en un million de morceaux. C'est bien, parce que personne ne pourra le recoller, mais…

— Je me souviens de votre lance-roquettes. Le Juge est hors circuit pour toujours. Alors c'est quoi, le problème ?

— Rien. Mais je me demande si on a déniché *tous* les morceaux. Et je m'attends toujours à en trouver un bout dans mon milk-shake fraise…

— Oh, ça ferait un super-parfum du jour ! Dégueu ! Merci, Willow. Je ne suis pas près de reboire un milk-shake au centre commercial !

— Désolée.

Willow accueillit avec plaisir l'arrivée de Giles. Elle l'aimait bien en sweater. Pour une fois, sa tenue décontractée compensait sa raideur toute britannique.

Il lui tendit une note manuscrite.

— Tu pourrais taper ça et l'imprimer, s'il te plaît ? Il me faudrait quatre ou cinq exemplaires, pour afficher sur le campus.

— Bien sûr. (Willow lut rapidement l'annonce de l'annulation.) Les autres ne vont pas nous en vouloir ? Quand ils verront qu'on y va, et pas eux ?

— Ça ne m'a pas traversé l'esprit. Je n'ai pas encore vérifié ma théorie sur Tezcatlipoca, et je m'inquiète peut-être pour rien. Mais avec deux personnes portées disparues et un fauve mangeur d'hommes en liberté dans Sunnydale, je ne veux prendre aucun risque.

La porte de la bibliothèque s'ouvrit.

— Je vous dérange ? lança Lucy Frank en entrant.

Willow n'aurait pas su dire lequel des deux adultes était le plus fascinant. Giles, à cause de son expression d'écolier perdu, ou Lucy, qui avait délaissé le jean et les bottes pour une robe bleue moulante.

Le jaguar n'était pas le seul prédateur en chasse à Sunnydale…

Mais les intentions de Lucy n'étaient pas meurtrières.

— Vous êtes occupé, Giles ?

— Euh, non… Je vous en prie, entrez.

— Merci.

Saluant Willow et Cordélia d'un mouvement de tête distrait, Lucy s'approcha du bibliothécaire.

— Vous êtes libre pour dîner ?

— Dîner ?

Le concept sembla mettre du temps à arriver au cerveau de Giles.

— Oui, il est libre, répondit Cordélia à sa place en levant les yeux au ciel.

— Oui, confirma Willow sans se démonter quand il émit un grognement sourd. Vous savez ce qu'on dit, Giles : on est ce qu'on mange. Ça fait trop longtemps que vous vous nourrissez de beignets à la confiture !

— J'adore les beignets à la confiture, dit Lucy, mais j'avais autre chose en tête. J'ai très envie de manger italien, ce soir.

— L'italien, c'est bien, approuva Cordélia à la place de Giles. Les pâtes de chez Mario ont eu cinq étoiles dans la critique gastronomique de dimanche dernier.

— Oui, eh bien, balbutia le bibliothécaire, je suis certain que la cuisine de chez Mario est excellente, mais…

Lucy interpréta l'hésitation de Giles comme un refus.

— En fait, j'avais une arrière-pensée.

— Vraiment ? lança Willow avant de réaliser qu'elle n'aurait peut-être pas dû parler.

Lucy sourit.

— Oui, mais je ne dirai rien si un certain prince charmant ne vient pas dîner avec moi. Le pique-nique et les réchauds à gaz perdent tout leur attrait, au bout d'un moment.

— C'est pour ça que j'allais vous proposer la *Naples Terrace*.

— Très bien, accepta Lucy. Je suis prête !

— Donnez-moi quelques secondes pour… récupérer quelque chose dans mon bureau, dit Giles en se tournant vers Willow. J'ai les notes que tu m'avais demandées… Tu sais, pour ton devoir ?

Willow allait dire « quel devoir ? », quand elle comprit que Giles voulait lui parler en privé. Il allait peut-être lui reprocher de s'être mêlée de ses affaires !

Elle le regarda récupérer son portefeuille et ses clés dans sa veste. Elle se relaxa quand il lui tendit une autre feuille.

— Une recherche sur ordinateur à propos de ces termes pourrait nous éclairer sur notre ami aztèque. Je n'en ai pas pour longtemps. Tu sais où me trouver au besoin.

Willow soupira.

— D'accord. Désolée de m'être mêlée…

— On verra ça plus tard. J'ai accepté uniquement parce que Mlle Frank nous en apprendra peut-être plus sur les disparitions de Coltrane et de Baine.

— Je vois, répondit Willow sans croire un instant que ce soit sa seule motivation… Pêche aux informations. Je comprends.

— Très bien. Je serai de retour dans une heure, à peu près.

Willow attendit que le couple soit parti avant de sortir du bureau.

— Je vais continuer, Cordélia. Je te tiendrai au courant.

Cordy se concentrant sur ses maths, Willow se reconnecta au Web. Avant de s'attaquer aux recherches demandées par Giles, elle consulta les fichiers de la police pour voir s'il y avait une enquête en cours sur la disparition du professeur Baine.

Rien…

Mais pour des raisons inconnues, on avait envoyé le détective Dwayne Thomas sur le site cet après-midi. Peut-être pour enquêter sur la disparition, même si elle n'était pas « officielle ».

La police n'avait aucune nouvelle depuis le départ de Thomas, trois heures plus tôt.

Il n'avait peut-être rien trouvé d'anormal, et il s'était arrêté pour manger avant de retourner au bureau.

Ou il avait disparu à son tour.

Deux dans la journée ? Pas chouette…

Même si Buffy savait se débrouiller, elle était loin, et seule. Et si le fusil à seringue anesthésiante s'enrayait ?

Si Angel n'avait pas été dans le parc la veille, Buffy aurait fini en bouillie pour chats. Angel ne penserait pas à la chercher au Roc du Coyote, et Willow avait promis de se taire…

Mauvaise idée.

Mais il fallait prévenir Buffy qu'un autre homme avait peut-être disparu sur le chantier…

Willow décrocha le téléphone et composa un numéro. Oz l'avait appelée de chez Alex trois quarts d'heure plus tôt, après avoir déposé Buffy.

Pas de réponse. Elle essaya chez Oz. Rien non plus.

Ils étaient sans doute sortis collecter le matériel requis par Giles.

— Cordélia, on a peut-être un problème.

Willow avait un mauvais pressentiment… Après quelques années sur la Bouche de l'Enfer, on prenait le pli.

— Ils ne l'ont pas envoyé, hein ?

Furieuse, Cordélia lança son stylo à travers la pièce.

— Non. Enfin, je ne sais rien pour ton casque. C'est à propos de Buffy.

— Qu'est-ce qu'elle a ?

Willow hésitait à demander un service à Cordélia, mais elle n'avait qu'elle sous la main.

— Il faut que quelqu'un la prévienne, pour le détective qui a disparu.

— Pourquoi ?

— Eh bien…

Une autre possibilité se présenta à Willow. La Tueuse n'était pas en très bons termes avec les autorités locales.

— Et si la police était dans le coup ?

— On n'est même pas certains qu'il se passe quelque chose ! Il y a juste un gros chat qui prend les rues pour une épicerie.

— Exactement ! J'ignore quand Alex et Oz vont revenir, Giles vient de partir, et je ne peux pas le joindre ! En plus, je ne veux pas lui gâcher son premier rendez-vous depuis… une éternité. Tu as une voiture.

— J'ai aussi des devoirs à faire.

— Buffy ne peut pas assommer un flic ! insista Willow. Si la police décide de la boucler pour, euh… violation de propriété privée, ou port de pieu prohibé, ou… Elle a un fusil ! Sans permis.

— D'accord. Je préfère y aller que rester là à t'écouter enfoncer le clou.

Cordélia se leva et prit son sac.

— Super, mais, euh… Ne te gare pas trop près du camp.

— Je sens que je vais le regretter ! En mon absence, le moins que tu puisses faire serait de vérifier mes calculs.

— D'accord !

Il y avait du sang dans l'air. Du sang humain. L'odeur aiguisait l'appétit d'Angel. Il sentait l'animal, assez loin. Ce n'était pas une bête noble élevée dans la jungle, mais un être maléfique. Le fauve errait dans les rues de Sunnydale, sans être inquiété par les vampires ou la Tueuse.

Buffy n'était nulle part.

Angel quitta le cimetière au pas de course. Giles saurait où était Buffy, et ce qu'elle faisait. Il ne lui refuserait pas son aide. Quand la Tueuse était en danger, le bibliothécaire se forçait à oublier qu'il haïssait le meurtrier de Jenny. En y réfléchissant, Giles savait qu'Angel n'était pas responsable des atrocités commises par Angélus. De plus, la rapidité et la force du vampire avaient souvent sauvé Buffy.

Giles n'était pas idiot.

Angel, en revanche…

Il n'arrivait pas à se sortir Buffy de la tête. Et cet amour les menaçait tous les deux. Depuis près de deux cent cinquante ans, guidé par Angélus le damné, il creusait dans le monde un sillon de terreur et de douleur. Un sort avait apaisé le démon, et condamné Angel à vivre en se haïssant.

Très vite, il était devenu une épave dévorant des rats.

Jusqu'à ce qu'un petit bout de femme le ramène à des sentiments plus… nobles.

Buffy était sa rédemption *et* sa perte.

S'il la protégeait, il avait encore une utilité. Mais la passion le détruirait.

Il ouvrit les portes de la bibliothèque, tel l'ange de la vengeance qu'il était devenu. Son long manteau noir flottait derrière lui.

Parcourant la pièce des yeux, il vit Willow sursauter sur son tabouret.

Giles n'était pas là.

— Angel ! cria la jeune fille en posant la main sur son cœur. Oh ! Salut…

— Où est tout le monde ?

— Sorti. Euh…

Elle hésita, l'air agité. Une idée lui vint, illuminant son petit visage aussi vivement que toutes les bougies de Dublin le jour de la Toussaint.

— Tu veux du thé ? Non, bien sûr, j'oubliais. Les

vampires ne boivent pas de thé. Ni rien d'autre… A part du sang… Enfin, pas toi ! Non. Si ?

S'il avait été moins inquiet, Angel aurait souri. Willow telle qu'en elle-même : innocente et nerveuse en diable. Dans un monde violent et cynique, c'était rafraîchissant.

— Tu sais où est Buffy ?

— Euh… Buffy ? Eh bien… Elle m'a fait jurer que je ne te le dirais pas, mais…

— Pourquoi ?

— Rien de grave ! Je veux dire, ce n'est pas parce qu'elle ne veut pas te voir. Mais… elle a eu un de ses cauchemars, et…

— Buffy a rêvé de moi ?

Willow hocha la tête.

— C'est bon, tu peux me le dire.

— Eh bien…

La jeune fille fit les cent pas afin de se calmer.

Angel s'arma de patience, sachant qu'elle finirait par en venir au fait.

— C'est bien parce que Buffy est là-bas toute seule… Enfin, Cordélia est partie la prévenir, mais on ne sait pas ce qui se passe, et ça risque d'être trop dangereux pour elles. Mais il n'y a peut-être aucune raison de s'inquiéter.

— Où ça, là-bas ?

— Le Roc du Coyote. (Angel tourna les talons.) Attends ! Buffy ne voulait pas te le dire parce qu'elle a rêvé que tu mourrais. Enfin, si c'est comme ça que ça s'appelle pour les vampires qui grillent au soleil… Si quelque chose t'arrivait, elle ne me le pardonnerait jamais.

— Elle a rêvé ça ?

Les songes de la Tueuse étaient prophétiques… Mais

Angel préférait mourir que d'abandonner Buffy à son sort.

— Je te promets que je ferai attention. Croix de bois, croix de fer, si je mens, j'irai… enfin, on verra.

Avec un petit signe de tête, Angel repartit.

Suivant le chemin emprunté par le camion-citerne, Buffy avait évité le parking et le camp sans se faire repérer. A mi-chemin de la pente, elle regarda en contrebas, à la recherche des gardes. Des lampes éclairaient d'une lumière vive la zone de fouilles et les tentes. La plupart des travailleurs étaient rentrés chez eux. L'homme aux cheveux roux et la jeune femme partis dans l'après-midi venaient d'effectuer une ronde ; ils buvaient un café.

Avec un peu de chance, personne n'avait reçu l'ordre de patrouiller autour du Roc du Coyote.

Buffy évita les cailloux et les buissons secs susceptibles de trahir sa présence.

Dans les ténèbres, ses talents de Tueuse étaient mis à rude épreuve. Pour l'instant, elle s'en sortait bien. Pour autant qu'elle sache, la colline était déserte. Aucun animal nocturne ne cherchait sa pitance dans les hautes herbes. Le jaguar la guettait peut-être dans l'ombre, mais elle ne sentait rien. Etait-il retourné chasser en ville ? Bizarre, si on y pensait, puisqu'il y avait deux proies à moins de quatre cents mètres.

Buffy se promit d'y réfléchir plus tard. Elle était arrivée au pied de la tour de pierre.

Se glissant entre deux rochers, elle tira une lampe-torche de son sac à dos et braqua le faisceau lumineux vers le sol. Le fusil à seringue anesthésiante dans l'autre main, elle reprit sa progression à un rythme plus lent. Des branches basses griffaient ses vêtements. Des graviers roulèrent sous ses talons.

Tirant la leçon de l'incident, elle releva un peu sa lampe… et se figea quand celle-ci éclaira une botte.

Depuis qu'elle était devenue la Tueuse, Buffy avait vu trop de corps poignardés, mutilés, flétris ou profanés. Mais rien ne l'avait préparée à trouver les restes décapités de deux victimes, jetées dans un coin comme des ordures. Le fauve s'était régalé…

Un des deux hommes avait le cœur arraché.

Les têtes étaient exposées sur des piquets de bois, au pied du Roc du Coyote.

Dan Coltrane et le docteur Baine.

Savoir que Coltrane n'était pas un voleur ne réconforta pas la jeune fille. Le côté gauche de son visage avait été déchiré par les crocs et les griffes du jaguar.

Le professeur Baine, tout arrogant et tyrannique qu'il eût été, n'avait pas non plus mérité un tel sort.

Les têtes exhibées comme des trophées témoignaient d'un manque total de respect pour les vaincus.

Un reflet suspect attira l'œil de Buffy. Un frisson glacé remonta le long de son échine et lui fit dresser les cheveux sur la tête.

Des vampires.

Encore à bonne distance, ils se rapprochaient de tous côtés.

Posant le fusil sur une pierre plate, Buffy éteignit sa lampe-torche et ouvrit son sac à dos. Elle fourra deux pieux dans les poches de son jean et en prit un troisième.

Une brindille cassa sur sa gauche. Tendue, Buffy attendit ses ennemis de pied ferme.

Un caillou roula. Quand une silhouette sombre surgit de derrière un rocher, Buffy s'abattit sur elle, prête à frapper.

La Tueuse arrêta son geste à quelques centimètres d'un sweater en laine bleu.

— C'est *moi* ! rugit Cordélia. La dernière fois que j'ai regardé, personne ne m'avait tatoué sur le front : « Enfoncez-moi un pieu dans le cœur » !

— Cordélia ! Que fiches-tu là ?

— Je me pose la même question ! J'ai été élue à la majorité *d'une voix* pour aller te prévenir que…

Les yeux de Cordélia s'écarquillèrent ; elle cria quand Buffy leva son pieu et la poussa, la faisant tomber sur les fesses.

Le vampire qui s'était glissé derrière la jeune fille eut l'air aussi surpris que Cordélia lorsque Buffy lui planta le pieu dans le cœur.

Puis il explosa.

— Ça n'arrête jamais, avec toi, hein ?

— Non.

Buffy lança le pieu à Cordélia et en prit un dans sa poche à l'instant où deux autres vampires surgissaient.

Un coup de pied à l'estomac la débarrassa du premier.

Cordélia lui enfonça son pieu dans la poitrine. Le monstre se désintégra.

Quand Cordy se releva et aperçut les deux piquets, elle eut envie d'être très loin. Avec un bon chocolat chaud.

— O mon Dieu ! C'est la tête de M. Coltrane !

Buffy flanqua un coup de pied au second vampire, qui tituba. Il plongea, roula sur lui-même et attrapa la Tueuse par-derrière.

Buffy le frappa à la tête ; surpris, il relâcha son étreinte. La jeune fille lui décocha un deuxième coup de pied qui le fit basculer en arrière.

Cordélia lui enfonça son pieu dans le dos. *Exit* le vampire.

Cordy essuya son arme et se redressa.

— Je préférerais encore faire mes maths !

Sentant du danger derrière elle, Buffy se retourna et brandit son pieu sans regarder sa nouvelle victime.

— Je croyais que vous étiez en vacances ! grogna Cordélia, les yeux rivés sur le cercle de rochers, derrière Buffy.

La Tueuse se retourna pour voir approcher une dizaine de vampires.

Après une longue et inexplicable semaine de jeûne, la faim se lisait sur leur visage.

— Ça ne fait pas un peu beaucoup, même pour nous deux ? demanda Cordélia.

— Si.

Buffy saisit son deuxième pieu, mettant les morts-vivants au défi d'approcher encore.

— J'avais peur que tu répondes ça…, gémit Cordélia.

Adoptant une pose de sumotori poids plume, elle serra plus fort son pieu.

— Je ne suis pas venue pour ça.

— Au fait, pourquoi es-tu venue ? demanda Buffy.

— J'ai trop la frousse pour m'en souvenir.

— Reste derrière moi.

— C'est ça ! Comme si ça me rassurait ! Onze contre deux ? Personne ne parierait là-dessus…

Buffy était d'accord. Mais les vampires semblaient hésiter. Comme s'ils avaient peur… de quoi ?

Certainement pas d'une banale Tueuse et d'une future élève de Stanford.

Du Roc du Coyote ? Ou du jaguar qui n'en était sans doute pas un ?

Angel lui avait dit que les vampires du parc n'étaient pas intervenus dans la chasse du félin. Il y avait peut-être un tabou associé à sa tanière. Cela dit, si la soif des vampires prenait le pas sur leur peur, Buffy n'avait aucune chance de les tuer tous. Même avec l'aide de Cordélia.

Deux mâles et une femelle lui sautèrent dessus.

Buffy attendit la dernière seconde pour réagir, puis esquiva l'attaque en plantant son pieu dans le plus éloigné. Son compagnon dérapa et se tourna vers la Tueuse… Il était bâti comme un joueur de foot américain ; ses traits démoniaques ne cachaient pas la laideur de son faciès humain : un nez bulbeux, des yeux larmoyants, un menton fuyant et des joues flasques…

La vampire courut vers Cordélia.

Passant le pieu dans sa ceinture, la jeune femme monta jusqu'au pied du Roc du Coyote.

Le grand vampire sauta sur Buffy, puis recula en souplesse. C'était sans doute un *vrai* joueur de football américain. Du coin de l'œil, la Tueuse vit Cordélia se plaquer à la paroi rocheuse, prendre une pierre et la lancer. Le projectile rata sa cible, mais la surprise fit perdre l'équilibre au vampire qui la suivait.

Il se releva et reprit son ascension.

Le Gros Lourdaud lança sa formidable carcasse contre Buffy.

Elle lui décocha un coup de pied, mais le vampire lui attrapa la cheville au vol et tira. Buffy tomba sur le dos, étourdie… Mais le pieu toujours en main.

N'étant pas né avec beaucoup de neurones, son adversaire n'avait pas lâché sa cheville… Plongé dans un abîme de perplexité, il ne comprenait pas où était passé le cou qu'il s'apprêtait à mordre !

Hélas, le reste de la bande n'était pas aussi bête. Une humaine coincée dos à la tour, et l'autre à terre, plus rien ne semblait devoir retenir les buveurs de sang. Les huit autres s'approchèrent.

— Eh ! débile ! C'est ça que tu cherches ?

Buffy tendit le cou, pas surprise du tout quand Gros Bêta lui lâcha la cheville. D'un mouvement vif et coulé, elle se releva, plantant son pieu dans la poitrine de la brute.

— *Touchdown !*

Mais les chances étaient toujours contre les jeunes filles.

La vampire était sur le point de mordre Cordélia, qui ne pouvait plus grimper.

Buffy pulvérisa l'adversaire campé sur sa gauche, et en déséquilibra un autre d'un direct au menton. Un troisième l'agrippa par les cheveux et tira. Son bras libre se referma autour de la poitrine de la jeune fille pendant qu'il lui tirait la tête en arrière. Assourdie par le rugissement du démon, elle se pencha pour le faire basculer, se fichant des mèches de cheveux arrachées.

Deux autres créatures l'entouraient, et son précédent adversaire se relevait.

Le cri sauvage de Cordélia s'étrangla dans sa gorge.

Le cœur de Buffy se brisa.

Cordélia était un problème constant dans sa vie. Mais elle ne concevait plus la lutte contre le mal sans elle.

Folle de rage, elle décocha un coup de pieu à gauche.

Un vampire de moins.

— Enfin ! Par ici !

La voix de Cordélia fit sursauter Buffy tandis qu'elle repoussait le vampire qui s'était jeté sur elle, tous crocs dehors. Il s'embrocha sur le pieu et disparut.

Buffy vit Angel attraper le pieu que Cordélia lui avait lancé. Il fit exploser un vampire, puis se débarrassa rapidement de deux autres.

Les survivants se réfugièrent dans le sous-bois.

Buffy prit la main tendue d'Angel et se releva.

— Il faut que tu retournes à Sunnydale, Angel ! Tout de suite.

— Le soleil se lèvera dans plusieurs heures, Buffy.

— Willow t'a raconté mon rêve ? Elle m'avait promis le silence.

— Excuse-moi, coupa Cordélia, mais si elle n'avait rien dit, on aurait continué la guerre du mauvais côté de la tombe ! Bon… J'entends des voix.

— Les gardes du camp, lâcha Buffy. (Elle récupéra son fusil à seringue anesthésiante et son sac à dos.) On s'en va !

La Tueuse se dirigea vers le flanc ouest de la colline. Elle ne se sentirait pas tranquille tant qu'Angel ne serait pas en sécurité à Sunnydale.

Lucy Frank et ses copains étaient mouillés jusqu'au cou dans les meurtres des deux profs et du détective. Peut-être parce qu'ils avaient fondé un culte dédié à Tezcatlipoca, ou peut-être à cause du dieu lui-même.

Quoi qu'il en soit, tant que les cinglés du camp se croiraient en sécurité, Giles aurait plusieurs manières de régler le problème.

— Tu es garée où, Cordélia ?

— Tout près de la route. J'espère que le rendez-vous de Giles se sera bien passé. Il me doit une fière chandelle.

— Giles avait un rendez-vous ? lâcha Angel, surpris.

— Avec qui ? lança Buffy.

— Lucy Frank. Ne me demandez pas pourquoi, mais elle a vraiment l'air de l'aimer.

— Espérons que le cœur de Giles n'était pas au menu !

Buffy courut de plus belle et bifurqua vers le chemin de terre.

CHAPITRE XI

Derrière sa tasse de café, Giles observait Lucy. Cultivée, chaleureuse et raffinée, la jeune femme l'avait fait passer tout au long du dîner par différentes phases intellectuelles et sentimentales. Ils avaient parlé de tout. De Dickens aux dérives pugilistiques du football américain et européen, en passant par l'impact écologique de la récente disparition de certaines espèces d'insectes en Amazonie. Intelligente et ambitieuse, Lucy aspirait à la gloire scientifique, mais elle gardait une vision réaliste de la difficulté de la chose.

La découverte archéologique du Roc du Coyote lui avait fourni un tremplin inattendu…

En d'autres circonstances, Giles aurait trouvé sa compagnie délicieuse. Mais même en oubliant qu'il ne se sentait pas prêt à remplacer Jenny dans son cœur, il avait l'impression que Lucy lui cachait des choses. D'une façon très intelligente, certes. Pourtant, des indices subtils, dans son langage corporel et dans ses réponses, ne trompaient pas.

— Vous n'avez pas l'air inquiète.

Giles sirotait son café brûlant, regardant Lucy manger son dessert.

— Non, pas vraiment.

Elle posa sa fourchette et releva les yeux.

— Garret Baine est le professeur étourdi type, incapable de se concentrer sur plusieurs sujets. Quand il réfléchit à un problème, rien ne peut l'en détourner.

— Mais tout de même…

Giles posa sa tasse. Il lui fallait des réponses, mais sans paraître soupçonneux.

— Je parierais que le docteur Baine est à Los Angeles avec l'espoir de coincer Dan Coltrane avant qu'il ne vende l'artefact !

— Los Angeles est un peu grand pour un homme seul.

— C'est vrai, admit Lucy. Mais une douzaine de marchands d'art et d'antiquités oseraient acheter une pièce de musée si facilement identifiable.

— Une douzaine ? répéta Giles, feignant la surprise. Je ne me doutais pas qu'il y avait une telle demande. Je suis peut-être resté dans le milieu scolaire trop longtemps.

— Oui, ça doit vous couper du monde universitaire…

Lucy reprit une bouchée de dessert ; Giles fit signe au garçon d'apporter l'addition.

— De toute manière, continua la jeune archéologue, le marché noir est florissant, et le docteur Baine connaît les revendeurs. J'ai donné au détective Thomas le nom et l'adresse de plusieurs d'entre eux. Il passera les voir et il trouvera Baine. Et Coltrane, sans doute…

— Le détective Thomas ?

Cette fois, la surprise de Giles était réelle.

Lucy hocha la tête.

— Il est venu me poser des questions après que Mme Baine eut appelé la police, affolée par la disparition de son mari. Elle ne pouvait pas faire une déclaration en bonne et due forme, puisqu'il n'était pas parti assez longtemps. Mais Thomas était déjà venu pour Dan. Il pensait qu'il y avait un lien.

— Oui, j'ai trouvé les actes de Dan très étranges.

Sur ce point, Giles était sincère. Mais la théorie de Lucy, quoique plausible, semblait trop banale pour être honnête…

— Je n'y crois toujours pas.

Soupirant, Lucy repoussa son assiette.

— Ce que j'essaie de vous dire, c'est qu'il n'y a aucune raison que vos élèves ne profitent pas de cette formidable occasion. Je suis assez bonne archéologue. En fait, ils en apprendront sans doute plus si c'est *moi* qui m'occupe des fouilles… (Elle précisa sa pensée.) Au cas où le docteur Baine ne rentrerait pas demain. Je ne sais pas si vous vous en rendez compte, Giles, mais le professeur n'était pas content de voir débarquer des adolescents ce week-end.

— C'est vrai ? Je l'ignorais.

Giles prit l'addition et fit mine de l'éplucher, mettant à profit ce répit pour réfléchir à l'intérêt suspect de la jeune femme. Il y avait une chance minime pour qu'elle considère la visite des lycéens comme une occasion de le revoir. Etrange, mais pas impossible. Dès leur rencontre, Lucy avait eu une attitude assez prometteuse.

Pourtant, la modestie et la prudence ne permettaient pas au bibliothécaire d'accepter cette explication. Et il y avait le problème des gardes que Buffy avait aperçus près des rochers, cet après-midi.

— Combien d'élèves y aurait-il ? demanda Lucy. Je crois en avoir compté dix.

C'était une question logique. Néanmoins, Giles la trouva inquiétante.

— Il y en aura cinq.

— Cinq ?

Le ton de Lucy était plus dur.

Si Giles avait eu des doutes sur les motivations réelles de la jeune femme, ils s'évanouirent. L'invitation à dîner avait eu un seul but : s'assurer qu'il n'annulerait pas la sortie…

— Oui. Vous avez fini ? demanda Giles, nonchalant.

Il posa deux billets de vingt dollars sur la table.

Lucy reprit vite contenance. Avait-il trahi sa nervosité ?

— Sans vouloir vous presser, il me reste du travail à la bibliothèque, avant les cours de demain.

— Bien sûr. (Lucy se leva.) Merci, Giles. C'était charmant.

— Tout le plaisir était pour moi.

Giles éprouvait une étrange déception. Quoi qu'il se tramât au Roc du Coyote, il semblait que Lucy Frank en soit une des instigatrices.

Willow cilla. Elle fixait l'écran depuis trop longtemps, et les mots se brouillaient devant ses yeux. Plus rien n'avait de sens.

Soudain, elle repéra le nom du détective disparu…

Un bruit de pas, dans le couloir, la fit sursauter.

— Giles ? Buffy ? (Elle se leva.) Oz ?

Pas de réponse.

Les gentils ne se cachaient pas dans l'ombre.

— Bon. Règle numéro un, on ne panique pas.

Willow scruta les recoins de son havre de tranquillité.

Un havre tout relatif… Toutes sortes de démons étaient passés à l'attaque dans cette pièce.

La bibliothèque n'était pas à l'épreuve des monstres. Et Willow était seule.

— Ça pourrait être un problème…

Quelque chose percuta la porte.

Willow fouilla sous le comptoir, cherchant un pieu au milieu des armes que Giles stockait pour les urgences. Elle préleva une fiole d'eau bénite et un crucifix, pour faire bonne mesure. Puis elle contourna le comptoir. Elle ne savait que faire. Elle se sentirait stupide si Alex et Oz entraient et la trouvaient morte de trouille. D'autant plus que ces armes étaient seulement efficaces contre les vampires, qui s'étaient inscrits aux abonnés absents depuis des semaines…

Et si l'intrus n'était pas un vampire mais le jaguar ?

Les morts-vivants devraient se remettre à manger tôt ou tard. Willow n'était pas très bonne avec le pieu, et Buffy « attendrissait » toujours ses adversaires en leur collant une bonne raclée avant de les pulvériser.

— En cas de doute, se cacher. Très bonne idée.

Willow se tournait vers la cage quand la porte s'ouvrit à la volée.

Trois vampires se campèrent sur le pas de la porte. Ils la regardaient de leurs yeux verdâtres, exhibant leurs crocs.

— N'approchez pas, je… je suis armée !

Crucifix levé, Willow recula vers la cage. Ses jambes tremblaient.

Trois contre un.

Ce n'était pas fair-play !

Derrière les monstres, le couloir était vide.

Personne ne se précipiterait à la rescousse… Il fallait bluffer.

Elle agita sa fiole d'eau bénite et brandit son pieu.

— Je sais m'en servir ! Alors… faites gaffe !

— J'ai trop peur ! railla un vampire.

— Vous avez raison, parce que… hein…

Willow recula d'un autre pas. Pourquoi n'attaquait-il pas ? C'était bon signe, non ?

— … Je suis une sorcière !

— Et moi, je suis fatigué.

Le vampire couvrit la distance qui les séparait en trois pas.

Passant en mode « combattre-ou-mourir », Willow lui plaqua la croix sur la joue, lui brûlant la peau.

Il la frappa et le crucifix vola vers la cage. Elle passa sous le bras de la créature, flanquant un coup de tête dans le ventre d'un autre vampire.

Le premier la saisit aux épaules et l'obligea à se retourner. L'empreinte noircie de la croix fumait sur sa joue.

Effrayée et furieuse, Willow tenta de le poignarder avec le pieu, et rata son coup.

Le troisième lui arracha l'arme des mains.

— Je t'ai eue !

Le vampire sourit de tous ses crocs.

Ce n'est pas drôle ! pensa Willow.

Le deuxième vampire lui saisit les cheveux et lui tira la tête en arrière.

A cet instant fatidique, un héros aurait dû surgir pour la sauver.

Personne.

Elle ouvrit la fiole d'eau bénite.

Le grand vampire sauta en arrière.

Willow envoya un peu d'eau par-dessus son épaule pour éclabousser celui qui la tirait par les cheveux. Il cria et la lâcha, le visage brûlé.

Willow voulut s'enfuir. Mais les deux autres buveurs de sang furent trop rapides pour elle. Elle flanqua un coup de pied dans le vide quand deux bras se refermèrent sur elle…

Son agresseur lui murmura à l'oreille :

— La partie est terminée.

— On n'est jamais trop équipé, assura Alex en jetant un coup d'œil satisfait à leurs emplettes.

Les provisions s'entassaient à l'arrière du van d'Oz. Tout ce dont ils pourraient avoir besoin ce week-end.

Et s'ils n'en avaient pas besoin, l'avoir quand même ne pouvait pas faire de mal…

— Il ne faut pas confondre équipement et excès de bagages. Et ça, c'est de l'excès de bagages, grommela Oz en verrouillant le véhicule avant de traverser le parking de l'école.

Alex avait été soldat. Bon, ça avait duré quelques heures, un soir d'Halloween, mais certains principes militaires étaient restés ancrés dans sa mémoire.

Il avait raison. Oz avait tort.

— Ce n'est pas du camping ordinaire… On a au programme des vampires, un dieu jaguar aztèque qui aime un peu trop la viande sur pied, et Dieu sait quelle calamité ! Sans oublier les veuves noires, les serpents venimeux et les scorpions qu'on peut s'attendre à déranger au cours d'une pyjama-party dans la campagne californienne !

— La moustiquaire ne servira pas à grand-chose… Et la machette… On ne sait jamais, des fois que la jungle pousse en une nuit…

— Ça pourrait arriver. C'est la Bouche de l'Enfer ici, tu te souviens ?

— Je fais de mon mieux pour oublier, grogna Oz en reniflant l'air.

Alex fronça les sourcils, toute inquiétude au sujet des serpents et des araignées envolée. Oz avait un odorat très aiguisé.

Un des avantages naturels d'un loup-garou.

Quand le nez d'Oz remuait, c'était généralement signe d'ennuis…

— Willow… !

Oz se mit à courir.

Le jaguar ?

Alex le suivit… et s'arrêta quand Oz s'immobilisa à l'angle du bâtiment.

Les portes s'ouvrirent ; trois vampires apparurent, traînant leur prisonnière au bas des marches.

Willow.

— Regarde qui s'est remis au boulot !

— Oui, mais ils ne l'ont pas encore mordue, murmura Oz. Pourquoi ?

— Ils avaient peut-être oublié le sel, plaisanta Alex.

Il éprouvait un mélange de soulagement et d'impatience. Willow n'était pas perdue. Pourtant, la retenue des monstres était troublante, après leur semaine de régime sec… Ils devaient avoir d'autres projets pour la jeune fille.

— Tu n'aurais pas un pieu ou deux sur toi ? demanda Oz.

— Je n'ai pas l'habitude de me promener armé. Bon, voilà le plan : on se jette sur eux, ils lâchent Willow, et on se rue dans la bibliothèque pour récupérer l'équipement anti-vampire.

— Tu plaisantes ?

— Non, mais je suis ouvert à toute autre suggestion.

— D'accord, je n'ai rien dit.

— A trois ?

— Pas le temps !

Hurlant comme un dément, Oz se jeta sur le premier vampire-kidnappeur.

— Vitesse d'interception ! cria Alex en fondant sur les deux autres.

Cela n'eut aucun effet… Il se retrouva en mauvaise posture, un bras serré autour du cou. Son adversaire, bâti comme un roc, s'efforçait de l'étouffer.

Oz rebondit contre le plus grand monstre et recula. Willow flanqua au menton de son ravisseur un coup de pied qui n'eut pas plus d'effet que l'attaque d'Alex.

Le vampire lui plaqua les bras le long du corps et la bâillonna d'une main.

— Bon, voilà ce qu'on va faire, dit Oz, regardant tour à tour Alex, Willow, et le grand vampire à la joue balafrée d'une croix. Vous les laissez partir, et *je* vous laisse partir.

— Un plan qui me convient, fit Alex.

Il toussa quand son agresseur resserra sa prise.

— Eh, tu es un vampire, pas un python !

— J'ai un meilleur plan, répondit celui qui tenait Willow. Tu meurs. On mange.

— On pourrait peut-être en discuter, non ?

Buffy ?

Alex s'étouffa de plus belle quand la brute qui le tenait se retourna.

Buffy, Angel et Cordélia sortirent de l'ombre. Ils étaient ébouriffés, couverts de terre et de brindilles…

La Bouche de l'Enfer avait lâché tout son monde dans les rues, ce soir-là…

— J'accepterais si j'étais vous, suggéra Cordélia.

— Bonne idée, approuva Buffy. On n'a pas encore rempli notre quota de vampires morts.

— Mais on y travaille, ajouta Cordélia avec un sourire.

Angel ne dit rien. Il se contenta de sauter sur le vampire qui ne tenait personne, pour lui planter un pieu dans le cœur.

Le mort-vivant fut soudain mort pour de bon.

Le grand vampire approcha ses crocs du cou de Willow.

Oz réagit de la seule façon possible : il chargea et planta ses dents dans la cuisse de l'odieux personnage.

Surpris, celui-ci lâcha Willow.

Oz saisit son amie par la main et l'écarta du vampire blessé. Angel lança son pieu, désintégrant le monstre.

Ce qui laissait un otage en danger : Alex.

Personne ne semblait s'inquiéter de son sort...

Mais si on attaquait son vampire, il pourrait lui briser la nuque en une seconde chrono.

— Ça va ? demanda Willow à Oz en lui caressant la joue.

— Oui. Et toi ?

— Ça va, répondit Willow, qui recula quand Oz se pencha pour l'embrasser. Tu devrais peut-être, euh, te brosser les dents, avant ?

— En parlant de dents..., ajouta Alex avec un regard vers Buffy.

— Ah oui, c'est vrai. Bon, je suis la Tueuse, dit-elle au vampire. Alors je vais devoir te tuer. A moins que tu ne préfères qu'on s'arrange ?

Le vampire la regarda, hésitant. Il serra un peu plus. La vision d'Alex se brouilla.

— On n'est pas décidé ? Bon, tu as trois options. Le pieu, le pieu, ou lâcher Alex... Et je te raterai peut-être.

Le vampire abandonna son otage et déguerpit.

Alex tomba avec toute la grâce d'une poupée de chiffon. Avant de s'évanouir, il se demanda s'il garderait des séquelles de cette privation d'oxygène.

Buffy enleva une nouvelle brindille de ses cheveux et regarda Cordélia. Elle était passée aux toilettes réparer les dégâts ; de nouveau élégante et fraîche comme une rose, elle planchait sur son devoir de maths.

Oz et Willow se pelotonnaient dans les bras l'un de l'autre, les yeux dans les yeux.

Alex était plongé dans des calculs, cherchant à déterminer si ses facultés intellectuelles étaient intactes.

Angel était rentré chez lui, pour que Buffy arrête de s'inquiéter à son sujet.

— Très bien, vous êtes tous là, lança Giles en entrant.

Préoccupé, il lui fallut quelque temps pour s'aviser que les adolescents étaient très calmes… et abattus.

— J'ai raté un épisode ?

— Les vampires sont de retour, et ils ont envie de faire la fête, dit Alex en se massant la gorge.

— Qui a été attaqué ?

Tout le monde leva la main.

— Où ?

Faute de chaise libre, Giles s'assit sur la table.

— Ici même, répondit Willow. Ils étaient trois. J'ai bien cru que j'étais fichue, mais… ils n'ont même pas essayé de me mordre. Bizarre…

— Le kidnapping semblait à l'ordre du jour, ajouta Oz en prenant la main de son amie.

— Kidnapping ? Vous êtes certains que c'était leur intention ? (Oz hocha la tête ; Giles se releva et se passa une main dans les cheveux.) C'est dur à croire, après leur longue inactivité…

— Pour ce que ça vaut, coupa Alex, ils étaient prêts à nous mordre, Oz et moi… jusqu'à ce qu'Oz prenne les devants.

— Je ne le conseillerais à personne, sauf urgence. Le vampire, c'est répugnant.

— La horde qui nous a attaquées, Cordélia et moi, au Roc du Coyote, avait l'intention de nous vider de notre sang. Mais ces monstres m'ont paru très peu sûrs d'eux… C'est difficile à expliquer.

— Ils hésitaient ? fit Giles en croisant les bras.

— Oui. La faim les a décidés. Ça ne pouvait pas être le jaguar qui les retenait. Il n'était pas là.

— Le jaguar était en ville, je crois. En rentrant du restaurant, j'ai longé un endroit où il avait fait une nouvelle victime…

Giles releva la tête.

— Que faisais-tu au Roc du Coyote, Cordélia ?

— Hein ?

— C'est moi qui lui ai demandé d'y aller, dit Willow. Sur le moment, prévenir Buffy que quelqu'un d'autre avait disparu m'a semblé une bonne idée…

— C'était ça ! s'écria Cordélia. Le policier disparu !

— Policier ? Ce ne serait pas le détective Thomas, par hasard ?

— Si, mais… En fait, il n'a pas disparu, expliqua Willow. On a retrouvé sa voiture à Los Angeles.

— Tu veux dire que j'ai failli être tuée et que j'ai gaspillé un pull en cachemire pour *rien* ?

Cordélia tendit le bras, exhibant des mailles effilochées.

Buffy se retint de préciser que, sans l'aide de Cordélia, elle aurait été dépassée par le nombre.

— Los Angeles…, reprit Giles. Ça corrobore la version de Lucy Frank, mais je ne suis pas convaincu qu'elle m'ait dit tout ce qu'elle savait sur Coltrane et le docteur Baine.

— Et vous avez raison ! intervint Buffy. Ils sont

morts. J'ai trouvé leurs cadavres près de la tour. Le fauve a dévoré Coltrane. Et Baine a eu le cœur arraché.

— « Arraché » ? souffla Alex.

— Poitrine ouverte au couteau, cœur extrait de la cage thoracique.

— Carrément dégueu… mais pas autant que les têtes plantées sur des piquets pour décorer !

— Je ne fermerai pas l'œil de la nuit ! grogna Willow. Pas avec sous les yeux des visions de corps mutilés et décapités !

— Tout ça se tient si ma théorie sur Tezcatlipoca est bonne, dit Giles. Le cœur du professeur a sans doute été dévoré par le jaguar…

— C'est une idée en l'air, ou un avis documenté ? demanda Alex.

— Basé sur les archives historiques concernant la culture aztèque.

Giles alla chercher une chaise dans son bureau.

— Les Aztèques étaient assez barbares. Les rituels prenaient des formes très diverses en fonction de la divinité. Les victimes offertes au dieu du feu, Huchueteotl, étaient attachées et livrées aux flammes. Celles consacrées au dieu des pluies étaient noyées. Les corps étaient ensuite précipités du haut du temple puis décapités. Les têtes restaient exposées sur des piquets au pied de la pyramide.

— Je ne dormirai pas non plus cette nuit, bougonna Alex.

— Le rituel visant à donner leur vigueur aux dieux du jour et de la nuit était plus violent encore. Huitzilopochtli, le dieu du soleil, avait besoin de plusieurs sacrifices quotidiens pour repousser la nuit de Tezcatlipoca. Les cœurs palpitants des victimes étaient arrachés des corps avec un couteau de pierre.

— Le docteur Baine a été sacrifié au dieu du *soleil* ? demanda Buffy, incrédule.

— Non. Le rituel était le même pour le dieu de la nuit, afin que les deux divinités restent à égalité. Mais Huitzilopochtli n'est pas revenu pour maintenir l'équilibre. Tu as trouvé le miroir, Buffy ?

— Non. Je crois avoir vu quelque chose briller sur la tour. Les vampires ont attaqué à ce moment-là. Après, j'étais occupée…

— On ne peut donc pas être certain non plus que Tezcatlipoca soit revenu…

— Peut-être pas. Et si les gens du chantier avaient simplement fondu un fusible, et pris tout ça un peu trop au sérieux ?

— Une secte ? Possible, admit Giles. Quelqu'un aurait pu lâcher un jaguar dans la nature juste pour faire croire à la prophétie.

— J'ai lu quelque chose à ce propos, sur le Net, annonça Willow. Mais je ne crois pas que ça colle…

— Comment cela ? demanda Oz.

— L'empire aztèque devait renaître le 13 juillet 1999. Quatre cent soixante-dix-huit ans après la chute de Tenochtitlán, la capitale détruite par Cortés.

— Ils ont raté le rendez-vous, dit Alex.

— Les calculs étaient peut-être erronés.

— Peut-être, mais la date exacte n'a rien à voir avec tout ça, au vu des événements. Et j'ai de bonnes raisons de penser que nous avons affaire à Tezcatlipoca lui-même. Outre que le site est près de la Bouche de l'Enfer, d'autres signes concordent.

— Et… ? insista Buffy, qui n'était pas convaincue.

— Lucy Frank était agacée quand je lui ai dit qu'il n'y aurait que cinq étudiants en visite.

— Quelle importance ? demanda Alex.

— La taille de notre groupe serait vitale si la secte espère le *véritable* retour du dieu, expliqua Giles.

— Je ne veux pas savoir…, commença Cordélia. (Elle soupira.) Bon, pourquoi ?

— Tezcatlipoca a besoin de nombreux sacrifices pour revenir dans notre monde.

— Il arrive assez bien à se gaver d'habitants de Sunnydale, objecta Oz.

— Oui, mais cela suffit seulement à alimenter son incarnation de *jaguar*. Il puise son pouvoir dans le rituel. Plus il y a de victimes, plus il est fort.

— Ce qui soulève une question intéressante : cinq sacrifices suffiront-ils à son apport alimentaire quotidien ?

Marrant, ça, se dit Buffy.

Pourtant, elle ne rit pas.

Furieux, Trick braquait sur les cinq pathétiques créatures réunies devant lui un regard des plus sombres. Il se retenait de les précipiter dans les flammes de la cheminée.

— Et vous *osez* vous appeler des vampires ?

Cinq paires d'yeux se rivèrent… sur le sol.

— Vous êtes plus forts et plus rapides que des êtres humains, à l'exception de la Tueuse…

Le Roc se dandina d'un pied sur l'autre. Tout demeuré qu'il fût, il était quand même assez malin pour se taire quand il le fallait, remarqua Trick.

— … Et *quatorze* buveurs de sang n'ont pas suffi pour la tuer ?

Trick avança vers un vampire de taille moyenne, d'aspect parfaitement banal. Un ancien comptable, s'il avait bonne mémoire.

— Eh bien ?

— L'autre est arrivé.

— Vraiment ? railla Trick. Et combien d'entre vous étaient encore présents à ce moment-là ?

— Sept. Peut-être huit.

— Pathétique !

Soupirant, Trick se détourna. Que la Tueuse ait découvert le retour de Tezcatlipoca était gênant. Le secret aurait rendu la dernière phase de l'opération beaucoup plus simple.

Mais rien n'empêcherait l'inévitable.

A moins que le jaguar ne soit privé des cœurs nécessaires pour conserver son existence physique…

Trick se retourna vers Le Roc.

— J'ai promis à Tezcatlipoca un mets de choix demain ! Une des amies de la Tueuse, pour conclure le marché. Comment une frêle adolescente a-t-elle pu échapper à un grand gaillard comme toi ?

— Eh bien, la Tueuse est arrivée, soupira Le Roc. Et un type a mordu Edward…

— Mordu ?

— A la jambe. Là, précisa Le Roc en touchant sa cuisse. Alors, il l'a lâchée.

— Sortez !

Furieux, Trick quitta aussi la pièce.

Il devait contacter Lucy Frank pendant qu'il en était encore temps.

CHAPITRE XII

Lucy se servit une tasse de café, puis reposa la bouilloire sur le réchaud. Elle s'était levée à trois heures trente ce matin, après moins de quatre heures de sommeil. Pourtant, elle trouverait l'énergie de tenir une journée de plus. Les récompenses qui l'attendaient valaient bien ces efforts.

Enfilant un sweater, elle quitta la tente pour aller vérifier les offrandes du jour.

Rolf avait dû droguer et bâillonner le détective. Après la visite nocturne de Trick, ces précautions avaient évité des problèmes inutiles. Le vampire aux manières doucereuses avait identifié cette fouineuse de Buffy. C'était la Tueuse, une fauteuse de troubles notoire. Qu'elle se soit échappée pour parler de leurs activités à Rupert Giles était malheureux. Mais la situation serait encore plus délicate si elle avait découvert que Dwayne Thomas était prisonnier et pas du tout à Los Angeles, comme elle l'avait dit.

Au bord de la fosse, Lucy leva les yeux vers la colline et frissonna.

Tezcatlipoca…

Elle seule avait vu son visage. La gloire d'une entité toute-puissante. Sa forme humaine l'avait laissée pantelante. Le désir qu'il avait éveillé en elle transcendait les aspirations scientifiques et les soucis quotidiens qui avaient toujours dominé sa vie. Elle n'avait jamais eu de liaison qui ait duré plus de quelques semaines, ni rencontré un homme qui apprécie son intelligence et son ambition. Elle ne s'attendait plus à trouver un être capable de réveiller en elle une passion éteinte depuis si longtemps.

Jusqu'à ce qu'elle plonge son regard dans le miroir et voie le dieu aztèque…

Elle lui avait juré fidélité sans hésiter. Elle était l'instrument par lequel Tezcatlipoca reviendrait régner sur le monde après des siècles de solitude.

En échange de sa dévotion, elle régnerait à ses côtés.

Lucy rit tout bas en approchant de la colline. Avant Tezcatlipoca, elle aurait été attirée par Giles en toute sincérité. Derrière la façade de l'universitaire timide et maladroit, elle sentait chez lui une force d'âme singulière. Mais puisque Giles amènerait la moitié de ses étudiants cet après-midi, son cœur s'ajouterait à ceux qu'elle offrirait à Tezcatlipoca.

Intelligent et fort, le bibliothécaire était digne de cet honneur.

On ne pouvait pas en dire autant des recrues de la veille…

La voyant approcher, Rolf se redressa et s'étira. Carrie était endormie à côté du petit feu de camp.

Lucy prit une décision. Il faudrait remplacer les élèves absents par des membres du chantier… Elle ferait la sélection le lendemain.

— Il reste du café ? demanda Rolf.

— Oui. Vas-y. (Lucy désigna la tente du menton.) Mais ne sois pas trop long. Les préparatifs prendront du temps.

Rolf lui donna le revolver du détective et s'éloigna.

Lucy s'assit, regardant ses trois prisonniers : le détective, un clochard soûl et un auto-stoppeur d'âge moyen. Elle dormait dans sa chambre de motel quand l'étrange M. Trick avait frappé à sa porte. Certaine qu'une giclée de poudre *yauhtli* suffirait à rendre inconscient n'importe quel homme, elle l'avait invité à entrer.

Elle n'avait pas cru son histoire de pacte avec Tezcatlipoca jusqu'à ce qu'il se montre à elle sous son apparence de vampire. L'alliance de Tezcatlipoca avec les morts-vivants était logique et pratique. Si les créatures aux ordres de Trick n'avaient pas monté la garde près du Roc du Coyote, elle n'aurait jamais su que Giles savait la vérité.

A présent, elle ferait face à toute éventualité.

La perte de la jeune fille était un autre problème. Trick avait échoué à la leur livrer, forçant Lucy à lui trouver des remplaçants en pleine nuit. Avec ces pis-aller, elle s'exposait à la fureur de Tezcatlipoca.

Mais elle gardait confiance.

A l'aube, son *ixiptla* serait initié.

Demain, le dieu, en harmonie avec sa doublure humaine, connaîtrait intimement la jeune Willow…

Avant que le jaguar ne dévore le cœur de la jeune fille.

Débordant d'énergie, Dem laissa son vélo sur le parking encombré et courut jusqu'au chantier. Il n'avait pas beaucoup dormi, la tête farcie de rêves de pouvoir.

Et d'images de Buffy.

Bientôt, elle serait sienne.

Qu'elle le veuille ou non.

Dem s'arrêta en haut du chemin. Une centaine de torches éclairaient le site. Une soixantaine d'hommes et de femmes étaient assemblés le long des rochers. Tous portaient des peignoirs ou des draps blancs noués à l'épaule. Certains avaient des plumes et des perles dans les cheveux.

Quand ils virent Dem, ils baissèrent les yeux.

Le jeune homme jubila quand Rolf approcha, tête inclinée.

Dem n'aurait aucun problème à s'habituer à ce genre de choses. Vraiment aucun.

— La Grande Prêtresse vous attend, annonça Rolf.

L'élu de Tezcatlipoca ne daigna pas répondre. Il observa l'étrange costume de l'archéologue. La coiffe emplumée et la tenue blanche qui laissait à nu beaucoup de chair semblaient familières.

Et tout paraissait *à sa place*.

Il attendit que la Grande Prêtresse parle la première.

— Par ici, je vous prie.

Tenant une torche primitive, Lucy avança vers la colline.

Tendu, Dem lui emboîta le pas. Quand ils commencèrent leur ascension, toute l'assemblée les suivit.

Il restait beaucoup de questions en suspens. Dem ignorait à quoi s'attendre. Mais il estimait plus sage de cacher ses interrogations et ses doutes.

Le parfum de l'herbe et de la terre humides flottait dans l'air. Le jeune homme n'avait guère passé de temps dans la nature. Pourtant, les odeurs et les bruits lui étaient familiers.

Aussi familiers que sa peur viscérale du soleil.

Son élément, c'était la nuit.

Le feulement du jaguar se répercuta entre les sentinelles de pierre. Lucy guidait la procession le long du labyrinthe qui menait au Roc du Coyote. A la lumière tremblante de sa torche, Dem apercevait la silhouette féline, au pied de la tour rocheuse. Deux nuits plus tôt, l'animal avait failli le tuer. A présent, ils partageaient un lien presque symbiotique. A chaque pas, l'empathie entre le fauve et lui grandissait. Il était conscient de deux courants de pouvoir, mêlés *et* distincts. L'un était la force physique, née du muscle et de l'os. L'autre venait du cosmos, une immense énergie qui existait de tout temps et en toute chose, modulable par la seule volonté de Tezcatlipoca.

Dem suivit Lucy en haut des degrés naturels de la pente. Le jeune homme sentit son cœur s'accélérer quand ils rejoignirent le jaguar. Il plongea les yeux dans les prunelles dorées du fauve, qui fouetta l'air de sa queue.

Calant sa torche entre deux roches, Lucy ramassa le miroir noir encadré d'or. Le dos tourné à Dem, elle leva l'artefact au-dessus de sa tête. Des formes mouvantes de lumière dansaient le long de la pierre ; le fauve commença à se dissoudre. La chair se transforma en fumée.

Dem sentit une odeur de bois brûlé et de métal fondu quand la fumée s'infiltra dans la pierre.

Lucy se retourna, baissant le miroir devant Dem.

Les mâchoires serrées, il se soumit à la volonté de Tezcatlipoca.

La fumée grise tourbillonnait de plus en plus vite. Le vortex attirait l'esprit de Dem, entraînant sa conscience dans les profondeurs d'obsidienne. Des formes indistinctes agitaient leurs extrémités griffues sous ses yeux effrayés. Des rochers brûlants explosaient, l'éclaboussant de soufre incandescent. Des langues de feu liquide léchaient l'ébène.

Tous les instincts de Dem lui criaient de fuir.

Plongé dans le néant, il repoussa la panique et se

concentra sur un point de lumière qui grandit… et prit forme.

Dem se vit habillé comme Lucy.

Le tissu blanc se déchira pour exposer sa poitrine barrée par une blessure béante. La chair à vif s'écarta… et se referma autour d'un vide.

Dem n'avait plus de cœur.

Il resta impassible.

L'image repoussante s'évanouit, remplacée par une autre.

Tezcatlipoca, aux yeux aussi noirs que son royaume. Des cheveux ornés de plumes multicolores et de perles d'or cascadaient sur ses épaules. Il portait au cou un pendentif doré. Ses poignets s'ornaient de nombreux bracelets d'or. Des cloches pendaient aux chaînettes d'or passées à ses chevilles. Il tenait un éventail de plumes bleues, vertes et jaunes de la main gauche, et quatre flèches de la droite. Sur ses lèvres se dessinait un sourire éclatant.

Puis ses dents blanches devinrent des crocs de jaguar.

De nouveau perché sur le Roc du Coyote, Dem recula, manquant de basculer tandis que la fumée montait de nouveau du miroir et traversait son corps.

Le pouvoir de Tezcatlipoca coulait dans ses veines, emplissait ses sens et envahissait ses cellules.

Le lien établi, la fumée sortit de son corps par les yeux pour redevenir un jaguar.

Dem regarda Lucy baisser le miroir et se prosterner à ses pieds. Il contempla la foule à genoux devant lui. Personne n'osait croiser son regard.

La lumière des torches grava la scène dans son esprit.

Quand Lucy proféra une incantation en langue aztèque, Dem, les yeux dans le vague, laissa la jeune femme le déshabiller pour le draper d'une cape blanche.

L'épaule gauche était couverte de pierres précieuses et d'or.

Puis elle posa sur sa tête une coiffe de plumes.

La tour rocheuse commença à changer de forme pendant que le passé et le présent se rejoignaient, et que la réalité s'imprégnait de magie.

Le jeune homme ne broncha pas.

Il était encore Dem Inglese. Mais il était aussi plus que cela. Beaucoup plus.

Il se retourna et suivit le jaguar, qui gravit une volée de marches flottant dans le vide. Sur un palier, il contourna par la gauche une grosse pierre arrondie. Dem reconnut le *techatl* ; à son tour, il contourna l'autel pour rejoindre le fauve.

Lucy s'arrêta près de la pierre sacrificielle et ramassa un couteau d'obsidienne à la garde incrustée de pierres précieuses.

Les adeptes restaient debout, libérés de leur transe d'adoration pour observer l'initiation de Dem puis le repas rituel de Tezcatlipoca.

Rolf et Carrie tirèrent trois hommes attachés hors du cercle de fidèles. Ceux-ci chantèrent de plus en plus fort tandis que culminait la frénésie du sang.

Dem vit d'anciennes âmes aztèques flotter dans les temples et les jardins fantomatiques dont les formes tremblantes envahissaient la réalité. Rolf et Carrie forcèrent le détective bâillonné à monter les marches. Les yeux écarquillés de terreur, il résista. En vain. L'arrogance de Dwayne Thomas, si flagrante la veille, avait bel et bien disparu.

Les autres prisonniers pleuraient.

Une lueur grise déchira les ténèbres à l'est, héraut d'une aube terrible.

Dem regardait tout cela avec détachement.

Rolf et Carrie étendirent le détective sur le rocher plat, lui plaquant les bras le long du corps.

Lucy se rapprocha de Thomas et lui souffla un nuage de poudre *yauhtli* au visage. Le malheureux cessa de se débattre.

Rolf déchira sa chemise, lui dénudant la poitrine.

Lucy leva son poignard.

Conscient que son pouvoir et celui de Tezcatlipoca venaient du sang versé, Dem domina sa nausée quand la Grande Prêtresse plongea le couteau entre les côtes de la victime.

Juan Hernandez grimaça, son carnet et ses crayons oubliés derrière lui. L'horreur de ce qu'il avait vu l'empêchait de penser.

Angoissé par le vernissage, prévu le soir même, il s'était levé tôt pour aller faire des croquis du site archéologique. Ce genre de choses le calmait toujours. Il avait laissé un message sur le répondeur de la galerie, promettant à Joyce qu'il serait rentré avant midi.

Il ne s'était pas attendu à tomber sur une reconstitution des meurtres rituels aztèques…

Un autre cri couvrit le chant rythmé qui lui martelait les tympans. Il se plaqua les mains sur les oreilles, appelant de tous ses vœux l'aube et la protection du soleil. Il avait espéré faire coïncider son arrivée avec le lever du jour, à six heures trente-deux. Le cadran lumineux de sa montre indiquait six heures quarante-trois.

La nuit s'obstinait à régner, refusant de céder la place à la lumière.

Un troisième cri retentit.

Incapable d'accepter l'impensable, Juan risqua un autre coup d'œil et se maudit. L'exécutrice jeta le cœur palpitant qu'elle venait d'arracher. Le jaguar l'attrapa entre ses mâchoires, l'avala, puis rugit. Il se transforma en fumée avant de disparaître dans l'objet plat que la Prêtresse brandissait.

Juan tâtonna à la recherche de ses crayons, de son carnet et de sa lampe-torche. Il devait fuir avant que cette bande de fous furieux le voie. L'aube avait été retardée, et il tentait de comprendre ce que cela pouvait impliquer.

Il descendit la pente, redoublant de prudence.

Le sinistre seigneur Tezcatlipoca, maître de la mort et de la destinée, était de retour. Et il reprenait sa lutte éternelle contre la lumière.

Mais cette fois, Tezcatlipoca pourrait l'emporter.

— Bonjour, dit une voix d'homme dans les ténèbres. Encore que le jour soit un peu en retard ce matin, n'est-ce pas ?

Muet de terreur, Juan plongea son regard dans celui d'un vampire, dont le visage hideux jurait avec son costume-cravate. D'autres membres de sa race maudite l'entouraient, éclairés par les torches de la procession qui descendait à son tour la colline.

— Tu as donné ta langue au chat ? Non, pas aujourd'hui. Demain…

Juan laissa tomber son matériel de dessin quand des bras le ceinturèrent.

Buffy s'assit dans son lit en criant. Il n'y avait aucun doute…

Angel serait détruit par le soleil.

— Buffy ? lança sa mère en passant la tête par la porte pour allumer la lumière. Ça va ?

— Oui, répondit la jeune fille. Mauvais rêve…

Nerveuse, Joyce attacha son peignoir.

— Ne traîne pas, on est en retard.

— Mais il fait encore…

Buffy jeta un œil à son réveil et se tut. Elle ne voulait pas inquiéter sa mère pour rien.

— Je vais me dépêcher.

— Tu seras seule pour le petit déjeuner, s'excusa Joyce. Il me reste une vingtaine d'heures de travail pour que le vernissage soit au point, et moins de douze heures pour…

— Je me débrouillerai.

Buffy regarda par la fenêtre. Six heures cinquante, et il faisait encore nuit.

Qui était mort pour retarder le soleil ?

Et qui mourrait demain si Giles ne trouvait pas comment vaincre Tezcatlipoca ?

Dans son rêve, Angel était tué par le soleil. Un événement qui annonçait sans doute la défaite du dieu des ténèbres.

Mais si Angel se cachait ? L'issue en serait-elle affectée ? Quel serait le prix à payer pour assurer qu'il ne serait pas victime de leur victoire ?

Le triomphe de Tezcatlipoca et les ténèbres éternelles pour le monde ?

Le soleil venait de pointer à l'horizon quand Lucy déposa Dem devant l'école. Le campus bourdonnait de questions sur cette nouvelle bourde de la météo. Les réactions allaient de l'indifférence à la peur.

Dem feignit l'insouciance en approchant du bâtiment principal. Il cherchait les membres du Club d'histoire. N'en apercevant aucun, il se faufila entre les groupes dispersés sur la pelouse du campus. L'intérêt que suscitait l'énigme de la matinée ne l'étonnait pas.

Son lien avec Tezcatlipoca avait réveillé son potentiel, lui redonnant confiance et améliorant son apparence. Il ignora les chuchotements et les coups d'œil curieux jusqu'à ce que Cordélia Chase se plante devant lui. Il essaya de la contourner, mais la jeune fille était impossible à ignorer.

— Excuse-moi… je te connais ?

Dem s'arrêta. Une conversation serait préférable à une confrontation.

— Dem Inglese, du Club d'histoire.

— Nan, pas possible… ! répondit Cordélia en secouant la tête. Tu as grandi, ou tu as changé de coiffure ? Tu as l'air… différent.

— Lentilles de contact, répondit le jeune homme, ravi de la réaction de la jeune fille.

Ce sentiment n'était en rien pollué par l'envie de gagner son estime. Il n'avait pas oublié comment cette petite snobinarde égocentrique l'avait envoyé promener la veille. Il aurait sa revanche le lendemain, quand Lucy lui arracherait le cœur.

— Oh, tu as laissé tomber les lunettes. Tu aurais dû le faire il y a longtemps. Enfin, mieux vaut tard que jamais.

— Je suis en retard. Excuse-moi…

Il repartit sans un regard en arrière. Cordélia devait bouillir d'indignation d'avoir été congédiée !

Dem trouva Chance, Sienna, Kilya et Bart dans la salle des étudiants. Il s'assit sans attendre d'y être invité.

— Lis ça !

Furieuse, Kilya lui fourra sous le nez une feuille de papier.

— C'était affiché ce matin.

— Tu y crois, toi ? Ils ont annulé la sortie ! gémit Sienna. Chance et moi avions des *projets* !

— Ne m'en parle pas…

Abattu par l'occasion perdue de passer deux nuits avec Sienna – sans adultes alentour ! –, Chance mit un bras autour des épaules de la jeune fille.

Bart restait près de la fenêtre, silencieux comme toujours.

— Sienna et moi avions déjà fait les courses ! Avec notre argent ! L'école a intérêt à nous rembourser. On y a passé des heures, et ils annulent tout ? Ils ont le droit ? Sans prévenir, sans rien… ?

— En fait, dit Dem, M. Giles est responsable de cette annulation, mais…

— Oh ! mon Dieu ! cria Sienna, éberluée. De quelle machine à miracles tu sors, ce matin ?

Kilya regarda aussi Dem comme si elle le voyait pour la première fois.

— Passé de mocheté à tombeur au milieu de la nuit ? Ça valait le coup…

— Tu disais quelque chose au sujet de la sortie, rappela Bart.

— Oui. La personne qui s'occupe des fouilles est une amie.

— Et alors ?

— Rien ne nous empêche de faire un tour sur le chantier, si le cœur nous en dit…

Comme Dem s'y attendait, ses proies ne résistèrent pas.

— Je ne me suis pas épuisé à faire les courses pour rester à la maison tout le week-end !

— Et on a déjà le matériel, souligna Chance en serrant la main de Dem. Tope là !

Buffy regarda Alex pianoter sur la table… jusqu'à ce qu'elle craque et lui immobilise le poignet.

Pour ne pas recommencer, Alex croisa les bras.

— Merci, dit Giles sans lever les yeux de son carnet de notes.

— Désolé, s'excusa Alex. J'imagine qu'il est temps de déclarer ouvert le conseil de guerre, non ?

Willow déplaçait mentalement des livres. Ce petit exercice de télékinésie réussirait-il à la calmer ?

Buffy en doutait. Elle avait failli devenir de la pâtée pour jaguar… C'était la seule explication au comportement des vampires.

— Oui, ça faisait longtemps qu'on ne s'était pas retrouvés à quatre, remarqua Alex. Je me moque de savoir pourquoi Cordélia manque à l'appel, mais où est Oz ?

— Il décharge le matériel du van, pour qu'on puisse tous y tenir.

Immobilisant les livres en lévitation sous son nez, Willow se releva quand Giles finit ses calculs.

— Trente-trois minutes et quatorze secondes.

Il jeta son crayon sur le carnet et se frotta les yeux. Il avait veillé toute la nuit pour plancher sur le problème de Tezcatlipoca.

Willow garda les yeux baissés.

— Ça veut dire qu'il y a eu de nouveaux sacrifices ?

La jeune fille se sentait coupable d'avoir eu la vie sauve au détriment d'une autre personne. Buffy éprouvait la même chose chaque fois qu'elle ne parvenait pas à secourir quelqu'un.

Elle savait par expérience que rien de ce qu'elle pourrait dire ne soulagerait son amie.

— Euh, sans doute, puisque le lever du soleil avait plus d'une demi-heure de retard. (Giles s'empressa d'enchaîner.) Nous devons supposer que Tezcatlipoca gagne du pouvoir de façon exponentielle.

— Exponentielle. Je connais ce mot, dit Alex. Buffy, tu sais ce qu'il signifie ?

— Les doses de pouvoir que reçoit l'homme-chat

pourraient augmenter à chaque nouveau sacrifice. En gros…

— Plus ou moins, confirma Giles. Mais tout espoir n'est pas perdu.

— De la confiance. J'aime ça…, commenta Alex.

— Je suis certain que le miroir est toujours près du site. Le jaguar n'a pas été aperçu pendant la journée, ce qui suggère que Tezcatlipoca reste dans l'objet jusqu'à la tombée de la nuit…

— Et quand il aura récupéré assez de forces, il n'y aura plus de jour…

— Ouais, fit Willow, découragée. Et on développera tous une carence en vitamine D, parce que… les ultraviolets du soleil font que notre corps fabrique de la vitamine D. A partir des jaunes d'œuf et ce genre de trucs. Alors nos dents se mettront à tomber… Si on ne nous a pas sacrifiés avant.

— Sans soleil, on sera trop déprimés pour s'en soucier, rappela Alex. Sans parler de nos amis les vampires. Pour eux, ce sera la fête au village.

— Donc, dit Buffy, il faut agir avant la tombée de la nuit.

— Oui. Au prochain lever du soleil, il sera peut-être trop tard.

— Que faire ? demanda la Tueuse.

— Trouver le miroir et le briser avant que Tezcatlipoca n'en émerge ce soir, répondit Giles.

Buffy s'était attendue à un plan complexe et dangereux, comme il avait l'habitude d'en concocter contre les démons. Elle était convaincue qu'une autre volonté maléfique s'amusait à leur compliquer la vie.

Et là, il suffisait de trouver le miroir et de le casser ?

Il devait y avoir un piège…

CHAPITRE XIII

Juan Hernandez avait disparu. Buffy faillit lâcher le combiné… Sa mère reprit son souffle. La jeune fille l'avait appelée pour lui souhaiter bonne chance.

Et pour la rassurer au sujet du fauve.

Mais Joyce avait tant de travail qu'elle n'était pas au courant des dernières nouvelles.

— Tu connais les artistes, Buffy. Ils sont tellement absorbés par leur travail qu'ils en oublient l'heure. Sans le strudel de Hazel, il faudrait même que je lui rappelle de manger ! Quand tu le verras, essaie de lui glisser à l'oreille que la réception commence à dix-neuf heures.

— Bien sûr. Si je le vois.

Buffy raccrocha. Elle se sentait mal. Juan avait laissé un message sur le répondeur de la galerie, peu avant l'aube. Il y avait toutes les chances qu'il n'ait jamais vu le soleil se lever.

— Un problème ? demanda Giles en posant son sac à dos sur le pas de la porte.

Il avait presque l'air cool, avec son jean et sa chemise à carreaux ouverte sur un T-shirt gris.

— Non. Sauf si Juan Hernandez a *perdu la tête* ce matin. Le nouveau talent artistique déniché par ma mère, précisa Buffy. Il est allé au Roc du Coyote faire quelques croquis. On n'a plus de nouvelles.

— Est-ce que ta mère… ?

— … se doute qu'il fait peut-être partie des « donneurs de cœur » de Tezcatlipoca ? Non, et ne lui dites rien. S'il vous plaît.

Tant qu'elle ne saurait pas avec certitude si Juan était mort, ou prisonnier, elle ne gâcherait pas la journée de sa mère.

Les mauvaises nouvelles pouvaient toujours attendre.

— Ça ne servirait pas à grand-chose, j'imagine. Tu es prête ? J'ai dit à Oz que nous le retrouverions à moins le quart sur le parking.

— Rock-and-roll !

Son sac de camping dans une main et celui de Tueuse dans l'autre, Buffy passa devant Giles.

Le bibliothécaire la suivit en maugréant, troublé par un jargon adolescent de moins en moins compréhensible.

La réorganisation d'Oz était un échec. Il n'avait pas dégagé plus d'espace passager, et Willow se retrouvait écrasée entre Alex et lui sur le siège avant. Aujourd'hui, les cheveux d'Oz étaient d'un rouge néon phosphorescent qui jurait copieusement avec l'auburn foncé de Willow.

Cordélia se gara à côté d'eux cinq minutes plus tard, son casque colonial flambant neuf de travers sur la tête.

— Désolée d'être en retard, c'est à cause de ma livraison.

— Oui, bon… Mlle Frank nous attendait il y a une heure.

Giles jeta son sac et celui de Buffy dans le coffre de la voiture de Cordélia, puis monta à l'avant tandis que Buffy se glissait sur la banquette arrière.

— *Lucy*, Giles ! lui rappela la Tueuse en le regardant de travers.

La mission de l'Observateur serait de distraire Lucy Frank pendant que le reste de la bande chercherait le miroir.

— La diversion romantique échouera si vous continuez de l'appeler par son nom.

— Je n'ai jamais parlé d'une diversion *romantique*, précisa Giles, agacé. Je pensais plutôt faire appel à sa soif de reconnaissance scientifique.

— Cette approche a sans doute plus de chances de marcher. Soit dit sans méchanceté, ajouta Cordélia en passant la marche arrière, vous n'êtes pas une bombe sexuelle.

— C'est étrangement rassurant, venant de toi…

Buffy vit dans le rétroviseur la jeune fille froncer les sourcils, ne sachant pas trop si elle venait d'être insultée.

— Il faut que je m'arrête chez Angel en quittant la ville, Cordélia.

— Chez Angel ? fit Giles en se retournant. Pourquoi ?

— Pour lui laisser un mot, répondit Buffy. Il est consigné chez lui ces prochaines vingt-quatre heures. Ordre de la Tueuse.

— Je vois. S'il reste à l'abri, il ne sera pas brûlé par le soleil.

Buffy hocha la tête, remarquant le tic d'angoisse qui agitait la commissure des lèvres de Giles. Il comprenait le raisonnement de la Tueuse. Mais toute tentative de changer le dénouement tragique du rêve lui semblait vaine.

Pourtant, il ne dit rien.

Dix minutes plus tard, la note fut scotchée à la porte d'Angel, là où il ne pourrait pas la manquer.

Personne ne desserra les lèvres jusqu'à ce que Cordélia s'arrête devant le chemin du site.

Giles donna ses instructions de dernière minute.

— Buffy, brise le miroir immédiatement si tu le trouves avant le coucher du soleil.

— Et après ?

— Après, Tezcatlipoca ne sera plus dans l'artefact, et il y aura deux possibilités. S'il n'est pas au mieux de sa forme, il devra battre en retraite à l'aube. Le miroir étant brisé, il choisira un autre réceptacle, et nous ne le retrouverons pas.

— Et la deuxième possibilité ?

— Si les sacrifices rituels de demain suffisent à lui rendre ses pouvoirs, il n'aura plus à se cacher.

Parce qu'il fera nuit pour toujours.

Buffy sortit de la voiture. Alors que Cordélia et Oz conduisaient prudemment sur le chemin accidenté, la Tueuse partit vers les bois, à l'est. C'était un terrain moins praticable, mais les gardes du site auraient moins de chances de l'apercevoir si elle arrivait par le versant sud, le plus abrupt. Se glissant sous le couvert des arbres, elle fit de son mieux pour contrôler l'angoisse qui la travaillait depuis la veille. En gardant Angel à l'écart, elle donnait peut-être l'avantage à Tezcatlipoca.

Malgré tout l'amour qu'elle portait au vampire, elle ne supporterait pas de lui avoir sauvé la vie au prix de millions d'autres.

L'accablement était général.

Souligné par les prises de bec incessantes entre Alex et Cordélia, et confirmé par le silence pesant de Willow et d'Oz. Tout avait l'air d'aller de travers. Pendant qu'il menait sa troupe vers le chantier, le cou et les avant-bras de Giles le démangèrent comme si une force maléfique était à l'œuvre. Il ne fut pas surpris de voir Dem Inglese et les étudiants du Club d'histoire assis près de la tente.

— Que font-ils là ? demanda Cordélia en s'essuyant le front avec un pan de la chemise d'Alex.

— Ils n'utilisent pas la chemise des autres comme serviette-éponge !

— Une erreur de ma part, il faut croire…

Giles lâcha son sac à dos et fit semblant de fouiller dedans, histoire d'analyser la situation.

Tout se compliquait.

— Vous avez oublié d'afficher l'annulation ? demanda Willow.

— Non, je l'ai placardée dans tout le bâtiment. Ils ne l'ont sans doute pas vue.

Giles leva les yeux quand Lucy sortit de la fosse.

— Pour l'instant, j'aimerais juste savoir ce que Dem, l'ancien bouffon de service, a pris au petit déjeuner, souffla Alex.

Etonné par ce commentaire, Giles regarda le groupe d'étudiants. Bart mâchonnait un stylo en lisant son livre.

Rien d'exceptionnel.

Pendant que Chance se servait un verre d'eau, Sienna se rapprocha de Dem et lui posa un baiser sur la joue. Kilya massait vigoureusement les épaules du jeune homme.

Tout à fait inhabituel.

Le garçon paraissait très à l'aise, s'accommodant de l'attention qu'on lui portait. Et si Chance s'inquiétait de l'affection que lui témoignait sa petite amie, il n'en montrait rien.

Le verre d'eau était pour Dem !

Inquiétant et déroutant.

Alex regarda Dem, puis Willow.

— Tu n'as pas lancé de…

— Non ! Je ne fais plus n'importe quoi avec les sorts, les potions d'amour et les trucs… euh… mouillés ! Sauf pour Oz. Enfin, je ne veux pas dire que je lui fais des trucs magiques… Non ! C'est… Bon, on ne fait pas n'importe quoi. Pas vrai, Oz ?

— Exact, répondit le jeune homme, laconique.

— Certains n'ont pas besoin de magie pour être irrésistibles, lança Cordélia avec un sourire glacial pour Alex.

— C'est vrai, répliqua celui-ci du tac au tac. Et qui passait son temps à me traîner dans le placard à balais pour m'étouffer sous ses baisers ? Avant *et* après que Willow ne me transforme en tombeur de ces dames ?

— Giles, au travail ! lança Lucy qui arrivait à grands pas. Vous êtes en retard !

— Eh bien, comme on dit au théâtre… En scène !

— J'espère qu'on sera encore là pour le rappel, souffla Willow. Je me suis habituée à avoir la tête vissée sur les épaules.

— Moi aussi, dit Oz en souriant. Ça m'ennuierait de prendre ma retraite aujourd'hui…

Lucy regagna sa tente.

La suivant lentement, Giles fit très attention à tout ce qui les entourait.

Il ne voyait pas de différence depuis la veille. Sinon qu'il semblait y avoir trois fois plus de volontaires désœuvrés. Ils regardaient les nouveaux arrivants avec un intérêt certain.

Les gardes étaient bien en vue sur la colline au lieu de rester discrets.

Quand le petit groupe approcha de la table de classement, l'inquiétude de Giles vira à l'angoisse.

Les élèves du Club d'histoire toisaient leurs camarades avec une franche animosité.

— Salut, comment ça va ? lança Alex.

L'ignorant, Dem fit signe à Kilya de s'éloigner. Puis il regarda le parking et fronça les sourcils.

— Plutôt froid, ici, non ? demanda Alex avec un frisson théâtral.

— Glacial, confirma Oz.

Giles avisa le matériel de camping posé devant deux petites tentes récemment dressées, au pied de la colline. Sienna et Kilya avaient troqué leurs tenues habituelles contre des jeans et des chemisiers plus adaptés à un week-end en plein air.

Si ses soupçons se vérifiaient, Giles ne pourrait pas les convaincre de repartir.

— Je vois que vous êtes installés.

— Et ce n'est pas grâce à vous ! grogna Kilya.

Le regard courroucé de Dem coupa court à tout autre commentaire. La jeune femme obéit sans se poser de question, confirmant les doutes de Giles. Le changement radical de Dem s'expliquait seulement s'il était devenu l'*ixiptla* de Tezcatlipoca.

La psyché du démon transférée dans un hôte humain…

Le mauvais pressentiment de Giles devint une certitude.

— On est *tellement* contents de vous voir, minauda Cordélia.

— Ton chapeau est tarte, Cordélia ! lâcha Sienna.

— C'est faux ! s'insurgea Willow. (Elle avait eu assez de mal à commander ce fichu couvre-chef !) Tout le monde en porte un en… Afrique…

Le retour de Lucy empêcha une escalade des hostilités verbales.

— Contente que vous ayez *enfin* pu vous joindre à nous, Giles.

— Oui. Désolé. Du retard dans la récupération de l'équipement…

Lucy compta de façon un peu trop ostensible le nombre de personnes venues avec lui. Il en manquait une, constata-t-elle.

— Buffy n'a pas pu venir.

— *Quoi ?* (Dem se leva et hurla :) Pourquoi ? Allez la chercher !

— Apparemment, Dem, ton nouveau look n'a pas amélioré tes manières.

Alex recula d'un pas quand Chance avança vers lui, menaçant.

Bart se leva également, les poings serrés.

— Je veux Buffy avec nous, et je la veux *maintenant* !

Dem foudroya Giles du regard, s'attendant à une obéissance immédiate et inconditionnelle.

Lucy sourcilla.

Pas Giles.

— J'ai peur que ça ne soit impossible.

— Vous osez me défier ?

La question de Dem n'était pas une rodomontade. Réagissant à son éclat, les travailleurs lâchèrent leurs outils et entourèrent rapidement les visiteurs.

Giles réalisa un peu tard qu'il avait gravement sous-estimé l'évolution de la situation. Lucy Frank et les adeptes de Tezcatlipoca ne se souciaient plus du tout de discrétion.

— Nous ferions mieux de partir.

— Non, dit Lucy. Vous resterez.

— Désolé… Je sens une grosse baisse au niveau gentillesse et bien-être.

Willow tourna les talons. Un gros homme à l'air sinistre se campa devant elle, les bras croisés.

— Trop tard pour construire un château fort…, commenta Alex.

Oz laissa tomber son sac à dos.

— D'accord, mais je ne resterai pas sans me battre.

— Je ne vous le conseille pas, dit Lucy. Vous ne gagnerez pas, et nous ne voudrions pas offenser Tezcatlipoca en lui présentant des marchandises abîmées demain matin.

Elle lui souffla un nuage de poudre au visage.

Le jeune homme toussa et secoua la tête. Giles l'attrapa par un bras quand il vacilla, mais ne put l'empêcher de s'écrouler.

— Oz ! (Willow se précipita aux côtés de l'adolescent.) C'était quoi ?

— De la poudre *yauhtli*, j'imagine, répondit Giles. Un dérivé du chanvre. Très bon analgésique… et antistress. Les Aztèques n'étaient pas le seul peuple précolombien à l'utiliser.

— Allons parler en tête à tête, Giles, dit Lucy avec un mouvement de tête impérieux vers la tente.

Face à des fanatiques quatre fois plus nombreux, il n'avait pas le choix. Lucy n'hésiterait pas à le droguer et il avait besoin de toute sa tête pour aider Buffy. Du haut de la colline, la Tueuse verrait toute la scène, et saurait qu'elle devait localiser seule le miroir. Il fallait espérer qu'elle se souvienne de leur discussion sur le rituel aztèque…

Il n'arriverait rien de grave aux prisonniers avant l'aube.

— Et on est censés faire quoi ? demanda Cordélia. Je ne dors pas à cette heure !

Dem vint se placer devant elle avec une grâce et une rapidité impressionnantes. Il parla avec l'arrogance moqueuse des êtres naturellement supérieurs :

— Tiens-toi tranquille, Cordélia, et tu pourras contempler ton avenir, écourté et désagréable, avec les idées claires.

— J'ai une mauvaise nouvelle pour toi, Dem. Pour devenir cool, les lentilles de contact, ça ne suffit pas. Tu es toujours un perdant.

Défiant le jeune homme, elle tira une chaise et s'assit.

— Par terre !

Dem lui prit le poignet et l'entraîna *manu militari* vers une plate-forme rocheuse. Par ici, vous tous. Et laissez vos affaires où elles sont.

Les prisonniers étaient « invités » à changer de crémerie.

Giles avisa un jeune homme inconscient.

L'artiste disparu de Joyce ?

— Fais ce qu'il dit, Alex..., souffla l'Observateur. Pour l'instant.

Alex aida Willow à remettre Oz debout, l'attrapant sous les aisselles. Cordélia ouvrit la marche, Chance, Bart et d'autres convertis les encadrant.

Titubant entre Alex et Willow, Oz évoquait une carotte géante, ses cheveux rouge vif ballottant au gré de ses pas chancelants.

— Et Buffy ? demanda Dem.

Lucy parla d'une voix douce, les yeux baissés.

— Elle viendra. Vous m'avez dit qu'elle se sentait responsable de ses amis. Elle ne les abandonnera pas.

— Ce n'est pas certain, mademoiselle Frank.

— Ah non ? Par ici, Giles.

Lucy s'inclina pour prendre congé de Dem, et se détourna.

Répugnant à donner l'impression qu'il était subjugué par elle ou par Tezcatlipoca et son pantin humain, Giles hésita. Un objet pointu le frappa entre les côtes. Furieux de n'avoir pas prévu le piège, ni la conversion de nouveaux adeptes, le bibliothécaire arracha la truelle des mains d'un vieil homme, et expédia l'outil dans les broussailles.

Il suivit Lucy sans un mot ni un regard pour Dem.

Vexé, ce dernier alla passer ses nerfs sur les prisonniers. Sienna et Kilya lui emboîtèrent le pas.

— Dem ne sait pas, n'est-ce pas ?

Sous la tente, Giles s'assit sur le même siège que la veille.

— Ne sait pas quoi ?

Très à l'aise, Lucy s'assit en face de lui.

— Etant l'*ixiptla* de Tezcatlipoca, il sera l'ultime sacrifice, demain.

— Bien sûr que non. Personne ne le sait.

Giles s'en doutait ; il ne réagit pas.

— Et ils ne vous croiraient pas si vous le leur disiez, ajouta la jeune femme.

Giles haussa les épaules.

Avoir des pouvoirs fabuleux était le rêve de tous les adolescents. Ils refuseraient de voir tout ce qui pourrait suggérer une entourloupe.

Lucy se pencha, posant une main sur le genou de l'Observateur.

— Mais ta destinée ne s'arrête pas obligatoirement là. Je peux te remplacer par quelqu'un… Carrie, peut-être.

— Ah oui ? fit Giles.

Où voulait-elle en venir ? Et pourquoi le tutoyait-elle ?

— Même un empire aztèque fondé sur les ténèbres a besoin d'ordre. Il me faudra un Grand Orateur pour gouverner au nom de Tezcatlipoca.

— Je croyais que le Grand Orateur était un disciple de Huitzilopochtli. Le soleil…

Lucy le frappa sur la bouche.

— Ne prononce jamais plus ce mot blasphématoire ! En ma présence ou ailleurs.

Giles porta une main à sa lèvre fendue.

— Comme il te plaira.

Lucy se relaxa et prit un objet derrière elle. D'un geste vif, elle fourra le miroir sous les yeux de son prisonnier.

Quand la surface brillante attira son regard, la première pensée de Giles fut de s'en saisir et de le briser. Mais il ne pouvait plus bouger. Il était attiré contre sa volonté par les profondeurs brumeuses de la nuit.

Pour leur taille, les graviers faisaient trop de bruit en dégringolant. Buffy s'aplatit contre la paroi, autant que son gros sac de Tueuse le lui permettait. De la forêt, elle avait compté trois gardes au pied de la tour. Piégée à mi-chemin, elle s'attendit à voir trois têtes se baisser vers elle…

Si elle montait, les types la feraient tomber. Si elle descendait, ils lui tireraient dessus.

Cinq minutes passèrent sans que personne apparaisse.

Elle en attendit cinq de plus, puis reprit son ascension.

Le soleil descendait vers la cime des arbres à mesure que Buffy montait. Il lui restait une heure de lumière pour trouver le miroir. Malgré l'urgence, elle fit une pause avant de continuer vers la base du Roc du Coyote.

Trois gardes – la jeune fille brune, l'homme roux et le type entre deux âges qu'elle avait aperçus la veille – s'y tenaient. De sa position surélevée, elle avait une bonne vue sur la majeure partie du camp.

Et ce qu'elle découvrait ne lui plaisait pas beaucoup.

Dem Inglese et les quatre autres membres du Club d'histoire attendaient devant la tente. Il y avait eu un gros problème, question annulation…

Quand Giles sortit, elle ne réalisa pas tout de suite que quelque chose clochait. Mais lorsque deux travailleurs lui saisirent les bras sans qu'il cherche à résister, elle fut plus qu'intriguée.

Et s'inquiéta franchement quand Dem se posta devant l'Observateur. Irrité par l'absence de réaction de Giles, le garçon vociféra avec une telle rage que les autres s'écartèrent.

Puis les hommes emmenèrent Giles au pied de la colline. Les arbres et le bord de la falaise empêchèrent la Tueuse de voir la suite. Presque aussitôt, Alex apparut, suivi par un vieil homme affublé d'une casquette de base-ball, qui lui enfonçait un outil dans le dos pour le faire avancer.

Lucy sortit de sa tente pour « accueillir » Alex.

Buffy prit le temps de réfléchir. Le plan s'était écroulé très vite. Avec quelques surprises supplémentaires, histoire de corser le tout.

Dem la carpette avait décidé de se transformer en Dem le tyran, et les soupçons sur les ouvriers des fouilles se confirmaient. D'ailleurs, les adeptes étaient trois fois plus nombreux. Giles et ses amis étaient prisonniers ; Lucy les interrogeait un par un. Ils seraient sans doute sacrifiés à l'aube.

Ça tombait bien, puisque la Tueuse ne pouvait rien pour eux pour l'instant.

Elle avait moins d'une heure pour trouver et casser le miroir.

Après, le jaguar s'échapperait.

Le silence commençait à taper sur le système d'Alex, presque autant que la rencontre troublante avec le miroir fumant. Un homme que Giles croyait être Juan Hernandez – l'artiste que Joyce cherchait partout – était évanoui à quelques pas de lui. Giles, Cordélia et Oz avaient à peine ouvert la bouche depuis leur retour de la tente.

Alex se rapprocha subrepticement de Giles. Les gardes contemplaient le ciel, qui commençait à rougeoyer vers l'ouest. Sans doute parce qu'ils ne s'attendaient plus à revoir un coucher de soleil...

Demain, ils vivraient dans la nuit éternelle.

Alex, lui, n'aurait plus ni tête ni cœur ni vie.

— Giles, chuchota-t-il, je sais que vous ne voulez pas en parler, mais... il le faut.

— Vous le ferez sans moi, coupa Cordélia avant de s'éloigner.

— Toujours fâchée parce que Kilya t'a pris ton casque ?

— Je ne veux *pas* parler ! La vie était plus simple quand je ne m'intéressais à personne d'autre qu'à moi !

Intéressant.

Alex archiva ce commentaire dans un coin de son cerveau pour y réfléchir plus tard. A un moment où il ne risquait pas d'avoir le cœur arraché, par exemple.

— Nous exprimer serait bien, dit Oz. Je n'arrête pas de penser à Willow.

— Ouais.

Alex regarda la tente où Willow était exposée au miroir. Elle avait un sens aiguisé du bien et du mal, ne dormant plus si elle rendait en retard les livres empruntés à la bibliothèque. Un baiser volé, voilà le plus gros péché qu'elle eût jamais commis.

Alex ne voyait pas ce qui pourrait l'attirer vers le mal.

Cela étant, il n'était pas un démon capable de réaliser les désirs les plus fous de ceux qu'il voulait enrôler…

Mal remis des effets de l'anesthésiant aztèque, Oz se prit la tête à deux mains.

— Je n'arrive pas à croire que des gens s'en servent *de leur plein gré* !

— Aujourd'hui, je ne sais pas, mais il y a cinq cents ans, les utilisateurs aztèques ne vivaient pas assez longtemps pour s'inquiéter de la gueule de bois du lendemain. Ce qui nous ramène au miroir. Giles ?

— Tu veux savoir ce que j'ai vu…

— Moi, je suis passé près de la défaite. J'avais oublié ce que c'est que d'être un prédateur…

Par égard pour sa sensibilité, personne ne parlait jamais – ou presque – de la période où il avait été possédé par l'esprit d'une hyène. Seuls le destin et une intervention à point nommé l'avaient empêché de mordre le proviseur Flutie. Alex ne pouvait toujours pas sentir l'odeur du bacon sans s'étrangler en pensant au pauvre Herbert, le cochon mascotte de l'école, dévoré par les *possédés*.

— Tu as revécu l'expérience grâce au miroir.

— Comme si j'y étais…

Les bois se paraient des couleurs flamboyantes du crépuscule.

Giles regarda le paysage grandiose, perdu dans ses pensées.

— Tu as goûté à la liberté des êtres dominés par leurs instincts primaires, donc affranchis des entraves de la culpabilité… Tu avais un pouvoir de vie et de mort… Un pouvoir que tu auras de nouveau, si tu acceptes de servir Tezcatlipoca.

— En gros, c'est ça… Mais une ablation du cœur, avec une mortalité de cent pour cent ne me paraissait pas être une bonne évolution de carrière… J'ai refusé.

— Comme moi.

Secouant la tête, Giles se massa les tempes.

— Laissez-moi deviner, fit Alex. L'université. La grande vie, tripatouiller dans les arts obscurs, invoquer des démons. Surtout Eyghon.

— En partie, mais ce n'est pas ainsi que Tezcatlipoca a choisi de me tenter. Il est plus insidieux. Il m'a proposé d'effacer mes souvenirs de Jenny. Pas de mémoire. Pas de culpabilité. Pas de chagrin…

— Mais si vous oubliez à quel point vous l'avez aimée…, coupa Oz. Ce serait comme si elle n'avait jamais existé.

— Exactement.

La détresse de l'Observateur lui serra la gorge ; ses yeux s'embuèrent de larmes.

— Oz, à toi.

— Pas grand-chose à raconter. Le loup-garou, dont je ne me souviens jamais ? Je me suis rappelé, et je n'ai pas aimé.

— J'imagine que nous sommes tous trop bons… Pour notre propre bien. C'est peut-être aujourd'hui que le mal gagnera.

— Non. Le bien l'emportera toujours, assura Giles. Tant qu'il sera prêt à tout sacrifier pour vaincre.

— C'est le « tout » qui me pose un problème, avoua Alex.

— A propos, voilà Willow, dit Cordélia.

Oz sautilla sur place ; Alex le força à se rasseoir. Ils perdraient un petit avantage s'ils étaient bâillonnés et ficelés.

Willow précédait Henry, le vieil homme à la truelle. Elle avait l'air plus abattue que si elle venait d'échouer à un contrôle de maths.

Willow s'assit et Henry repartit.

Alex fit une place à la jeune fille à côté d'Oz. Puisque Willow était de retour, elle avait dû refuser de rejoindre les adorateurs de Tezcatlipoca.

— Bienvenue dans le Groupe de Soutien des Victimes du Miroir Fumant.

— C'était terrible ? demanda Oz.

— Eh bien, pas vraiment. Si je ne maîtrise jamais à fond la sorcellerie, est-ce si grave ? Bien sûr que non… Et je survivrai si je ne suis pas prise à l'I.T.M., non ?

— La bonne question ne serait-elle pas de savoir si tu survivras… à demain matin ?

Cruel, se dit Alex, *mais pertinent*.

— Non. La vraie question est : survivrai-je *jusqu'à* demain matin ?

— Que veux-tu dire ? demanda Giles.

— C'est un problème collectif, ou juste pour toi ? ajouta Cordélia.

— Depuis que je me suis échappée la nuit dernière, je suis la… euh…

— Willow, crache le morceau ! pressa Cordy.

— Je dois passer la nuit avec Dem, avoua Willow.

— *Berk !* s'exclama Cordélia. Remarque, il n'est pas trop mal depuis qu'il a enlevé ses lunettes…

— Une minute ! dit Oz, se contrôlant avec un calme remarquable. « Passer la nuit » comme dans… « passer la *nuit* » ?

— Oui…

— Mais que sont devenus les bons vieux sacrifices de vierges ?

Alex plaisantait par réflexe d'autopréservation. Il ne supporterait pas que Dem Inglese – ou qui que ce soit d'autre – prenne Willow de force. Il l'aimait. En tant qu'amie… et d'une façon différente qu'il refusait désormais d'admettre.

Sauf dans des moments de faiblesse comme celui-là.

Trop fréquents…

Si nécessaire, il supporterait les tourments de l'Enfer jusqu'à la fin du monde pour préserver la dignité de Willow.

— C'était ma question suivante, murmura Oz.

— J'ai peur que cela ne corresponde à la tradition aztèque, dit Giles. Dem a été choisi comme *ixiptla* de Tezcatlipoca. C'est le plus grand honneur que la culture aztèque pouvait décerner à un jeune homme. Un *ixiptla* est l'incarnation du dieu, avec tout ce que cela implique de droits et de privilèges.

— Quel veinard, ce Dem !

— Pas tout à fait. Il y a plusieurs siècles, le représentant élu de Tezcatlipoca jouissait de ce rang pendant un an, avant d'être sacrifié. Dem a jusqu'à demain.

— Nous aussi, mais sans les avantages de Dem, souffla Alex. Désolé…

— Eh bien… (Giles posa une main sur le bras de Willow.) Dem ignore qu'il sera tué. Si tu peux l'en convaincre, le choc brisera l'emprise que Tezcatlipoca a sur lui. Alors, il n'y aura peut-être plus de… problème.

— J'essaierai, mais je préférerais mourir plutôt que… vous savez. De plus, Buffy est toujours là. Rien n'est perdu !

Alex se tourna vers la falaise. La tour du Roc du

Coyote s'assombrissait à mesure que le soleil déclinait. Buffy était sans doute dans les environs, attendant le crépuscule pour agir.

Trois lanternes s'allumèrent, marquant la position des gardes. Pas de problème.

Ils n'arrêteraient pas la Tueuse.

Buffy sortit d'une faille, au pied de la tour. L'ombre et la pierre se fondaient en une seule masse noire et informe. Après vingt minutes d'immobilité forcée, les muscles et les articulations de la jeune femme lui faisaient mal. Mais elle n'avait pas le temps de s'étirer. Les gardes qu'elle avait épiés étaient devenus plus vigilants avec la nuit.

Impatients, presque.

Carrie avait allumé une lanterne et s'était rapprochée de Rolf. Doug, un dentiste bedonnant entre deux âges, se tenait près de la lumière, carabine au creux du coude.

Buffy tira son sac de la crevasse. Elle avait failli être surprise par les gardes en découvrant les nouveaux cadavres ajoutés au charnier de Tezcatlipoca. Seule la lenteur des nouvelles recrues lui avait permis de se cacher dans la faille où elle était restée tapie depuis.

Avec pour toute vision les yeux morts de Coltrane, du docteur Baine et de trois autres personnes.

L'une d'elles devait être le détective, Dwayne Thomas.

Aucun n'était assez jeune pour être Juan Hernandez.

Depuis la tombée de la nuit, Carrie, Rolf et Doug avaient de nouveaux sujets d'inquiétude. Si Buffy avait bien suivi leur discussion, Tezcatlipoca s'était allié à Trick. Avant longtemps, les vampires du coin quitteraient leurs abris pour converger vers le site. Elle devait avoir une dizaine de minutes…

Ensuite, l'endroit serait envahi par des types affamés

aux crocs pointus. Ça lui suffisait pour redescendre, mais pas pour empêcher Tezcatlipoca de quitter le miroir. Avec un peu de chance, elle arriverait à temps pour sauver Giles et compagnie avant que les renforts ennemis n'arrivent.

Buffy se déplaça vers la pente ouest qui offrait une meilleure couverture, et un chemin plus facile que celui qu'elle avait emprunté pour monter.

Cinq précieuses minutes s'écoulèrent... Elle descendait avec toute la vitesse et la discrétion que ses talents de Tueuse lui permettaient. Elle était à moins de trente mètres des toilettes chimiques quand ses sens l'alertèrent.

Un premier vampire surgit des ténèbres. Buffy pivota pour lui flanquer un coup de pied, éliminant en même temps un autre vampire d'un coup de pieu. Deux nouveaux l'attaquèrent aussitôt. Un coup de genou bien placé découragea le premier. Le second plaqua ses mains sur les avant-bras de la jeune fille, qui se plia en deux, faisant basculer l'agresseur – une femme assez massive. Le pieu lui transperça la poitrine...

— C'est le moment ! cria une voix grave.

Buffy vit surgir une vingtaine de vampires de tous âges et des deux sexes.

M. Trick avança.

— Vous êtes dépassée par le nombre, n'est-ce pas, Tueuse ?

— J'aime ce genre de défi.

Trick soupira.

— Il reste beaucoup de vampires en plus de ceux-là, vous savez. Mais je suis disposé à me montrer raisonnable.

Buffy était douée, mais pas assez pour se débarrasser d'autant d'ennemis.

— Que proposez-vous ?

— Très simple. Vous vous rendez, et je vous garantis que vous vivrez jusqu'au matin. Enfin, presque…

— Et votre parole est censée avoir une valeur ?

Buffy n'avait jamais rencontré de vampire honorable, à part Angel, qui avait une âme… et qui n'était pas là.

Le seul aspect positif de la situation.

— Oui, croyez-moi. Après le nombre de cœurs que vous avez percés avec ce cure-dent mortel, je serai ravi de voir le vôtre disparaître avant l'aube.

Plusieurs vampires montrèrent leurs crocs.

Buffy lâcha son « cure-dent ».

— Consigné ?

Angel relut le mot de Buffy, puis froissa la feuille et la jeta dans le caniveau.

Il courut vers le Roc du Coyote.

CHAPITRE XIV

En entrant dans le camp, Buffy se demanda si elle avait bien fait de se rendre sans combattre. Mais elle avait gagné du temps. Elle pourrait même survivre…

Certes, rien n'était joué, avec un terrain infesté de vampires et tenu par des fanatiques, mais affronter des ennemis en surnombre faisait partie des obligations d'une Tueuse.

Des lanternes à pile et des torches à l'ancienne combinaient leurs lumières pour éclairer les fouilles. Tous les cinglés avaient échangé leurs vêtements contre des draps blancs décorés de plumes, de bijoux en or et de colifichets en tout genre.

Le vieil homme refusa de donner sa casquette de base-ball des Twins et sa truelle à une femme qui s'éloigna en vociférant de dépit.

Les visages et les regards respiraient la méchanceté. Une foule compacte aux intentions meurtrières.

L'assemblée s'écarta pour laisser passer Lucy. Son corps mince était enveloppé dans une robe blanche à l'ourlet brodé. Elle portait une coiffe de plumes ornée d'or et de pierres précieuses, et brandissait l'artefact au cadre d'or : le miroir d'obsidienne de Tezcatlipoca.

Buffy envisagea une attaque suicide pour s'emparer

de l'objet maléfique. Mais ce serait inutile si le jaguar l'avait déjà quitté.

Elle laissa son regard se poser là où Giles et ses amis étaient rassemblés, de l'autre côté du chantier. Alex soutenait un jeune homme aux cheveux bruns.

Sans doute Juan Hernandez.

Elle croisa le regard de Giles, échangeant avec lui un hochement de tête.

Pourvu qu'il ait un plan B.

M. Trick posa le sac de la Tueuse sur la table, puis salua Lucy.

— Grande Prêtresse, je vous ai apporté un cadeau, symbole de mon estime pour le Seigneur des Ténèbres Tezcatlipoca. Je suis certain que cela compensera l'incident d'hier.

Buffy frissonna devant le petit sourire de Lucy.

Le vampire s'écarta.

— L'*ixiptla* sera très satisfait, monsieur Trick. Très satisfait.

La jeune femme baissa la tête, imitée par tous les adeptes.

Buffy et les futurs sacrifiés regardèrent Dem approcher, Sienna, Chance, Bart et Kilya sur les talons. Tous étaient vêtus d'imitations d'habits aztèques, à l'exception du casque colonial de Cordélia qui coiffait maintenant Kilya.

Dem, dont le costume élaboré paraissait authentique, tenait un éventail de plumes d'une main, et quatre flèches de l'autre.

Aucune trace du garçon timide et maladroit que Buffy avait rencontré quelques jours plus tôt…

Il toisa la foule sans manifester de plaisir ou de surprise devant son adulation. Puis il adressa quelques mots à Lucy.

Le nouveau Dem jouait désormais de deux expressions : l'irritation ou l'indifférence.

Buffy se raidit quand il se tourna vers elle, la déshabillant du regard.

La Tueuse ressentit cela comme une violation de son être. Pourtant, elle ne se détourna pas. Mais elle éprouva un soulagement intense dès que Dem s'éloigna.

Les autres prirent des torches puis le suivirent.

M. Trick s'enfonça dans la nuit ; deux hommes armés de lances grossières firent sortir Buffy de la colonne.

Giles et les autres étaient sous bonne garde.

On fit signe à la Tueuse de se joindre à eux.

— Buffy ! (Willow la regarda avec de grands yeux désespérés.) Ils t'ont... capturée.

— Désolée. Trop de vampires...

— Ça alors ! fit Oz.

— Tu n'as peut-être pas remarqué, dit Alex, mais les conditions actuelles ne sont pas favorables à notre... hum... longévité.

— C'est vrai. Néanmoins, il nous reste quelques heures. Un nouveau plan, Giles ?

— J'espérais que tu en aurais un.

— On va mourir ! gémit Cordélia. Pourquoi vous ai-je laissé me convaincre de venir ?

— Parce que tu es faible et influençable ? suggéra Buffy avant qu'un garde ne la menace de sa lance.

— Silence !

La Tueuse se concentra sur les rocs et les racines qui rendaient la progression difficile. S'évader était hors de question. Assommer trois gardes et s'enfuir – surtout à la faveur de la nuit – était tout à fait possible. Mais il ne fallait pas oublier les vampires cachés partout...

Sans compter le miroir...

Les amis de Buffy n'avaient pas le choix : continuer, et espérer que le destin leur donnerait un coup de pouce.

La moue inquiète de Joyce se transforma en sourire radieux quand Richard Wilkens entra dans la galerie. Elle n'aimait pas beaucoup ce politicien onctueux, mais sa présence au vernissage de Juan Hernandez serait bonne pour les affaires et pour l'artiste. Les invités seraient impressionnés, et les activités publiques du maire faisaient toujours la une des journaux.

— Bonsoir, maire Wilkens. Très aimable à vous d'être venu.

— Je suis ravi, madame Summers. Je m'intéresse à la culture aztèque, et j'ai hâte de faire la connaissance de Juan Hernandez.

Joyce hocha la tête. Le sourire du maire la mettait mal à l'aise.

— L'artiste est là ? demanda Wilkens.

— Pas encore… Mais je suis certaine qu'il ne tardera pas. Pourquoi ne passeriez-vous pas au bar en l'attendant ?

— Très bonne idée.

Le sourire du maire s'élargit quand il repéra Lorne Michaels : la propriétaire de la première agence immobilière de Sunnydale.

Elle parlait avec le président de la First Street Bank et avec son épouse.

— Si vous voulez bien m'excuser…

— Je vous en prie.

Joyce se détendit puis fit de grands signes à Hazel, qui la rejoignit.

— Il a appelé ? demanda-t-elle.

— Non, répondit Hazel. Tu ne crois pas qu'il lui est arrivé malheur ?

— Non ! Il aura perdu la notion du temps, voilà tout.

Joyce n'était sûre de rien, mais elle ne voulait pas que la vieille dame commence à jaser.

— Pourrais-tu me remplacer quelques instants ? Je vais essayer de savoir ce qui le retient.

— Compte sur moi.

Dix minutes de conversation polie plus tard, Joyce atteignit son bureau. Prenant sa veste et son sac, elle sortit par la porte de derrière.

Le Roc du Coyote était à un quart d'heure en voiture, mais ce serait un très long quart d'heure. Il s'était écoulé trop de temps depuis que Buffy était partie à la recherche de Juan.

Un des deux, voire les deux, devait avoir des problèmes.

Alors que Lucy, Dem et les adeptes marchaient vers le Roc du Coyote, Buffy et ses amis furent arrêtés à la sortie du labyrinthe de rochers. Deux hommes et une femme, en plus de Carrie, de Ralph et de Doug, les surveillèrent. Juan était encore étourdi par les doses de poudre *yauhtli* qu'on lui avait fait inhaler. Il s'écroula.

Assis à côté de Willow sur un rocher plat, Oz l'enlaça.

Alex se massa la nuque, puis croisa les bras.

— Tu sais, Cordélia… on dit que l'adversité rapproche les gens.

— On a tort, répondit la jeune fille, se tournant vers un garde. Si je vous paie, vous accepterez de m'isoler ?

Lucy et Dem montèrent vers la tour, illuminée par les torches. Buffy se pencha vers Giles et murmura :

— Ils ne risquent pas d'avancer le programme, hein ?

— Non. Les sacrifices doivent être faits juste avant le lever du soleil.

— Alors que se passe-t-il ? Pourquoi amener tout le monde ici ?

La température baissait ; Buffy se frotta les bras, regrettant de ne pas avoir passé de blouson.

— Eh bien, je ne suis pas sûr, fit l'Observateur, mais il y a un petit problème… A propos de Willow…

La crosse d'une carabine le frappa soudain dans le dos. Giles tomba, entraînant Buffy avec lui.

— Taisez-vous ! cracha Doug. La cérémonie va commencer.

Buffy se dégagea et se tut jusqu'à ce que Doug remonte sur son rocher.

— Ça va ? demanda-t-elle à Giles.

— Oui, je crois… (Buffy l'aida à se relever.) Si on se taisait ?

— Bonne idée.

La nuit elle-même semblait impatiente. Dem et Lucy parvinrent à un surplomb et se tournèrent vers la foule.

Lucy leva le miroir ; une fumée bleu-gris s'en éleva.

Buffy eut des regrets en comprenant que Tezcatlipoca allait quitter le miroir maintenant. Elle aurait dû prendre le risque d'une action désespérée…

Elle se rapprocha de Giles quand le sol commença à trembler. Oz et Willow se levèrent. Alex remit Juan debout et tira Cordélia près de lui.

— C'est le tremblement de terre annoncé ? demanda Willow.

— Celui qui est censé détruire le cinquième soleil ? ajouta Alex.

Buffy leva les yeux vers Doug. Il était trop terrifié ou captivé par le spectacle pour se soucier des prisonniers.

Juan cligna des yeux et sortit de son hébétude.

— *¡ Que Dios nos ayude a todos !*

Giles secoua la tête

— Ce n'est pas un tremblement de terre.

— Ça y ressemble furieusement ! grommela Alex, battant des bras pour garder l'équilibre.

En contrebas, la fumée s'enroula autour des rocs. Lucy et Dem restèrent sur leur plate-forme précaire, pas plus inquiets que ça à l'idée d'être enterrés vivants sous des tonnes de gravats.

La foule se massait toujours à leurs pieds.

Buffy respirait avec peine... La température était montée d'une vingtaine de degrés. La nuit scintilla ; la pierre se transforma en argile, comme sous les mains d'un sculpteur invisible.

Les rochers devinrent des murs d'adobe grossiers, piégeant les prisonniers...

Buffy se précipita à une fenêtre quand un toit de paille se forma au-dessus de leurs têtes.

— Y a-t-il une explication logique à tout ça ? demanda Alex, évitant de peu la flamme d'une torche murale qui venait de s'allumer.

Giles se déplaça vers la porte.

— Je crois que nous assistons à la renaissance du Templo Mayor : le centre de l'ancienne capitale aztèque.

Cordélia considéra leur prison d'un œil morne.

— Ce démon a un de ces mauvais goûts...

Juan avança vers une autre fenêtre et inspira profondément.

— Incroyable !

Le Roc du Coyote avait été absorbé par une énorme pyramide à étages, sa base étant de la taille d'un terrain de football. Dem et Lucy ne furent pas inquiets quand le promontoire où ils se tenaient s'éleva dans les airs et s'élargit pour former une plate-forme.

Deux structures trapézoïdales montées sur des colonnes de pierre se matérialisèrent derrière eux. Deux longues volées de marches, séparées par un méridien de pierre et incrustées de mosaïques, apparurent aux pieds du couple. Deux paliers, avec des escaliers plus courts, se détachèrent à la base de la pyramide. Des sculptures représentant des grenouilles et des serpents peints en vert ou en orange décoraient les marches. Cinq piquets couronnés de têtes se dressaient sur un côté. Les torches éclairaient le temple et ses abords.

Le grondement mourut.

Devant le temple surgi du néant, la foule cria de joie. Les draps avaient disparu, remplacés par d'authentiques capes aztèques, des tuniques, des pantalons et des sandales typiques de l'artisanat de l'époque. Surprise, Buffy constata que Kilya portait toujours le casque colonial de Cordélia… De grandes tables en bois chargées de fruits, de pain de maïs et de viandes rôties s'alignaient à l'est de la cour.

— On a toujours nos jeans, remarqua Willow. Pourquoi nos vêtements n'ont-ils pas changé ?

— Ne rouspète *jamais* quand tu as de la chance, Willow, souffla Cordélia. Quitte à mourir, je préfère crever avec élégance.

— C'est mieux vu que tu ne le crois, Cordélia, dit Giles. N'étant pas convertis à Tezcatlipoca, nous ne sommes pas dignes de la reconnaissance aztèque. Sans oublier notre mort prochaine…

— Il se passe autre chose, annonça Juan.

Vaguement consciente qu'Alex se serrait contre elle, Buffy se concentra sur le temple. La fumée maléfique, au sommet de la structure, se condensa pour former la silhouette musculeuse du jaguar.

Ce n'était pas l'immense pouvoir de Tezcatlipoca qui angoissait la Tueuse…

Elle regarda Dem prendre la place d'honneur sous le perchoir du fauve.

Lucy commença à descendre…

… L'escalier où Angel se tenait, dans son rêve, juste avant de disparaître.

Angel sortit de la forêt au moment où un temple aztèque apparaissait sur la colline. Le terrain environnant le site était infesté de vampires. Mais aucun ne remarquait sa présence, car ils étaient captivés par la dernière attraction proposée par la Bouche de l'Enfer. Il en dénombra six ou sept dans son voisinage immédiat. Un seul se tenait entre le Roc du Coyote et lui.

Ou plutôt, ce qui était le Roc du Coyote quelques minutes plus tôt.

Angel se déplaçait vite et en silence, une branche morte à la main. Le vampire qui lui barrait la route ne reçut aucun avertissement. Angel l'attrapa par l'épaule et lui enfonça le morceau de bois dans la poitrine.

Il repartit avant que les cendres ne retombent, déterminé à trouver Buffy.

— *Quoi ?* cria la Tueuse, incrédule. Ce… cette racaille arrogante a choisi Willow pour être sa… sa… !

— … conquête d'un soir ? proposa Willow en haussant les épaules. De toute façon, il ne se passera rien… parce que… je ne peux pas, voilà ! Je me jetterai du haut du temple.

— Tu n'en auras pas l'occasion, dit Lucy, surgissant sur le seuil de la prison.

Willow se retourna face à l'index pointé de l'archéologue.

— Celle-ci.

Willow eut l'impression que l'angoisse allait lui valoir une crise cardiaque, la sauvant ainsi d'un plongeon fatal...

Les choses n'en étant pas encore à ce stade, elle se recroquevilla quand six gardes apparurent.

— Attendez, je ne suis pas prête ! Bon, d'accord, je ne le serai jamais, mais... On ne pourrait pas en parler ?

— J'en ai assez de parler ! cria Lucy.

Oz s'empara d'une torche et voulut brûler le garde qui tenait Willow. Repoussé par plusieurs lances, il fut vite désarmé.

Trois autres gardes forcèrent Alex, Juan et Giles à reculer contre un mur.

— Et celle-là, ajouta Lucy.

Cordélia soupira de soulagement quand la Grande Prêtresse désigna Buffy. Willow retrouva l'espoir en voyant sourire son amie.

Le sourire qu'elle avait quand elle était *très* en colère.

Le pseudo-guerrier aztèque ne se doutait pas que Buffy n'était pas une adolescente tout juste bonne à couiner et à s'évanouir...

L'homme tendit la main vers la Tueuse.

— Je ne suis pas prête non plus.

Buffy l'expédia au tapis d'un crochet au menton.

— Imbécile ! cracha Lucy.

Willow vit la poudre *yauhtli* dans la paume de la jeune femme et réalisa que Buffy attendait que son adversaire se relève.

— Buffy, derrière toi !

La Tueuse se retourna pour frapper...

— Non ! Ne regarde pas !

Buffy plongea sous le nuage de poudre que Lucy lui

jetait au visage, mais elle n'évita pas tout. Elle vacilla en inhalant la drogue.

Lucy la tira par les cheveux et la fit sortir de force.

Willow aussi voulut se battre quand le garde l'entraîna, mais changea d'avis. Un coup de coude dans les côtes ou au menton ne servirait qu'à énerver le type. De plus, Buffy était groggy…

Willow pouvait peut-être gagner du temps. Ce n'était pas une idée de génie, mais c'était mieux que rien.

Quand le garde la fit sortir, elle regarda derrière elle et secoua la tête pour empêcher Oz de faire une bêtise.

— Willow ! lança Buffy en se débattant mollement. Quand refera-t-on une virée au centre commercial ?

— Ecoute-moi !

Ils étaient à mi-chemin de la cour, Lucy en tête, suivis par trois gardes. La place grouillait d'adeptes.

Si Buffy et elle couraient le risque maintenant, elles pourraient se perdre dans la foule.

Peut-être.

L'escalier atteint, leurs chances d'évasion seraient réduites à néant.

— On n'est pas dans le centre, on est…

— Faim !

Buffy dériva vers la nourriture disposée sur les tables.

Un garde lui fit réintégrer la file.

Bon, songea Willow. *Nos chances d'évasion sont* déjà *nulles*.

Plus elle y pensait, plus elle se disait que Dem, l'ancien raté qui n'avait sans doute jamais approché une fille, ne raterait pas une occasion de… lui sauter dessus. Pour être franche, elle n'avait pas très envie de se précipiter du haut d'une pyramide.

Mais aux grands maux les grands remèdes…

— Buffy ?

Quand son amie se retourna, Willow la gifla. Le regard de la Tueuse s'éclaira, de surprise ou de colère, mais elle n'eut pas d'autre réaction.

Une main se referma sur le poignet de Willow, le ramenant dans son dos.

Le garde resserra sa prise, puis lâcha la jeune fille pour la pousser vers les premières marches. Buffy était juste derrière ; elle détourna les yeux quand Willow la regarda.

Tétanisée, celle-ci compta les marches de l'escalier pour s'empêcher de craquer. Buffy hors service… Lucy au plus haut de la ferveur païenne. Dem se prenant pour un dieu.

La raison n'avait aucune prise sur les êtres irrationnels poussés par le fanatisme… et leurs hormones.

Cinquante marches.

Willow inhala la fumée d'un brasero et éternua. Lucy s'agenouilla devant Dem.

Un garde enfonça sa lance dans les reins de Willow.

— A genoux !

A la limite de la crise d'asthme, la jeune fille prit une grande inspiration et obéit. Avant de pencher la tête pour éviter que le garde ne la frappe, elle vit que le regard de Dem n'avait pas quitté Buffy…

… Qui s'agenouilla avec un grand sourire et regarda une torche.

Quand le jaguar noir grogna, elle leva les yeux.

— Oh ! Le gros chaton !

Dem sourit.

Willow avait plutôt envie de pleurer.

CHAPITRE XV

Angel restait caché dans l'ombre, loin du chantier et de son cercle de lanternes. Il s'était détourné du chemin en voyant une voiture familière se garer sur le parking. Mais il était arrivé trop tard pour avertir la mère de Buffy.

Elle était sous le choc.

Primo parce qu'elle voyait surgir un temple aztèque grandeur nature dans le paysage californien, et *secundo* parce qu'une vampire la traînait devant M. Trick.

— Dites-moi, ne serait-ce pas la mère de la Tueuse ? Mon nouvel associé sera ravi.

Joyce tenta de se dégager. En vain.

Jusqu'à ce que Trick hoche la tête… Alors la vampire lâcha la prisonnière.

Joyce lissa le bas de sa robe noire et leva le menton.

— Où est ma fille ?

— Je vais vous conduire à elle…

Angel suivit le petit groupe à bonne distance. Joyce trébuchait souvent avec ses talons aiguilles, mais elle ne risquait pas de se faire dévorer, et le doucereux M. Trick lui épargnait l'effort de retrouver Buffy par ses propres moyens.

Angel n'eut aucune difficulté à les pister jusqu'à ce

qu'ils atteignent le complexe aztèque. A la différence du temple et de la place, les bâtiments périphériques avaient été partiellement restaurés. Des fantômes de guerriers et de paysans aztèques déambulaient dans les ruines, fêtant leur vengeance prochaine. Ils étaient inoffensifs. Mais d'autres spectres, plus maléfiques, rôdaient aussi.

Irrités de sentir l'âme d'Angel, des démons hurlaient et griffaient ses vêtements. Sans être très gênants, ils lui coûtèrent tout de même de précieuses secondes. Des ombres dansèrent sous ses yeux… Il perdit Joyce et Trick de vue.

Désorienté par les créatures vindicatives, Angel accéléra le pas et ne sentit pas l'autre vampire avant qu'il lui saute dessus et le plaque au sol.

Angel tâtonna à la recherche de la branche effilée, dans sa poche. Des crocs lui frôlèrent la joue ; une griffe se planta dans son oreille. Plus enragé par le contretemps que par la douleur, il repoussa le vampire et le frappa avec son pieu improvisé.

Le vaincu se désintégra.

Repérant la mère de Buffy et Trick, Angel s'empressa de les rattraper. Il les suivit jusqu'à une hutte au toit de paille.

Il attendit sous un portail de pierre que Trick en ressorte.

Souriant, le vampire noir traversa la place jusqu'au versant ouest.

Seul.

Le mur était presque aveugle ; la fente verticale, au centre, était trop étroite pour qu'un enfant puisse s'y glisser.

Quatre gardes surveillaient là hutte.

Aucun ne s'occupait du mur de derrière.

Aussi discret que les fantômes qui flottaient autour de lui, Angel se faufila jusqu'à la « fenêtre ».

Giles réconfortait Joyce. Cordélia sommeillait à côté d'un jeune homme inconnu. Oz arpentait la pièce…

Buffy et Willow n'étaient pas là.

— Giles ! appela Angel.

— Angel ? (Lâchant Joyce, l'Observateur approcha de la fenêtre.) Que fais-tu là ? Content de te voir, mais… Et le mot de Buffy ?

— Quel mot ? demanda Joyce. Et où est ma fille ?

— Moins fort, Joyce. S'il te plaît.

— J'ai eu le message…, répondit Angel. Où est-elle ?

— Ils l'ont emmenée dans le temple, avec Willow, il y a quelques minutes.

Angel tourna les talons.

— Attends ! Leur cœur et leur tête ne sont pas menacés ce soir, et il y a…

— Alors pourquoi sont-elles là-bas ?

— Disons que Dem, lui, ne perdra pas son âme à cause de ça…

La réponse d'Alex était censée épargner la mère de Buffy.

Raté !

— Ça veut dire quoi, ça ? s'écria Joyce. Angel a perdu son âme quand Buffy et lui…

Horrifiée, elle plaqua une main sur sa bouche, et regarda Angel, Alex et Giles.

Le vampire se tourna vers l'Observateur avant que des millénaires d'ire maternelle ne lui fondent dessus.

— Personne ne prendra Buffy contre sa volonté.

— D'ordinaire, c'est vrai. Mais elle est… droguée.

— Quoi ? cria Joyce. Etre en danger de mort sept

jours sur sept ne suffit plus ? Maintenant, c'est aussi le sexe et la drogue ?

— Joyce, crois-moi, je..., bafouilla Giles, cherchant en vain des paroles rassurantes.

— Je ne la laisserai plus jamais sortir avec l'école !

— On pourrait peut-être en discuter plus tard, Joyce ? Il faut que je parle à Angel avant qu'il ne se précipite au secours de Buffy et de Willow !

Oz craqua et entreprit de boxer le mur.

— Je vous dérange ? lâcha Cordélia. Puisque personne ne fait quoi que ce soit pour nous sortir de là, j'aimerais bien dormir.

— C'est vrai. Il serait dommage d'avoir des cernes alors qu'on va t'arracher le cœur ! railla Alex.

A bout de patience, Angel retourna dans les ténèbres.

Les appels de Giles ne le firent pas revenir. Ce que l'Observateur avait à lui dire attendrait qu'il ait sauvé les jeunes filles.

Angel sentit le jaguar avant de le voir. Il se figea. Le fauve était plus fort et il ne pouvait pas se permettre une blessure. Mais le jaguar ne semblait pas distinguer son odeur de celle des morts-vivants alentour.

Angel regarda le temple. Deux gardes, l'un grand et mince, l'autre plus petit et massif, escortaient Buffy et Willow vers une chambre carrée, au sommet de la pyramide.

Trois hommes armés de lances se jetèrent sur Angel, qui put enfin laisser libre cours à sa rage.

D'un revers de main, il les fit tomber comme des quilles.

Il n'y avait aucun vampire sur la place. Les humains et les fantômes se dispersèrent quand Angel chargea. Attirés par sa fureur, les habitants des limbes l'entourèrent quand il posa un pied sur la première marche. Il les dispersa et gravit les marches quatre à quatre.

Lucy appela des renforts, puis comprit qu'ils n'arriveraient jamais à temps. Elle ordonna au dernier garde de retenir le vampire coûte que coûte.

L'homme lâcha sa lance et s'enfuit à toutes jambes.

Alors Lucy recula lentement.

Angel étouffa en lui la terrible soif du vampire. La femme qui se cachait entre ces murs serait une proie facile…

… Pour quelqu'un d'autre !

Il s'arrêta en la voyant se camper entre deux colonnes.

— Va-t'en ! cria Lucy.

— Pas sans les filles !

— Elles appartiennent à la nuit, à présent.

— Je n'ai pas le temps de discuter !

Angel fit un pas à droite. La femme l'imita.

Puis elle brandit un miroir noir encadré d'or.

— Personne ne trahit Tezcatlipoca !

Angel reconnut l'artefact d'après la description de Buffy. Le miroir qu'elle cherchait quand les vampires l'avaient attaquée avec Cordélia…

La source du pouvoir qui les menaçait tous.

Angel leva le poing pour le briser… Mais il vacilla quand une fumée noire s'éleva.

— Contemple ton destin, vampire ! cria la femme en braquant le miroir sur Angel.

Qui vit simplement de la fumée sur du verre noir.

Il n'avait pas de reflet !

Buffy s'appuya à un mur pendant que Dem inspectait les appartements.

— Que t'arrive-t-il, Dem ? lança Willow. Ce n'est

pas ce que tu crois… Tu te dis peut-être que tu as gagné, et que tu dirigeras le monde, mais…

— J'ai vraiment gagné.

Dem regarda un lit couvert de fourrures et de robes. Il retira sa coiffe de plumes et la posa sur une table.

— Je suis l'*ixiptla* de Tezcatlipoca. Je peux *avoir* tout ce que je veux.

— Ce soir, peut-être, mais demain…

— Demain, tu périras.

— Ah oui ? On t'enterrera avec nous ! Je ne plaisante pas… Tu n'as pas droit à un repas gratuit. Ni à une orgie. Et de toute façon, on ne veut pas de toi…

— Tais-toi, femme ! ordonna Dem.

— D'accord, mais ça ne changera rien. Ils te tueront aussi. C'est le destin d'un *ixiptla*. On le sacrifie comme les autres… Sauf qu'il est mieux traité au début. Et qu'on ne jette pas son corps… Mais tu auras quand même la tête plantée au bout d'un piquet.

Willow se tut quand Dem approcha, menaçant.

— Silence !

Il la fixa un long moment.

Willow regarda les gardes, puis hocha la tête.

Satisfait, Dem avança vers Buffy, qui sourit d'un air absent quand il lui caressa les cheveux et lui prit la main.

— Viens, Buffy.

— Désolée, Dem, répondit la Tueuse. J'ai d'autres projets !

Elle saisit l'avant-bras du jeune homme et le fit basculer sur le dos.

— Buffy ! Tu es de retour parmi nous ! s'écria Willow.

— Je ne suis jamais partie.

Elle se campa face aux gardes. Le plus grand chargea. Buffy lui arracha sa lance et l'assomma.

Le second, plus prudent, tourna autour de sa proie.

— Tu veux dire que tu faisais semblant ? demanda Willow.

— A peu près…

Buffy évita l'attaque et frappa l'homme, qui perdit l'équilibre.

— J'étais étourdie au début, mais c'est passé.

Willow hocha la tête.

— J'aurais dû m'en douter. Un peu de poudre rigolote ne peut pas te mettre longtemps dans le cirage.

— Non, mais elle m'a fichu mal à la tête.

Buffy bondit sur le dernier garde.

Dem se poussa prudemment.

Prenant une pomme dans un saladier de fruits, Willow approcha du jeune homme et lui glissa à l'oreille :

— Ne tente rien, Dem, ou je t'enfonce ça dans la gorge.

Le premier garde reprit conscience et saisit la cheville de Willow. Elle tomba lourdement.

Buffy passa aux choses sérieuses. Elle flanqua un coup de pied à l'estomac de son adversaire, puis lui décocha un direct au menton, le mettant à genoux. Utilisant la lance pour sauter par-dessus Dem, elle s'abattit sur le premier garde qui lâcha son amie en piaillant.

— Fichons le camp !

Buffy aida Willow à se relever…

… à l'instant où Lucy entrait…

— Ton visage ? Que s'est-il passé ?

Un hématome violacé marbrait la joue de la jeune femme, et ses yeux exprimaient un mépris courroucé. Ses poings serraient les replis de sa robe.

— Dégage, Lucy !

Buffy approcha prudemment, au cas où d'autres gardes auraient attendu dans l'antichambre.

Personne.

Lucy tira le miroir des plis de son vêtement pour le brandir devant les yeux de la Tueuse.

Un regard suffit à la perdre.

Une force invisible balaya les boucliers qui protégeaient ses secrets et ses peurs. Elle se retrouva face à sa nature violente et à la haine infinie de ses ennemis.

Buffy cessa d'exister hors d'une nuit éternelle infestée de vampires et de démons. Des crocs et des serres lacéraient sa chair, picoraient ses os et dévoraient son âme. Le sang coulait, océan rouge qui l'attirait à sa perte…

Angel s'arrêta dans le couloir et ferma les yeux. La Grande Prêtresse avait protégé le miroir, encaissant sans broncher un coup de poing au visage. Furieux de n'avoir pas réussi à briser l'artefact, et impatient de retrouver Buffy, il s'était perdu dans un dédale complexe de couloirs et de chambres.

La colère et la frustration compliquaient la lutte contre son démon intérieur. Mais la détermination qui le poussait à sauver Buffy avait prévalu.

Il attendit, écouta, puis se déplaça vers le haut.

Vers les seuls échos qui se répercutaient le long de ces couloirs vides.

Il découvrit Buffy dans une grande salle, près du sommet de la pyramide. Elle était paralysée par le miroir de la Grande Prêtresse. Willow était acculée dans un coin par deux gardes.

Un garçon vêtu des atours les plus fins de l'aristocratie aztèque mangeait une pomme en dévorant Buffy des yeux.

La femme cria quand Angel l'attrapa et la secoua comme un tas de linge sale. Elle protégea le miroir dans sa chute.

Prise au piège de son propre esprit et des manipulations de Tezcatlipoca, Buffy ne broncha pas.

— Angel ! cria Willow.

Un bruit de bottes étouffa dans l'œuf ses espoirs. D'autres gardes montaient les marches…

Une volute de fumée montait aussi de sous la robe de la prêtresse.

Une minute de plus, et Angel serait piégé entre les pseudo-guerriers aztèques et le jaguar.

Il se jeta sur Buffy, ignorant le cri de Willow.

Willow regarda la porte. Angel était entré et ressorti si vite que seule l'absence de Buffy lui prouvait qu'elle n'avait pas rêvé.

Buffy était partie et pas elle !

Elle sursauta quand Dem lança rageusement une autre pomme contre un mur.

L'*ixiptla* se tourna vers les gardes.

— Et vous restez plantés là ? Poursuivez-les !

Les hommes hésitèrent.

La fumée prit la forme d'un jaguar.

Dem cessa de crier lorsque Tezcatlipoca rugit, fou de colère d'avoir perdu son principal trophée.

Willow regarda Lucy ramper devant le fauve qui, d'un coup de patte, lui balafra la joue.

Quand le jaguar s'enfonça dans la nuit, dispersant les gardes, Lucy se releva.

Elle tenait le miroir intact contre sa poitrine.

— Je veux retrouver Buffy ! cria Dem. Qu'on fouille ce temple !

Lucy désigna deux gardes pour surveiller la salle. Le reste s'élança sur les traces des fugitifs.

Willow n'était pas ravie qu'Angel l'ait abandonnée, mais Buffy était plus importante.

Personne d'autre ne pourrait arrêter le massacre.

Couverte de sang, Lucy toisa Dem avec un subtil dédain. Le jeune homme fulminait. Persuadé d'être au sommet de la hiérarchie, et sûr que sa parole faisait loi, il ne réalisait pas à quel point la prêtresse serait heureuse de se débarrasser de lui.

Pour l'instant, elle gardait une façade de respect et de soumission.

— Y a-t-il autre chose… ?

— Non ! Je veux être seul.

Lucy s'inclina et se retira. Willow saisit sa chance : elle se dirigea d'un pas léger vers la porte.

Dem la retint.

— Où crois-tu aller ?

— Dehors. Si tu veux être seul, ça me va. Je… trouverai la sortie. Pas de problème.

Willow tenta de contourner le jeune homme.

Celui-ci la prit dans ses bras et voulut l'embrasser.

Willow passa en mode « ça-va-faire-mal ». Son genou monta tout seul à la rencontre de l'entrejambe du garçon.

Il la lâcha et se plia en deux avec un gémissement piteux.

La fuite de Willow fut arrêtée par un garde resté en faction devant la porte.

— Il est… *malade*… d'avoir perdu Buffy… Vous devriez peut-être appeler police secours. Ou l'homme-médecine. Enfin, le type des urgences.

Dem se redressa et rassembla les vestiges de sa dignité.

— Ramenez-la en prison.

Willow réprima un sourire. Au moins, elle n'aurait pas été forcée de le déniaiser.

C'était déjà ça.

— Demain, ajouta Dem à son intention, tu seras la première.

Buffy se débattait pour échapper aux énormes tentacules qui menaçaient de l'étouffer et aux filaments de la rivière de sang. Entraînée dans des cavernes plus horribles les unes que les autres, elle évita de justesse de se faire écraser sous des rochers, ou embrocher par des stalactites dégoulinant de flammes verdâtres.

Elle se débattait, ne parvenant pas à se dégager.

Un cri de terreur mourut dans sa gorge quand la *chose* plaqua une main glacée sur sa bouche.

— Buffy !

Le monstre la gifla.

— Buffy !

Angel !

Elle se calma, puis se laissa aller dans ses bras.

La rivière rouge et les stalactites en feu s'estompèrent, remplacées par une caverne et une torche.

— Où… ?

— La base de la pyramide. A l'abri. Pour l'instant.

Il la serra dans ses bras.

La force de son étreinte rassura Buffy et la remplit d'une mélancolie à laquelle elle n'échapperait jamais. Débarrassée des derniers effets du miroir de Tezcatlipoca, elle reprit pied dans une réalité tout aussi bizarre.

Temple aztèque…

Jaguar noir…

Lucy et Dem…

Buffy regarda la salle où ils étaient.

Seuls.

— Où est Willow ?

Angel baissa les yeux.

— Je n'avais pas le temps… Tu ne peux pas y retourner !

— Il le faut !

— Non. Tu n'arrêteras pas Tezcatlipoca si tu es prisonnière ou morte.

— Mais…

Buffy soupira, résignée. Angel avait raison. Trop de vies dépendaient de leur liberté de mouvement.

Willow était seule face à son destin.

— Il faudra rester là cette nuit. Le plus près possible du sommet.

— Pour la nuit ? répéta Angel, partagé entre le doute et la joie. Pourquoi ?

Buffy le renseigna sur ce qu'ils devraient faire pour vaincre Tezcatlipoca.

— Mais il doit être dans le miroir *avant* qu'il ne soit brisé, ou nous ne le retrouverons jamais.

— *Avant ?* J'imagine que c'était ce que Giles voulait me dire.

— Tu n'as pas… ?

— Cassé le miroir ? Non. J'ai failli.

— Il y a un autre problème dans notre plan B. (Buffy hésita.) Si… *Quand* nous arrêterons les sacrifices, Tezcatlipoca sera trop faible pour empêcher le soleil de se lever, et il devra retourner dans le miroir. Donc… nous ne pouvons rien tenter avant l'aube.

Angel sourit et caressa les cheveux de la Tueuse.

— Tu t'inquiètes à cause du rêve.

— Angel, si le soleil te…

Buffy frissonna quand l'index glacé du vampire se posa sur ses lèvres.

— Je préfère ne plus exister plutôt que vivre dans un monde démoniaque où tu ne serais pas. Fin de la discussion.

Buffy ne répondit rien. Elle le suivit au travers des passages tortueux, sa tristesse augmentant à mesure qu'ils montaient.

Elle avait essayé de protéger Angel et elle avait échoué.

Ce qu'elle voyait en rêve était inéluctable.

CHAPITRE XVI

Giles se réveilla à l'instant où des types entraient dans la hutte. Il avait mal dormi, assis contre un mur, la tête de Joyce sur les genoux.

— Tout le monde debout !

Un type barbu entre deux âges flanqua un coup de pied à Oz, qui se retourna en grognant. Willow le secoua jusqu'à ce qu'il ouvre les yeux.

— Je suis déjà debout ! cria Alex en se relevant, les yeux écarquillés.

— Que se passe-t-il ? demanda Joyce.

— On vient nous chercher.

Giles lui avait tout expliqué la veille, se confondant en excuses. Même si on ne pouvait pas le tenir pour responsable des agissements de Tezcatlipoca, il était coupable d'avoir mal jugé la situation, et d'avoir entraîné tout le monde dans un piège.

Quant à Joyce Summers et à son nouveau génie, ils n'étaient pas mieux lotis…

— Buffy ? demanda Joyce en se frottant les yeux.

Giles secoua la tête.

Quand Willow leur avait dit qu'Angel avait sauvé Buffy, il avait cru que leurs deux amis tenteraient quelque chose.

Une erreur…

— Angel et elle peuvent être n'importe où, à guetter l'instant propice pour agir, n'est-ce pas ?

— Tout à fait.

Giles espérait que c'était le cas. Mais on avait peut-être emprisonné les deux jeunes gens dans le temple.

Ou on les avait tués, pour s'assurer qu'ils ne gêneraient plus personne…

— Dépêchez-vous ! cria le barbu en secouant Cordélia.

Juan bondit pour la défendre ; un garde le frappa au visage.

— Eh !

Cordélia se leva et s'épousseta avant de s'assurer que son nouveau champion n'avait rien. L'artiste satisfaisait aux critères romantiques qu'elle avait adoptés depuis sa rupture avec Alex. Il était beau, adulte, disponible… et attiré par elle.

Giles aida Joyce à se lever.

— La coopération est impérative, pour l'instant.

— Je n'ai aucune intention de…

— Joyce ! Nous ne pourrons pas intervenir au bon moment si nous sommes drogués, assommés ou attachés !

— Tu sais, je trouve très agaçant que tu aies toujours raison.

Avec un pauvre sourire, elle mit ses chaussures et sortit.

Les yeux de Giles s'adaptèrent vite à la lumière des torches.

Dans la cour, les festivités en l'honneur de Tezcatlipoca battaient leur plein. Les humains formaient un long couloir vivant menant à la pyramide. La vision périphérique de Giles était sollicitée par des silhouettes noires, fantômes éthérés ou créatures entre deux mondes.

M. Trick et une horde de vampires affamés se tenaient au bord de la place.

Au sommet du temple, Dem trônait, éventail et flèches en main. Lucy était face à l'est, le couteau d'obsidienne brandi face au soleil levant.

Quatre hommes se tenaient derrière l'autel. Le miroir noir était posé à côté de la Grande Prêtresse, le jaguar allongé sur son perchoir, au-dessus.

Le silence tomba quand les gardes forcèrent les futures victimes à s'arrêter près des têtes tranchées de leurs prédécesseurs. Une douzaine de piquets avaient été ajoutés.

Joyce découvrit l'odieuse mise en scène avec un soulagement paradoxal.

La tête de Buffy n'était pas du nombre.

Alex enfonça les mains dans ses poches.

L'armée et les adeptes les entouraient.

— On fait ça comment ? On tire un numéro ?

Oz serra son amie contre lui.

— Dem a dit à Willow qu'elle serait la première. Je vais le forcer à me prendre d'abord ! Je ne sais pas encore comment, mais…

— Très bien, je déteste passer devant tout le monde, commenta Cordélia.

— Oz, ça ne sert à rien ! protesta Willow. Que j'y aille en premier, en deuxième ou en troisième… Je ne veux pas mourir et… Je ne *vais pas* mourir. Parce que j'ai foi en Buffy…

Des cris terrifiés attirèrent l'attention générale sur Sienna, Chance, Bart et Kilya, qui furent poussés à leurs côtés.

— Bienvenue au menu du jour ! railla Alex. A présent, Tezcatlipoca a le choix entre la colonne A et B. Ceux qui ont mangé le repas du condamné, et les autres.

Chance tentait de calmer Sienna, hystérique.

Bart sanglotait.

Un refus obstiné de comprendre protégeait temporairement Kilya.

— Eh ! C'est quoi, ça ? On est avec toi ! cria Kilya à Lucy quand Cordélia lui tapa sur l'épaule.

— Je le reprends…

La jeune fille récupéra son casque colonial avant de se tourner vers Juan.

Surprise, Kilya ne réagit pas.

Quatre gardes se saisirent de Willow.

— Oz, non !

La jeune fille tenta de résister en traînant les pieds.

Oz se débattit comme un beau diable. En pure perte…

Trois gaillards le frappèrent jusqu'à ce qu'il se tienne tranquille.

Alex, Cordélia, Joyce et Juan éloignèrent leur ami de la foule. Il tenait à peine sur ses jambes… Ses yeux apeurés croisèrent ceux de Willow.

Giles bondit vers elle, un acte de bravoure qui lui valut un coup de lance à la cuisse.

Quand le bibliothécaire tomba, Willow cessa toute résistance.

Si elle avait appris une chose dans sa vie, c'était celle-là : mieux vaut mourir debout qu'à genoux.

La foule commença à chanter.

— Tezcatlipoca, maître des profondeurs, seigneur des ombres, pitié pour tes humbles fidèles !

Willow gravit les marches la tête haute.

Elle pouvait toujours se jeter du haut de la pyramide. Mais la perspective d'être réduite en bouillie…

Rendre les choses le moins pénible possible pour ceux qui tenaient à elle, voilà tout ce qu'elle pouvait encore espérer…

A mesure qu'elle montait l'escalier – sans le moindre signe qu'Angel et Buffy étaient là, prêts à intervenir –, son angoisse augmentait.

Bien sûr, ils n'allaient pas gâcher la fête en placardant des avertissements… Du genre : « *Eh, les méchants ! On est là ! On va sauver nos amis !* »

Bien sûr que non !

Willow garda cela à l'esprit en arrivant devant l'autel. Sa confiance chancela sous le regard méprisant de Dem.

Quand deux acolytes lui attrapèrent les poignets et l'allongèrent sur la grande pierre, elle se dit que ce n'était pas encore la fin.

Lucy leva le poignard…

… A l'instant où Angel et Buffy surgissaient…

Mais sous l'emprise de la poudre *yauhtli*, Willow ne s'inquiétait plus de rien.

L'euphorie de Dem fondit comme neige au soleil. Il maudit les groupes de recherche qui n'avaient pas réussi à retrouver les deux fuyards.

Angel bouscula un garde. Sans s'émouvoir, Dem regarda l'homme dévaler les marches de la pyramide.

Le deuxième garde renversa un brasero fumant avant de s'enfuir.

Cet incompétent méritait de se faire rattraper par le vampire qui le poursuivait.

La colère de Dem s'évanouit quand Buffy assomma les deux acolytes. Loin de s'enfuir, comme il l'avait supposé, elle était revenue dans le domaine du seigneur de l'ombre.

Son affront à Tezcatlipoca serait puni.

Les deux hommes qui tenaient Willow la lâchèrent et prirent à leur tour la fuite.

Buffy arracha le couteau des mains de Lucy.

— Va-t'en, Willow !

Prenant le poignard, Willow tint la Grande Prêtresse en respect.

— Je savais… que tu… viendrais, Buffy…, mais là…, c'était *beauuuuucoup* trop juste !

Willow parlait lentement – un contraste saisissant avec son débit habituel. Elle fronça les sourcils, étonnée par les effets de la drogue aztèque.

— J'ai retenu… ma respiration… J'ai encore… mon cœur, pas vrai ?

Lucy bondit vers le couteau.

Buffy la repoussa.

La Grande Prêtresse bascula en arrière.

La Tueuse croisa le regard du jaguar.

La fureur du démon submergea Dem via le lien psychique qui les unissait, l'investissant de l'invincibilité et de la force de l'entité.

Buffy esquiva de peu l'attaque du jaguar, manquant d'être emportée par l'élan du fauve. Des griffes lui lacérèrent l'épaule et elle lâcha son poignard.

Tezcatlipoca s'accroupit.

Buffy recula, la chemise poisseuse de sang.

Les flèches et l'éventail de Dem tombèrent ; il courut vers Willow. Et plaqua la jeune fille groggy contre la pierre de l'autel.

— Donne-moi le poignard, Lucy !

Buffy regarda le jaguar, tentant de prévoir ses attaques. Ce n'était pas un fauve ordinaire, mais un démon résolu à sa perte…

Par bonheur, Angel n'était plus dans le temple. Il était

parti libérer Giles et les autres, s'amusant à nettoyer les lieux de la vermine, gardes et vampires confondus.

Un souci de moins.

N'était que la survie d'Angel pouvait changer la donne…

Une faible lueur pointait à l'horizon.

Pour le moment, Tezcatlipoca gardait l'avantage.

Le fauve avança, acculant la jeune fille au bord du gouffre. Il jouait avec les nerfs de la Tueuse…

L'épaule de Buffy saignait et elle était épuisée après une nuit blanche.

Quant à Willow, elle n'était pas tirée d'affaire.

Loin de là…

Le jaguar coucha les oreilles.

Buffy faillit perdre l'équilibre quand Dem se jeta sur Willow, la plaquant contre l'autel.

Le jaguar grogna, alléché par la mise à mort imminente de Willow Rosenberg.

Rendue folle par la soif du sang, Lucy se releva et se glissa derrière Dem, qui maintenait les poignets de Willow sur l'autel.

Lucy s'apprêta à frapper, mais Dem la gênait.

Willow cria.

La vision de la lame dissipa chez Willow les derniers effets de la drogue.

Dem ne bougea pas.

Buffy hésita, prête à bondir.

— Laisse-moi partir, Dem… Sinon, tu mourras aussi !

Willow tenta de se dégager.

— Tais-toi !

Buffy retint sa respiration ; le jaguar feula.

— D'accord, mais… tu vas *vraiment* mourir, insista

Willow. Et si tu ne me crois pas… essaie de partir, Dem. Vas-y. Essaie !

Son regard ne quittait pas la lame d'obsidienne.

— Ecarte-toi, Dem ! s'impatienta Lucy.

Le jeune homme ne bougea pas d'un pouce. Il croisa le regard dément de la Grande Prêtresse.

Le jaguar changea de position.

Buffy sentit l'incertitude de Dem… et s'attendit à tout. Le lien entre Tezcatlipoca et l'adolescent était affaibli, pas brisé.

Et le pouvoir restait plus enivrant que n'importe quelle drogue.

Pourtant, Dem hésitait.

Devant le changement d'attitude de l'adolescent, l'expression de Lucy se durcit.

Elle hésita jusqu'à ce que le jaguar rugisse, signifiant qu'il rejetait l'*ixiptla*.

La Grande Prêtresse frappa.

Dem lâcha Willow pour retenir le poignet de Lucy, mais il ne put dévier totalement le coup. La dague noire lui entailla le bras.

Lucy frappa encore.

Il lui saisit le poignet, pleurant de douleur, et tenta de lui arracher l'arme.

Le jaguar bondit à l'instant où Willow roulait sur le côté. Anticipant la réaction du fauve, Buffy se jeta sur lui… manquant de s'assommer.

Le jaguar heurta le mur, faisant trembler le miroir.

Le gémissement irrité de Tezcatlipoca détourna l'attention de Lucy. Affaibli par l'hémorragie, Dem tituba quand Willow se releva. La jeune fille avait du mal à tenir debout.

— Tu es blessé… Comme dit Buffy, c'est loin du

cœur. Et dans notre situation, c'est vraiment une bonne chose…

Willow grogna quand Dem l'entraîna loin de la pierre sacrificielle.

Lucy hésita.

Le jaguar étourdi regarda le couple avancer vers le temple. Ses yeux brillaient comme les flammes de l'enfer.

Il hurla à la mort.

L'expression de Lucy reflétait en tout point les sentiments du fauve. Elle se tourna pour suivre Dem et Willow.

Les cœurs, se souvint Buffy.

Sans les cœurs offerts selon le rituel, Tezcatlipoca ne retiendrait pas le soleil.

Son regard passa du miroir à l'horizon. La lumière grise de l'aube commençait à repousser la nuit, mais le jour ne se lèverait pas avant quelques minutes.

Tezcatlipoca n'était même pas à un mètre… Le félin s'arrêta, l'attention rivée sur la Tueuse.

Il n'avait pas besoin de cœurs pour conserver sa force de prédateur.

Couverte de bleus et d'entailles, Buffy riva ses yeux dans ceux du monstre.

D'ici quelques minutes, quand il aurait été repoussé dans le miroir, elle pourrait le briser…

Si elle ne finissait pas dans l'estomac du félin.

CHAPITRE XVII

Giles frappa le barbu qui les avait réveillés… Le garde s'écroula.

Puis une pierre siffla sous le nez de l'Observateur.

— *Oups !* Désolé, Giles ! s'excusa Alex… avant d'être renversé par une femme folle de colère.

Le vieil homme à la casquette chargea, truelle levée comme un couteau. Giles lui saisit le poignet et le désarma.

— Eh ! C'est à moi !

— C'est la mi-temps !

L'Anglais poussa l'énergumène vers les piquets aux têtes coupées, là où Joyce s'était réfugiée.

Il lui passa la truelle.

— S'il bouge, frappe-le !

Joyce surveilla le vieillard belliqueux. Transcendée par sa colère maternelle, elle faisait vraiment peur.

Henry croisa les bras et bouda.

Le chaos était total.

Tout avait commencé quand Angel s'était rué au pied de la pyramide. Face à un vampire déchaîné, la secte avait reculé, permettant aux prisonniers de lancer l'attaque. La bataille rangée qui s'était ensuivie avait décidé les vampires à s'en mêler. Les adeptes de Tezcatlipoca étaient tombés sous les crocs des morts-vivants.

Arrachant sa lance à un garde, Alex cassa la hampe sur son genou et embrocha un vampire sur le point de mordre Sienna. La jeune fille s'enfuit, cherchant à déloger les cendres de mort-vivant qu'elle avait dans les cheveux.

Alex leva les mains.

— Pour une fois que je fais le boulot de la Tueuse avec un peu de classe, personne ne remarque rien !

— Moi, j'ai vu, le corrigea Angel, expédiant un vampire contre le mur d'une hutte.

Une torche tomba et le buveur de sang prit feu.

— Tu pourrais me mettre ça par écrit ? cria Alex.

Pris dans la mêlée, Cordélia, Juan et Oz se tenaient dos à dos, évitant le pire. Une femme potelée rampa dans cette forêt de jambes, saisit la cheville de Cordélia et tira.

Cordy la frappa sur la tête avec son casque colonial, puis sourit en remettant le chapeau cabossé sur sa tête.

— Personne ne me cherche de noises, ma petite dame !

La femme gémit et repartit sans demander son reste.

A quelques pas de là, Bart et Kilya avaient pris exemple sur les amis de la Tueuse.

Giles chercha Chance des yeux. En vain. Mais il vit Trick dans l'ombre, à l'écart des combats.

— Willow ! cria Oz en s'écartant de ses compagnons.

Giles contourna prudemment le chef des vampires de Sunnydale. Dem et Willow descendirent les marches en courant, talonnés par Lucy.

L'Observateur gardait dans sa manche un atout qui pourrait améliorer beaucoup de choses.

— Monsieur Giles, le salua Trick avec un sourire chaleureux. La fête vous plaît ?

Blessé et inquiet, l'Observateur n'était pas d'humeur à jacasser.

— Beaucoup plus qu'à vous d'ici quelques minutes !

Il regarda vers l'est.

Dem et Willow atteignirent le pied de la pyramide, devançant Lucy de peu.

Oz écarta Dem et prit Willow dans ses bras.

— Je vois que mademoiselle Rosenberg a su garder son cœur, ajouta le bibliothécaire.

Trick fronça les sourcils.

Privé de cœurs, Tezcatlipoca avait déjà perdu sa guerre contre le soleil.

— J'estime que l'aube se lèvera dans environ huit minutes, ajouta Giles. On dirait que la fête est finie.

— On dirait. Mais je m'en voudrais de partir sans goûter aux rafraîchissements ! lâcha le vampire.

Giles soutint son regard monstrueux.

— Sept minutes quarante-cinq secondes.

— Une autre fois, alors, conclut Trick.

Il reprit son visage humain et s'enfonça dans la nuit.

Son absence ne passa pas inaperçue.

Les vampires se retirèrent, abandonnant le champ de bataille.

Giles se dirigea vers le temple.

Juan et les adolescents s'étaient écartés de la foule pour se regrouper près des piquets. Sienna ignora Chance quand il sortit de sous une table et se campa à côté d'Alex – qui s'intéressait aussi peu à elle qu'un poisson à une bicyclette.

— Comment as-tu fait ce truc avec le pieu, Alex ? C'était cool. Ce type allait me tuer, et après, il était carrément *parti*.

— C'est trois fois rien, assura Alex en tirant l'autre morceau de hampe de sa poche. Pour un tueur de vampires vétéran, en tout cas. Tout est dans le poignet. Et le *plop* ! Le *plop* est très important. Catégorique !

Les amis de la Tueuse semblaient avoir pardonné leur attitude aux quatre élèves que Dem avait manipulés. Mais l'ancien *ixiptla* restait *persona non grata*.

Cordélia l'exprima à sa façon.

— *Adios*, Dem. Et si tu me vois à l'école, fais comme si on ne se connaissait pas. Moi, c'est ce que je ferai…

L'adolescent accepta le verdict avec une dignité nouvelle.

La menace vampirique disparue, les adeptes erraient, trop découragés pour écouter la diatribe de Lucy.

A défaut de Willow ou de Dem, elle se rua sur Joyce, lui plaquant le couteau sous la gorge.

La mère de Buffy saisit le bras de la prêtresse sans parvenir à se dégager.

— Un seul cœur, et Tezcatlipoca vaincra la Tueuse !

Les adeptes s'assirent pour soigner leurs blessures, ramenés à la raison par la mort qu'ils venaient de frôler face aux vampires.

Quand le jaguar rugit, ils levèrent la tête sans enthousiasme.

— Buffy ! cria Angel en sortant d'une hutte.

Giles retint son souffle en découvrant la Tueuse. Elle était très près du bord de la plate-forme. Trop…

La chute serait fatale.

Pourquoi le fauve n'attaquait-il pas ?

Peut-être était-il partagé entre le désir dans le miroir et la possibilité de dévorer un cœur puissant…

Un cœur suffirait à donner à Lucy le temps d'en prendre un autre, et ainsi de suite. Elle était prête à sacrifier tout le monde – à commencer par ceux qui l'avaient aidée.

A chaque sacrifice, le pouvoir de Tezcatlipoca augmenterait.

Giles observa l'horizon et vit Angel, qui courait vers Buffy.

Rien n'aurait pu l'empêcher de venir au secours de Buffy.

Et la vie de Joyce ne tenait qu'à un fil.

La mère de Buffy se cramponnait au bras de Lucy, sans se débattre.

Très sage, jugea Giles.

La Grande Prêtresse n'hésiterait pas à arracher le cœur de Joyce ou à lui trancher la gorge.

Buffy se réjouissait d'affronter le jaguar. Même si elle était en fâcheuse posture, Tezcatlipoca ne semblait pas très en forme non plus.

L'interruption des hostilités leur avait permis de reprendre des forces. La Tueuse avait mal à l'épaule, mais ne saignait plus. Elle arriverait sans doute à éviter une nouvelle attaque sans chute libre à la clé…

L'attente était tout de même déconcertante.

Le fauve prenait son temps…

Sans quitter son adversaire des yeux, Buffy risqua un pas en avant, puis un autre. Elle s'arrêta en voyant le félin se raidir. Mais ce n'était pas à cause d'elle.

Angel arrivait !

La panique s'empara de la jeune fille. L'aube qu'elle avait tant souhaitée n'allait pas tarder à se lever, et *il* était à découvert !

— Angel…

Le vampire lui fit signe de rester en arrière.

— Où est le miroir ?

— Contre ce mur, répondit Buffy.

Les muscles du jaguar roulaient sous la fourrure noire.

— Je m'en occupe.

— Non. Le soleil...

— Dès que Tezcatlipoca aura réintégré le miroir, je l'emmènerai dans la pyramide pour le briser.

Buffy hésita. Ce serait serré, mais le soleil n'atteindrait pas Angel à l'intérieur du temple. Le jaguar restait dangereux.

La nuit avait été longue pour Angel, et la bataille contre les vampires l'avait affaibli. Il était couvert de coupures et de bleus.

Si le fauve le blessait avant qu'il ne s'abrite...

— Pars, Buffy. Ta mère a besoin d'aide.

La Tueuse cessa de protester.

Giles se rapprochait de Lucy.

Une Lucy folle et imprévisible...

Mieux valait ne pas la provoquer.

— D'accord, j'y vais...

Buffy n'avait pas le choix.

Angel défia le fauve d'un grognement.

Buffy dévala les marches, tourmentée par son rêve et par la peur que sa mère ne meure d'une seconde à l'autre...

Elle était à mi-chemin quand l'édifice commença à trembler.

Angel sentit la secousse juste avant que le jaguar ne saute. Les griffes lui lacérèrent la poitrine et les bras... Le choc le fit vaciller.

Le fauve se ramassa sur lui-même. Angel soutint son regard.

Une oreille s'agita, les muscles jouèrent sous la fourrure...

Angel se prépara à un autre assaut.

Mais le jaguar fit un bond, feulant quand une fissure s'ouvrit sous lui.

Une autre secousse ébranla la pyramide, délogeant un brasero en métal et renversant une idole de pierre.

Angel avait une seule idée en tête : éliminer Tezcatlipoca.

Il s'empara du miroir et rentra à l'abri. Une averse de pierres tomba du plafond. Les colonnes de l'entrée se renversèrent. Le toit se fendit. Des tonnes de frises s'abattirent, coupant toute issue.

Tezcatlipoca rugit et se lança à la poursuite d'Angel.

Giles vit Lucy raffermir sa prise sur la poignée du couteau.

Joyce écarquilla les yeux. Une goutte de sang perla sur sa peau blanche, là où la lame entamait la peau.

— *Ouh là !* s'écria Alex. C'est le retour de Godzilla ou quoi ?

Willow se cramponna à Oz.

— C'est un tremblement de terre ?

— On dirait bien…

— Ça doit en être un, renchérit Alex. On a déjà un temple, alors…

— Ô mon dieu ! couina Sienna.

Giles se souciait moins de l'assaut géologique imminent que de la menace qui pesait sur Joyce.

Lucy parut prendre le tremblement de terre comme un signal divin.

Désespéré, Giles s'élança, conscient qu'il arriverait trop tard.

— Voyez la colère de Tezcatlipoca !

Lucy leva le couteau, défiant le soleil.

Joyce se dégagea. Mais la prêtresse était plus forte, plus rapide… et folle à lier.

Pour corser le tout, elle ne portait pas de talons aiguilles.

Lucy fit un croc-en-jambe à sa victime, qui se cogna la tête, et se jeta sur elle avec la férocité d'une hyène, la retournant sur le dos pour se mettre à califourchon sur elle.

La lame noire s'éleva…

Giles courut à perdre haleine…

Juan, Oz et Alex s'élancèrent. Mais eux aussi avaient réagi trop tard.

Hypnotisé par la lame noire, l'Observateur avait oublié Dem. Le garçon surgit derrière Lucy et lui arracha le poignard.

L'archéologue se leva d'un bond et tenta de récupérer l'arme. Dem trébucha et tomba. Emportée par son élan, Lucy s'écroula aussi.

Giles vit la lame mordre la poitrine de la jeune femme avant que le monde n'explose.

Les marches de pierre oscillaient de plus en plus ; Buffy tomba à genoux. Dem Inglese venait de sauver sa mère. Mais la pyramide s'effritait sous elle.

— Buffy ! Descends !

Elle leva les yeux, inquiète à la vue d'Angel qui dévalait l'escalier, le miroir contre la poitrine. Le jaguar était à quelques pas. Il s'arrêta au bord de la plateforme ; son rugissement se perdit dans le fracas des pierres. Il sembla pourtant se répercuter dans l'air, promesse de malheur pour tous ceux qui s'étaient opposés à la divinité de la nuit.

L'horizon se colora d'un liseré doré ; le soleil commença son ascension.

Tezcatlipoca défia son ennemi d'un rugissement, mais le combat était perdu d'avance. Buffy s'accrocha aux marches quand la fourrure noire scintilla et redevint fumée.

Angel vit Tezcatlipoca s'envoler et leva le miroir, défiant le dieu de rentrer dans sa cachette. La pierre se désintégra à l'instant où la lumière du soleil atteignait le vampire.

Mais il était déterminé ; rien ne le ferait bouger.

La fumée l'enveloppa, se mêlant aux volutes qui s'élevaient de sa peau calcinée.

Angel restait immobile.

La fumée grisâtre se précipita dans les profondeurs d'obsidienne.

Un cri d'outre-tombe retentit quand les fantômes et les démons furent renvoyés dans la Bouche de l'Enfer.

Angel fracassa le miroir d'un coup de poing à l'instant où l'orbe solaire éclairait l'horizon et nimbait la pyramide de rayons.

— *Angel !* cria Buffy, voyant son rêve se réaliser.

La terre s'ouvrit avec un craquement sinistre, projetant vers le ciel des geysers de pierres.

Angel disparut dans un éclair blanc.

CHAPITRE XVIII

Buffy fixait l'endroit où Angel se tenait quelques secondes plus tôt. Anéantie, elle aurait continué de regarder le vide pendant des heures.

Le cri terrifié de sa mère la ramena à la réalité.

La pluie voilait le soleil.

Ses yeux s'arrondirent de surprise.

Le chantier avait disparu, comme les tentes et toute trace d'occupation humaine.

Tout avait été submergé par des tonnes de boue et de roches surgies d'un cône volcanique, au pied de la colline. Le volcan – puisque c'en était un – grandissait à un rythme phénoménal. Le premier tiers de la colline avait disparu. La cité aztèque s'écroulait, engloutie par cette mer de limon.

Des gens criaient, pataugeant dans la gadoue ou emportés par les courants. Rolf et Carrie étaient coincés dans la hutte-prison. La boue montait et le toit de paille était en feu…

Le problème fut résolu quand une pluie de rochers martela le bâtiment, pulvérisant du même coup les deux étudiants. La paille enflammée et la terre incandescente retombèrent sur la boue en grésillant.

Sa casquette de base-ball vissée sur la tête, Henry se

cramponnait à une colonne renversée, luttant contre le courant.

Couverts de limon, Alex, Sienna, Willow et Oz flottaient sur une table renversée. Juste avant que le vieil homme ne coule, Alex le saisit par un bras et le tira sur leur radeau de fortune, qui tanguait de plus en plus.

Cramponnés au toit de la Dodge quasi submergée de Coltrane, Bart, Kilya et Chance furent emportés par les rapides.

— Ecartez-vous du temple ! cria Giles.

Réfugié sur un îlot – le premier palier du temple –, il agitait les bras vers l'ouest.

Dem surgit aux pieds de l'Anglais, s'agrippant à la pierre humide. Il hurla quand les piquets aux têtes coupées crevèrent la surface devant lui.

— Juan ! Par ici !

Joyce se pelotonnait sur une autre plate-forme de fortune qui s'effritait rapidement.

Buffy cligna des yeux, incrédule. Avec l'énergie du désespoir, Juan et Cordélia pagayaient à bord d'un canoë primitif, résolus à rejoindre Joyce.

Le canoë surprit plus la Tueuse que la destruction imminente d'un temple aztèque qui n'existait pas la veille.

Elle sortit de sa rêverie et détala en voyant les marches, au-dessus d'elle, s'écrouler comme des dominos. La vague déferlait sur elle. Un rocher s'écrasa sur les marches. Elle évita la chute, se laissant glisser sur le ventre, et parcourut à quatre pattes les derniers mètres qui la séparaient du palier où Juan tendait la main à sa mère.

— Maman ! Par ici !

Juan et Cordélia pagayaient de toutes leurs forces. Un fort courant amena l'embarcation à moins d'un mètre de Buffy. Mais le canoë fut emporté par une vague à l'instant où Juan attrapait la main de la Tueuse.

Couvertes de boue, Cordélia et Joyce rampèrent sur le palier.

Cordélia s'essuya les yeux et murmura :

— Vu ce que les gens sont prêts à payer pour un bain de boue, je vais avoir une peau superbe, demain. Si je vis jusque-là…

Juan sourit.

L'embarcation s'enfonça sous l'eau.

Buffy leva un sourcil.

— Bon, où avez-vous trouvé un bateau dans une ville aztèque ?

— Tenochtitlán était construite sur le lac Texcoco, dit Juan. J'ai fait de nombreux tableaux de la ville. Les Aztèques avaient combattu les navires de guerre de Cortés à bord de ces canoës. Sans succès, bien sûr.

— Donc, ajouta Cordélia, ce temple faisait partie de Tenochi-machin… Et Juan est parti chercher un canoë. Il est intelligent, hein ?

— Nous avons de la chance que Tezcatlipoca ait été un tel maniaque du détail et de l'authenticité.

Joyce jeta sa seconde chaussure dans la boue, puis fronça les sourcils en sentant la pierre bouger. Elle restait pourtant calme, même si sa robe de soirée était en lambeaux.

— Et maintenant ?

— Maintenant, on file !

Buffy rampa à l'ouest de la plate-forme, encore attachée à la pyramide. Bien que le centre se soit effondré, la majeure partie de la structure restait debout. Un petit miracle en soi. Mais personne n'aurait pu dire combien de temps cela allait durer. L'étrange volcan continuait de cracher de la terre et des débris ; la boue engloutissait peu à peu le complexe.

L'Observateur et Dem étaient enlisés jusqu'aux chevilles ; la pierre sur laquelle ils se tenaient tremblait de plus en plus.

— Giles ! Il faut que vous nous rejoigniez ! Je connais une sortie ! cria Buffy.

— C'est trop loin, je ne peux pas sauter !

Giles baissa les yeux sur les tourbillons de boue qui les séparaient, évaluant la distance, et secoua la tête. S'ils tombaient, le courant les entraînerait.

Buffy regarda Juan et Cordélia.

— Quelqu'un est prêt à enlever son pantalon ?

— Bien sûr.

L'artiste se déshabilla et lui tendit son jean.

— Juan ! cria Cordélia, abasourdie. Enfin… Mieux vaut toi que moi.

— J'ai un short dessous, tu vois ! fit Juan en riant. Il m'arrive souvent de dessiner du matin au soir. Comme ça, je suis prêt pour les grosses chaleurs de l'après-midi.

— J'adore les hommes intelligents, minauda Cordélia avec un grand sourire.

Tenant une jambe du pantalon, Buffy lança l'autre à Giles, qui la passa à Dem. Avec une grande inspiration, le garçon sauta vers la plate-forme et atterrit au côté de la Tueuse.

Giles rata son coup, et fut happé par le courant. Quand le jean se tendit au maximum, il faillit le lâcher. Buffy fut entraînée en avant ; Juan la rattrapa *in extremis*. A deux, ils hissèrent Giles et le mirent en sécurité.

— Merci. Vous avez vu Willow et Alex ? Oz ?

Buffy secoua la tête.

— La dernière fois que je les ai aperçus, ils faisaient du surf sur une table…

— Je vois.

Giles se leva, ménageant sa jambe blessée.

— Eh bien, j'ai encore une mauvaise nouvelle. Ce palier ne va pas rester stable longtemps.

Un rocher s'écrasa sur une statue, à quelques pas de là, pulvérisant la pierre. *Pas faux*, pensa la Tueuse.

— Il a raison, Buffy, remarqua Joyce, se protégeant les yeux des éclats de pierre. Le temple est cerné par des torrents de boue.

— Seulement sur trois côtés, si j'ai raison.

— Tu penses au sud de la colline, plus escarpé. L'arrière du temple…

Giles ôta ses lunettes et voulut les nettoyer avec un pan de sa chemise. Ce geste l'aidait à se concentrer ; c'était plus un réflexe qu'autre chose.

Après avoir constaté que sa chemise était pleine de boue, il se contenta d'essuyer les verres avec ses doigts.

— C'est beaucoup plus haut. Je le sais. J'y suis monté hier.

— Oui, mais… Nous ne pouvons pas contourner la pyramide.

— Je ne pensais pas à la contourner, répondit Buffy. Mais à la traverser.

— Bon. Essayons de voir où nous sommes, commença Alex.

Quatre paires d'yeux se tournèrent vers lui. La boue commençant à sécher, Willow, Oz, Sienna et Henry ressemblaient à des clones de la Créature des Marais.

— Nous avons abandonné notre table parce qu'elle coulait.

— Oui. Et alors ? demanda Oz.

— On est sur la terre ferme, non ? ajouta Sienna.

— Nous nous sommes réfugiés sur une pyramide de pierre qui est *aussi* sur le point de s'écrouler.

Willow soupira.

— Ah, d'accord, je comprends.

— Mais on ne pouvait aller nulle part ailleurs, rappela Oz.

Alex le reconnaissait volontiers. Le bâtiment plat et rectangulaire, à l'avant du temple, était le seul port où l'U.S.S. *Table* avait pu s'échouer avant de sombrer. La salle semblait reliée au temple par une série de passages, mais Alex avait voté contre l'exploration. Leur seule torche était sur le point de s'éteindre. Ça ne changerait pas grand-chose une fois qu'ils seraient ensevelis sous des tonnes de roches, mais là où ils étaient, ils avaient encore accès à l'extérieur. Enfin, jusqu'à ce que la petite salle commence à se remplir de boue.

— J'ignore ce que je fais ici, pour commencer ! gémit Henry.

— Vous ne vous souvenez pas ? demanda Alex, sceptique.

— Non. Un instant, je nettoie une vieille épée. Le suivant, je me retrouve accroché à un pilier au milieu d'une coulée de boue ! Le truc le plus bizarre que j'aie vu. Il pleut de la boue et des pierres !

Henry se gratta le front, puis farfouilla sous sa cape aztèque.

— J'ai perdu ma truelle. Je ne peux plus creuser sans elle.

— Si ce temple est sur le point de nous la jouer les murailles de Jéricho, une truelle ne changera pas grand-chose.

— Sans doute pas, lança Buffy en entrant, suivie par tous ceux qui comptaient dans le monde d'Alex.

Même Dem, sorti de sa phase « je suis un dieu et pas toi, la la lère ! », avait sauvé Willow et Joyce.

— Buffy ! cria Willow. Je me sens déjà mieux !

— Tout le monde va bien ? demanda Giles. Des blessés ?

— J'aurais aimé qu'on me prévienne, pour l'inondation de boue. A part ça, ça va ! râla Alex. Henry ne se souvient pas des récents événements.

— J'ai perdu ma truelle, grogna l'homme.

— Ah, je vois. De quoi vous rappelez-vous ? demanda Giles.

— C'était une super-fête, et puis... le monde a commencé à *vomir*, répondit Henry.

— Je n'aurais pas mieux dit, renchérit Sienna.

Alex remarqua l'apparence assez piteuse de Cordélia. De la boue gouttait de son casque cabossé. Juan la serrait de près. Il n'avait pas l'air perturbé par son look « j'ai perdu un match de catch dans la boue ».

Sienna brailla quand un gros rocher heurta le plafond, délogeant des graviers.

Buffy empoigna la torche mourante.

— C'est l'heure, on s'en va.

— Euh... (Alex hésita quand il vit son amie s'enfoncer dans les couloirs.) On va où ? Je ne suis pas chaud pour dédicacer mes os à l'attention des archéologues des siècles futurs !

— Ce serait un super-titre pour les magazines, dit Oz. « Un adolescent du XXIe siècle découvert dans des ruines aztèques... »

— Il y a une sortie au fond de la pyramide. Je le sais parce que j'ai passé la nuit avec Ang...

Buffy se détourna et partit au pas de course.

— C'est la seule façon d'échapper à l'aspiration, dit Giles.

— L'aspiration ?

— Qui se produira quand la pyramide s'enfoncera.

Prenant la main de Joyce, Giles passa la porte qui les conduirait dans les entrailles du temple.

— Ah. Cette aspiration-là…

Alex suivit ses compagnons.

Pendant son exploration de la veille, Buffy avait compris que le labyrinthe n'était pas construit au hasard. Elle traversait les couloirs avec assurance, partant sur la droite tout de suite après chaque virage à gauche. Elle marcha d'un pas vif, jusqu'à ce que ses compagnons récupèrent de nouvelles torches sur les murs.

La lumière supplémentaire leur permit de progresser sans se perdre. Mais ce n'était pas ce qui l'inquiétait.

La pyramide allait s'écrouler, et elle préférait en être sortie *avant*.

— Qu'est-ce que c'était ?

Sienna se cramponna à Alex quand une secousse plus violente ébranla le sol.

Personne ne mentionna l'évidence. Comme si le silence pouvait perturber les forces géologiques.

— C'est encore loin, Buffy ? demanda Alex.

— Pas très, non…

La Tueuse accéléra.

Giles perdait du terrain, gêné par sa blessure à la jambe. Juan et Oz le soutinrent de leur mieux.

Malgré son âge, Henry Stamp réussissait à garder le rythme. Il avait cessé de se plaindre.

Un bloc de pierre se détacha du plafond et s'écrasa derrière les fuyards.

Quand Buffy aperçut de la lumière, au bout d'un tunnel, elle retrouva l'espoir…

Les murs commencèrent à s'effriter.

— Courez !

Prenant sa mère par un poignet, Buffy partit comme un boulet de canon.

Joyce tomba, les pieds en sang. Sans chaussures, elle s'était cruellement écorchée…

Buffy s'arrêta et bondit en arrière quand le plafond s'effondra. Il y avait à peine la place de ramper.

Elle poussa sa mère, puis Willow, Cordélia, et Sienna. Elle voulut protester quand Giles lui ordonna de passer ensuite, puis décida de ne pas perdre de temps.

De l'autre côté, elle s'attaqua à l'obstacle, dégageant le passage pour les hommes.

— Ça ne nous aide pas si vous restez là ! cria Alex. Fichez le camp !

Buffy reprit sa course, stimulée par la lumière qui brillait devant elle. Ses poumons la brûlaient quand elle savoura sa première bouffée d'air frais.

Joyce, Willow, Cordélia et Sienna s'effondrèrent, à bout de souffle.

— On ne peut pas rester là ! insista Buffy. Allez, debout !

Sienna gémit.

— Je suis trop fatiguée pour faire un pas de plus.

— C'est toi qui vois, Sienna. Soit tu bouges, soit tu coules avec le temple. Moi, ça m'est égal.

— Allez, Sienna ! cria Willow. Ou sinon… je te tirerai par les cheveux. Je ne te laisserai pas ici. Pas question !

— J'adorerais pouvoir me défouler sur quelqu'un, ajouta Cordélia.

— D'accord, d'accord, je viens ! capitula Sienna.

— Où est Giles ? demanda Joyce. Et les autres ?

— Ils arrivent, assura Buffy en poussant sa mère vers le sommet.

Quand elle se retourna, Alex, Henry et Dem sortaient à l'air libre. Alex empêcha Henry de ramasser une pierre qui l'intriguait.

Le vieil homme grimpa en maugréant.

Aucun signe de Juan, d'Oz ou de Giles.

Buffy se concentra sur l'ascension. Sourde aux jérémiades de Sienna, elle guida son groupe jusqu'à une plate-forme située au-dessus de la pyramide, où tous seraient en sécurité. Puis elle repartit en sens inverse.

— Les voilà ! cria Willow.

Les trois hommes arrivaient. Mais les bouleversements géologiques n'étaient pas finis ; l'arrière-garde restait en danger.

— Eh ! cria Cordélia avec une joie non dissimulée. Mon auto est toujours là !

Les survivants qui avaient échappé aux coulées de boue et aux chutes de pierres couraient vers leur voiture. Car le parking avait été en grande partie épargné. Seule une camionnette avait été aplatie par un rocher. Les autres véhicules étaient couverts de boue – comme tout, à plus d'un kilomètre à la ronde. Le volcan ne crachait plus de pierres et la zone était couverte de limon.

— Oh, oh…, commença Willow quand le grondement s'intensifia sous leurs pieds. J'ai un mauvais pressentiment.

— Tout le monde à plat ventre ! cria Buffy.

— Que se passe-t-il ? demanda Joyce.

Sa fille ne répondit pas. On ne l'aurait pas entendue par-dessus ce vacarme…

La pyramide trembla…

Alex et Dem se traînèrent sur les derniers mètres pour s'abriter. Juan et Oz étaient à mi-chemin, soutenant toujours Giles.

— Super ! On a les meilleures places pour le final !

dit Alex en s'accroupissant près de Sienna. C'était une blague…

— Je suis trop terrifiée pour rire ! souffla la jeune fille en se blottissant contre lui.

— Pas vraiment taillée pour seconder la Tueuse, cette fille ! lança Cordélia.

— Non, répondit Alex. Mais je ne pensais pas l'inviter au cimetière pour notre premier rendez-vous…

— Ce ne serait pas une bonne idée, confirma Willow. Amener Sienna au cimetière, ça reviendrait à y poser un appât pour vampires. Ou à attirer des requins avec des carcasses de poissons.

— Merci de la comparaison, Willow. Maintenant, chaque fois que je regarderai Sienna, je verrai des têtes de poiscaille !

— J'ai pêché le requin, annonça Henry. Quand je suis allé voir ma sœur en Floride, il y a quelques années. Rien attrapé.

— Dommage…, fit Alex. Dem, quelque chose à ajouter ? Un souvenir à partager ? Comment va ton épaule ?

— Bien, merci.

— Comment va Oz, Buffy ? demanda Willow. Je ne veux pas regarder.

— Ils sont presque arrivés.

Buffy suivait la lente progression de Giles, se retenant de dévaler la pente à sa rencontre. Les secousses étaient de plus en plus violentes ; elle n'aiderait personne en tombant.

Des graviers et des petits rochers les arrosaient sans cesse. Les trois hommes ne purent éviter le déluge. Juan tituba quand un projectile l'atteignit à la tête.

Joyce se rapprocha de sa fille et murmura :

— Allez, Giles, dépêche-toi !

Buffy sourit. Les sentiments de sa mère pour le charmant, séduisant, et très respectable bibliothécaire n'étaient-ils pas plus profonds qu'elle ne voulait bien l'admettre ?

Giles se hissa sur la corniche et se jeta dans les bras de Joyce.

Buffy décida qu'elle préférait ne rien savoir.

Un craquement sinistre, plus fort qu'un *bang*, accueillit Oz et Juan quand ils rejoignirent la sécurité relative de la cuvette de pierre.

Avec tout ce qu'elle avait vu ces dernières années, Buffy se serait crue au bout de ses surprises. Mais elle resta bouche bée quand la pyramide se fendit, révélant le Roc du Coyote, imbriqué dans la structure. Les piliers se séparèrent de l'édifice et tombèrent dans la boue, qui ondulait comme une mer démente.

L'autel des sacrifices dégringola les marches. Les restes brisés de deux bâtiments, près du mur d'enceinte, furent détruits. Un nuage de poussière et de gravats s'éleva quand les ruines commencèrent à s'enfoncer. Un tourbillon se forma, entraînant des tonnes de roches.

Le silence régna jusqu'à ce que les derniers vestiges du temple disparaissent. Puis le tourbillon cessa, rendant à la boue le calme d'un lac de montagne.

— Très intéressant, commenta Alex, les bras croisés.

— Tu l'as dit, fiston, ajouta Henry.

— C'est fini ? couina Sienna.

— Je dirais que oui, répondit Oz.

— Pas du tout ! cria Willow. Le miroir ! Où est le miroir d'obsidienne, avec Tezcatlipoca et… ?

— Tezcatlipoca est mort, coupa Buffy. Angel a brisé le miroir quand le jaguar est retourné à l'intérieur.

— Tu en es sûre ? demanda Giles.

— Tout à fait. Le soleil est hors de danger. Jusqu'à ce qu'il explose, dans quelques millions d'années.

— Super !

— Mais et… ? Enfin, où… ? Alors, où est Angel ? bafouilla Willow.

— Il n'est plus là, répondit Buffy, qui baissa la tête après avoir croisé le regard de sa mère.

— Plus là comme « à tout à l'heure » ou… ?

Alex hésita, et trouva toutes les réponses dans le regard vide de Buffy.

Plus là comme « il nous a quittés ».

Disparu.

CHAPITRE XIX

Buffy s'arrêta sur les marches de l'école pour regarder le soleil se coucher. Elle se sentait mieux, à présent qu'elle était sûre de le voir se lever le lendemain.

Cela ne l'empêcha pas de frissonner.

Le prix à payer avait été… terrible.

Angel était mort.

Pour toujours, cette fois.

Elle avait déjà porté son deuil par le passé.

Seule.

Ni Giles ni ses amis ne savaient que le sort de Willow avait rendu son âme à Angel quelques secondes avant qu'elle le passe au fil de l'épée, l'expédiant en enfer avec Acathla.

Ça n'aurait rien changé.

A l'époque, les crimes d'Angélus n'auraient pas pu être pardonnés.

Elle espérait qu'ils l'étaient, à présent.

Cela seul lui rendrait cette perte supportable.

Qu'il ait pu se racheter grâce à son geste.

Il leur avait donné le soleil qui l'avait tué.

L'écho de ses propres pas, sur le carrelage, tira la jeune fille de sa rêverie morbide. Elle ne devait pas être triste. Tezcatlipoca ne chercherait plus à détruire le soleil. L'heure était à la fête.

Personne ne devait savoir à quel point elle se sentait… vide.

Et seule.

— Nous devrions l'appeler la « Revanche de Tezcatlipoca », lança Alex.

— Quoi donc ? demanda Buffy en entrant dans la bibliothèque.

— Le volcan de boue, dit Willow.

— Alors, c'était un vrai volcan, lâcha Buffy en s'asseyant sur la seule chaise libre, à côté de Cordélia. Un phénomène normal, naturel, ou le dernier atout de Tezcatlipoca ?

— Naturel, oui. Pas normal.

— Les volcans de boue sont assez rares, ajouta Giles. Bonjour, Buffy. Ça va ?

— Bien. Et vous ? Et Dem ? Comment ça s'est passé, à l'hôpital ?

— Nous nous en tirerons tous les deux avec quelques cicatrices. Mais Lucy est en observation.

— Des complications ? demanda Buffy en cherchant du regard les beignets habituels.

— Traumatisme émotionnel, surtout. A la différence des adeptes, Lucy et Dem ont vécu directement la possession de Tezcatlipoca. Ils n'étaient pas tout à fait responsables de leurs actes.

— Ce n'est pas une excuse, dit Cordélia.

— Peut-être pas. Mais n'oublions pas que Dem était l'*ixiptla* de Tezcatlipoca. Le dieu s'était infiltré dans son esprit. Qu'il ait réussi à briser le lien par un effort de volonté est impressionnant.

— J'imagine, commenta Willow. Je suis prête à lui donner une autre chance. Il m'a sauvée à la dernière minute. Même s'il a failli me… enfin, me…

— Oui, on sait, coupa Oz en lui serrant la main.

— Joyce non plus n'aurait pas survécu sans lui. Tu as consulté un docteur, Buffy ?

— Pour mon épaule ? Ce n'est rien. Une égratignure. Pas de quoi s'inquiéter.

— Donc, aucun adepte ne se souvient de ce qui s'est passé ?

— La plupart des survivants n'ont aucun souvenir. Sinon des bribes. Sienna se rappelle la fête, par exemple. Et Henry sait enfin ce que sa truelle est devenue.

— Dommage. Un coup de plus, et je la lui aurais enfoncée dans le crâne.

— Juste pour savoir… où est la truelle ?

— Je la lui ai confisquée. Joyce l'a perdue quand le volcan est entré en éruption. Je lui ai promis de lui en racheter une. Uniquement pour usage domestique.

— En parlant de Sienna, dit Buffy, tu as rendez-vous, Alex ?

— Eh bien, non. J'ai développé une étrange allergie aux gens qui passent leur temps à pleurnicher. Et l'idée de sortir avec un appât pour vampires ne m'attire plus tant que cela. Et Sienna a décidé de donner à Chance une nouvelle… chance.

— Chance s'en est tiré ? Et Kilya et Bart ?

— Tous entiers… et ils ont quitté le Club d'histoire, répondit Alex. Puisque nous en sommes les seuls membres, nous pouvons nous réunir dans la bibliothèque, mais rester inscrits pour le bien de nos dossiers !

— Ça me va, accepta Buffy. On parle beaucoup

d'histoire, ici. Même si ce n'est pas tout à fait la période prévue au programme.

Hésitant, Giles fronça les sourcils.

— Nous pourrions fonctionner comme ça... Au moins, jusqu'à ce que M. Snyder nomme un nouveau conseiller.

— Ouaouh ! cria Alex. Le volcan de boue Piparo, à Trinidad, est en activité depuis une éternité ! On devrait aller y jeter un coup d'œil !

— Il va y avoir une autre éruption ? gémit Cordélia. Il m'a fallu trois heures pour me débarrasser de la boue que j'avais dans les cheveux...

— Il n'y a rien à craindre dans un avenir proche, dit Giles. Les volcans de boue peuvent se former sous plusieurs conditions géologiques. Dans notre cas, de grandes quantités d'eau, accumulées par les pluies torrentielles qui ont frappé le terrain de fouilles, ont été piégées par les strates rocheuses du sous-sol. Un glissement de la faille a sans doute déclenché l'éruption de ce matin. Il est très possible que ce même volcan ait enseveli l'expédition espagnole il y a cinq cents ans.

Buffy cherchait la force de parler d'Angel. Personne ne l'avait mentionné et elle l'avait remarqué.

Etait-ce par respect pour sa peine, ou parce que tous se réjouissaient en secret de sa disparition ?

Gêné par le silence, Alex prit la parole.

— Alors, vous faites quoi, ce soir ?

— Je vais à la réception de Juan, à la galerie, annonça Cordélia. Je serai sa cavalière.

— Je croyais que le vernissage avait lieu hier.

— Puisque ni l'hôtesse ni l'invité d'honneur n'étaient là, Joyce a tout reporté à ce soir, précisa Giles.

— Et il faut que j'aille me préparer. Willow, fais-moi signe quand tu auras obtenu une réponse, d'accord ?

— Je vais envoyer un e-mail à la société, mais... Mais je suis presque sûre que la garantie ne couvre pas les catastrophes naturelles et les dommages de guerre.

— Pour un achat de cent cinquante dollars, ce serait gonflé ! Je ne peux pas accrocher un casque sale et cabossé dans ma chambre de Stanford ! Au fait, la sortie archéologique sera quand même mentionnée dans nos dossiers, Giles ? J'en ai vraiment besoin !

— Oui, je suis disposé à vous donner les notes correspondant à une étude approfondie de la culture aztèque.

— Super ! On se voit à la galerie, Giles...

Willow soupira quand Cordélia fut sortie.

— Si elle aborde Stanford comme ce fichu casque, elle aura son diplôme sans problème.

— Et toi aussi, Willow, ajouta Oz. La question est de savoir si tu l'auras à l'I.T.M. ou pas.

— J'ai reçu la lettre d'admission aujourd'hui. L'administration s'est excusée parce que la première a dû se perdre. Mais... j'ignore si j'ai envie de vivre dans le Massachusetts.

Buffy fixait la table. Après la mort d'Angel, elle avait envie de changer... d'avenir. Giles l'aiderait à rédiger des lettres de candidature.

Mais pas aujourd'hui.

— Tu viens à la galerie, ce soir, Buffy ? demanda l'Observateur. J'ai peur de ne pas m'intégrer facilement à l'élite sociale de Sunnydale.

— Euh, non. Je ne crois pas. Je suis fatiguée.

Cette fois, Alex ne brisa pas le silence.

Oz se dévoua.

— Bon, allez, la corvée est pour moi, soupira-t-il. Es-tu sûre d'avoir *vu* Angel brûler ?

— Eh bien… (Buffy fut déroutée par une question si directe.) Oui, pas de doute. Il y a eu un éclair, et il…

— Etait-il vraiment en train de brûler vif ? Désolé, Buffy, mais c'est peut-être important.

— Non. Un peu de fumée et de peau brûlée, mais pas de flammes. Pourquoi ?

— Parce que si le soleil ne l'a pas brûlé, il est *enterré* dans la boue. Et ce genre d'avaries ne poserait pas de gros problèmes à un vampire.

Alex bondit sur ses pieds.

— Qui conduit ?

Giles fut le premier à franchir la porte.

La pelle sur l'épaule, Buffy examina les lieux. Le dernier vestige de la colline du Roc du Coyote était la corniche sud où ils avaient trouvé refuge pendant le cataclysme.

— Ce n'est pas normal, dit Alex en s'appuyant sur une pelle.

— Non, pas du tout.

Déboussolé, Giles fit un pas hésitant sur la terre plate. La surface résistait.

Ils s'étaient attendus à trouver un lac de boue…

— L'eau s'est peut-être évaporée ? avança Willow. Très vite ?

— Un effet secondaire de la Bouche de l'Enfer ? supposa Giles.

— C'est possible. Je n'ai aucune explication scientifique. Si Angel est là, il faut le repérer vite et repartir dès le coucher du soleil. Les autres vampires enterrés dans le coin sortiront aussi…

— Ils se sont enfuis, rappela Alex.

— Oui, mais ils n'ont pas eu le temps d'aller bien loin. Toute la région sera dangereuse à la tombée de la nuit. Buffy, tu peux le trouver ?

La Tueuse avait une vague idée de l'endroit où serait Angel.

S'il n'avait pas été réduit en cendres…

— S'il y a un vampire là où je pense, je le sentirai. Mais avant qu'il n'émerge, je ne saurai pas si c'est Angel… J'ai apporté mon pieu, au cas où…

Giles hocha la tête.

Buffy longea la corniche, le cœur léger. Elle avait très envie de croire qu'Angel était en vie. Mais même si elle se trompait, elle savait à présent que ses amis avaient pardonné à *Angélus*.

Ils ne l'avaient pas dit, et l'ignoraient peut-être eux-mêmes… Mais leurs actes parlaient pour eux.

Buffy s'arrêta à cinquante mètres de la paroi rocheuse, là où elle estimait que se dressaient les marches de la pyramide.

Elle vit les autres se raidir quand le soleil sombra à l'horizon… Puis elle sentit une présence…

— Par ici !

— Allons-y, dit Giles en plantant sa pelle dans la terre.

Ils creusèrent sans un mot.

Oz fut le premier à entendre des grattements.

— Il y a quelqu'un là-dessous.

— Et si ce n'était pas Angel ? souffla Willow.

— Il y a intérêt à ce qu'il soit vivant, dit Alex. J'ai fait un super-truc de Tueuse avec une lance, et c'est mon seul témoin.

— Reculez ! ordonna Buffy.

Elle regarda le trou, les nerfs tendus et le souffle court.

Les autres obéirent, prêts à manier leurs outils comme des armes.

Quand une main traversa la couche de terre, Buffy se pétrifia.

La peau était lisse, pas noircie.

— Ce vampire n'est pas brûlé…

— Ils guérissent vite, Buffy, rappela Giles. Et la gangue de boue a peut-être accéléré le processus.

Buffy le savait, mais elle n'osait pas espérer.

Si le vampire n'était pas Angel, la déception l'empêcherait peut-être de réagir assez vite.

— Le voilà ! annonça Willow.

Buffy serra son pieu.

Quand le buveur de sang surgit, le visage grimaçant, Alex se prépara à frapper.

Buffy reconnut immédiatement Angel. Elle laissa tomber son pieu, sauta dans le trou et l'enlaça, si heureuse qu'elle en oublia les risques.

— Buffy… !

Reprenant son visage humain, Angel lui posa un baiser sur les cheveux.

— Donc, le rêve de Buffy s'est réalisé. Mais en fait, pas vraiment…, dit Willow.

— Plus ou moins, confirma Oz en posant un bras sur les épaules de son amie.

— Désolé de gâcher la fête, mais on ferait mieux de filer ! lança Giles.

— Les autres vampires, expliqua Buffy à Angel en l'aidant à sortir du trou.

Elle ramassa son pieu.

Angel et Buffy marchèrent loin derrière les autres, ensemble mais à jamais séparés par leur amour.

Parfois, la Tueuse souhaitait n'avoir jamais rencontré ni touché le vampire…

Mais aujourd'hui…

Aujourd'hui, elle s'abandonnait au plaisir de vivre dans le même monde qu'Angel.

— Où est passé le temple ? demanda le vampire en regardant par-dessus son épaule.

— La terre l'a englouti, répondit simplement Buffy.

Puis elle prit la main d'Angel.

TOUT ANGEL EST AU FLEUVE NOIR

Sa série enfin disponible

1. LA CITÉ DES ANGES

2. LE SEIGNEUR DES BAS-FONDS

3. REDEMPTION

4. MORTELLE FAIBLESSE

Imprimé en France sur Presse Offset par

BRODARD & TAUPIN

GROUPE CPI

La Flèche (Sarthe), 24-01-2001

FLEUVE NOIR – 12, avenue d'Italie
75627 PARIS – CEDEX 13.
Tél. 01.44.16.05.00

Dépôt légal : février 2001
N° d'impression : 5841